U0045473

古典詩歌研究彙刊

第二二輯

龔鵬程 主編

第 7 冊

黃庭堅館閣期詩歌研究

陳瑋馨 著

國家圖書館出版品預行編目資料

黃庭堅館閣期詩歌研究／陳瑋馨 著 -- 初版 -- 新北市：花木
蘭文化事業有限公司，2017〔民 106〕

目 4+210 面；17×24 公分

（古典詩歌研究彙刊 第二二輯：第 7 冊）

ISBN 978-986-485-118-8（精裝）

1.（宋）黃庭堅 2. 宋詩 3. 詩評

820.91   106013427

ISBN-978-986-485-118-8

9 789864 851188

古典詩歌研究彙刊
第二二輯 第 七 冊   ISBN：978-986-485-118-8

黃庭堅館閣期詩歌研究

作　　者 陳瑋馨

主　　編 龔鵬程

總 編 輯 杜潔祥

副總編輯 楊嘉樂

編　　輯 許郁翎、王筑　美術編輯　陳逸婷

出　　版 花木蘭文化事業有限公司

社　　長 高小娟

聯絡地址 235 新北市中和區中安街七二號十三樓

　　　　 電話：02-2923-1455／傳眞：02-2923-1452

網　　址 http://www.huamulan.tw 信箱 hml810518@gmail.com

印　　刷 普羅文化出版廣告事業

初　　版 2017 年 9 月

全書字數 153916 字

定　　價 第二二輯共 14 冊（精裝）新台幣 22,000 元

黃庭堅館閣期詩歌研究

陳瑋馨　著

作者簡介

陳瑋馨，桃園人，國立高雄師範大學國文系研究所畢業。曾任新竹市私立磐石高中教師，現任新北市立光復高中教師。著有《黃庭堅館閣期詩歌研究》及單篇論文〈蒼涼的母親——張愛玲中短篇小說裡母親的心理狀態〉、〈唐傳奇女俠自主意識的共同展現〉等。

提　　要

　　黃庭堅為「江西詩派」的開創人物，他作詩自成一格，為傳統詩歌開創新的風貌。尤其黃庭堅在京師擔任館職工作的這段期間，以蘇軾為首的文人集團雲集京城，形成文壇的空前盛況，黃庭堅在此與朋友們談詩論藝，愈發鍛鍊詩歌的技巧，也形成多樣的題材。考察黃庭堅館閣期詩歌的相關研究，只有一篇〈黃庭堅館閣經歷與創作〉的探討，其餘的期刊也僅只將此時期的少數詩歌進行探研。有鑑於此，本論文以「黃庭堅館閣期詩歌」為研究對象，希望透過分期研究法、主題分類法、統整分析法、知人論世法和鑑賞詮釋法，將黃庭堅館閣期的詩歌作一深入探究。本論文研究成果有四：

　　第一，探討黃庭堅館閣期詩歌的時空背景。在北宋文化繁榮的孕育下，促成了不同的文人團體。元祐年間，以蘇軾為首的文人集團出現，他們在交遊唱和間，不僅奠定了友好的情誼，也形成了濃厚的文藝學術氛圍，為黃庭堅館閣詩提供了良好的創作環境。而黃庭堅師承老杜的詩歌技法、雜揉儒釋道三家的思想，並且歷經北宋的新舊黨爭以及舊黨內部的分裂，亦開拓了詩歌的體裁和內容，使得館閣期詩歌的內容呈現豐富多樣的樣貌。

　　第二，分析黃庭堅館閣詩內容。此時期的詩歌總計 419 首，根據題材和內容分類，可分成「題畫」、「詠物」、「蘇黃唱和」、「政治社會」以及「贈答」五類，這些作品不僅反映了黃庭堅在館閣期的雅致生活和不同的審美情趣，亦展現了他與文人朋友之間的深厚交情

　　第三，歸納黃庭堅館閣詩的風格特色。本論文從寫作意蘊以及藝術手法來探討，在寫作方面，黃庭堅主要以幽默的調笑之作和化俗為雅的方式，揭開館閣生活之樣貌。在藝術手法方面，則由修辭方法以及造語、用字、句法上的運用，展現獨特的風格。

　　第四，凸顯本論文之探討成果。黃庭堅館閣期的詩歌，承繼了前期的創作精神，展現在關懷政事民生以及流露出嚮往江湖之思兩方面。但在以前期為基礎上，又能開創出別具新意之風貌，他不但有更多的閒情雅致挖掘日常生活之美，亦能投注心力於詩藝的突破和鍛鍊，使其精益求精。另外，館閣期的優裕生活和地位、舊黨的重新掌權，並沒有使黃庭堅驕矜而與世浮沉，他反而能藉著個人的觀察入微以及自身的道德修養，展現館閣詩富有人文關懷和意趣的審美觀照。

目

次

第一章　緒　論

第一節　研究動機與目的

　　繆鉞在〈論宋詩〉一文中曾言：「唐詩以韻勝，故渾雅，而貴蘊藉空靈；宋詩以意勝，故精能，而貴深析透闢。唐詩之美在情辭，故豐腴；宋詩之美在氣骨，故瘦勁。」〔註1〕唐詩多兒女情長之辭，情景交融之內容豐富，其發展已至登峰造極之境；因此宋詩必須求新求變，才能另闢蹊徑。大體言之，宋詩雖然不如唐詩的情辭豐腴，但是在題材的拓展上卻較唐詩廣闊，涉足唐人所未及之處；在文意的展現上亦較唐詩具深刻哲理，流露出人生智慧的光彩。

　　在宋詩極欲別裁創新之時，蘇軾詩以豪邁流暢、放筆直書著稱；黃庭堅詩則以豁人耳目之姿見長，以兀傲絕俗、清新奇峭的風格而別開生面、自成一家。繆鉞云：

　　　　宋詩之有蘇黃，猶唐詩之有李杜。元祐以後，詩人迭起，
　　　　不出蘇黃二家。而黃之畦徑風格，尤爲顯異，最足以表宋
　　　　詩之特色，盡宋詩之變態。《劉後村詩話》曰：「豫章稍後

〔註1〕見繆鉞：《詩詞散論》〈論宋詩〉（台北：台灣開明書店，1953 年 12
　　　月），頁 16～32。又〈論宋詩〉一文，另見張高評編：《宋詩論文選
　　　輯》（一）（高雄：復文出版社，1988 年 5 月），頁 3～18。

> 出，會粹百家句律之長，究極歷代體制之變，蒐討古書，
> 穿穴異聞，作爲古律，自成一家，雖隻字半句不輕出，遂
> 爲本朝詩家宗祖。」其後學者之衆，衍爲江西詩派，南渡
> 詩人，多受沾漑，雖以陸游之傑出，仍與江西詩派有相當
> 之淵源。……故論宋詩者，不得不以江西詩派爲主流，而
> 以黃庭堅爲宗匠矣。〔註2〕

蘇軾和黃庭堅均爲宋詩之奇葩，蘇軾之詩詞文俱佳，在文學造詣上成
就非凡，黃庭堅身爲蘇門子弟，其成就亦不容小覷，雖然黃庭堅和蘇
軾亦師亦友，但是他並未追隨蘇詩自然縱逸、清雄奔放的風格。黃庭
堅博學多聞，作詩自出機杼、造語奇崛，無論在詩意或是語言上皆自
成一格，他所提出的「無一字無來處」、「奪胎換骨」、「點鐵成金」、「以
故爲新」等詩歌理論，不僅引領著江西詩派，蔚爲江西詩派的開創人
物〔註3〕，更是震鑠了宋詩詩壇，影響當代及後世。蘇軾甚至作〈送
楊孟容〉一詩，自稱「效庭堅體」〔註4〕，黃庭堅也次韵一詩回贈，
由此可看出他倆的友好交情，以及蘇軾對於黃詩獨特新奇風格的重
視。故在爬羅剔抉後，筆者以北宋詩人黃庭堅做爲本論文探討對象。

　　黃庭堅一生詩作的內容展現和他的人生經歷息息相關。在神宗
元豐八年（1085）入京以前，黃庭堅擔任地方官，在目睹新法推動

〔註2〕見繆鉞：《詩詞散論》〈論宋詩〉（台北：台灣開明書店，1953 年），
　　　　頁 16～32。而〈論宋詩〉一文，也見於張高評編：《宋詩論文選輯》
　　　　（一）（高雄：復文出版社，1988 年 5 月），頁 3～18。

〔註3〕呂本中：「詩歌至豫章始大，出而力振之，後學者同作並和，盡發千
　　　　古之祕，亡於蘊矣。錄其名字曰江西宗派，其源流皆出豫章也。宗派
　　　　之祖曰山谷。」

〔註4〕吳晟認爲蘇軾〈送楊孟容〉一詩主要有三個特點，分別爲亦莊亦諧、
　　　　布局平均，四句一層，層層轉折、硬拙新奇，此些特點在蘇詩中少見，
　　　　正爲「黃庭堅體」之基本表徵。參見吳晟：《黃庭堅詩歌創作論》（江
　　　　西：江西人民出版社，1998 年 10 月），頁 109。蘇軾〈送楊孟容〉：「我
　　　　家峨眉陰，與子同一邦。相望六十里，共飲玻璃江。江山不遠人，遍
　　　　滿千家窗。但苦窗中人，寸心不自降。子歸治小國，洪鐘噎微撞。我
　　　　留侍玉座，弱步敧豐扛。後生多高才，名與黃童雙。不肯入州府，故
　　　　人餘老龐。殷勤與問訊，愛惜霜眉龐。何以待我歸，寒醅發春缸。」
　　　　見《蘇軾詩集》，頁 1479～1480。

成效不彰，百姓生活困苦之情況下，他的作品較偏現實性，流露出對於百姓苦痛的憐憫和深切同情。在哲宗紹聖元年（1094）以後，黃庭堅開始了人生晦暗的貶謫生涯，此時的作品則展現出質樸的風貌，在技巧和內涵上亦臻於平淡老蒼的境界。〔註5〕黃庭堅在元豐八年以秘書省校書郎至京師任職，開啓了館閣期爲官生涯；哲宗元祐時期，以蘇軾爲首的文人集團出現，晁補之、張耒、秦觀、陳師道、李伯時等文人畫家皆雲集京城，他們在這段期間交流情感、切磋詩藝，形成文壇的空前盛況；黃庭堅在此與朋友們談詩論藝，愈發鍛鍊詩歌的技巧形成獨特的風格。在過往的研究裡，僅有成明明在《北宋館閣與文學研究》一書中，曾經以一小節的篇章〈黃庭堅館閣經歷與創作〉〔註6〕探討館職經歷對文人們的影響，然文中並無將館閣期的作品整理分類並深入探討其特色。又因爲元祐館閣時期裡，詩人們由於任官、交遊、唱酬或是傾慕文采等因緣，將其文學素養和文采風韻發揮得淋漓盡致，黃庭堅身爲江西詩派的始祖以及元祐詩壇的主要文人，所作之館閣期詩作有何特色？而這些詩歌，是否將他的詩學理論展現得爐火純青？因此本論文將以「黃庭堅館閣期詩歌」爲研究對象，做進一步深入探析。

自今，眾多學者投注心力於黃庭堅作品的研究，成果斐然。但是除了成明明〈黃庭堅館閣經歷與創作〉、黃銘鈺《黃庭堅晚期詩歌研究》以及鄭永曉《黃庭堅的詩論與晚年詩歌創作研究》等研究關注黃庭堅分期詩歌與人生經歷之關係，其餘研究面向大多偏重於

〔註5〕《黃山谷年譜》：「山谷自黔州以後，句法尤高，筆勢放縱，實天下之奇作。」

《與王觀父書》：「所寄詩多佳句，猶雕琢功多耳。但熟觀杜子美到夔州後古律詩，便得句法。簡易而大巧出焉，平淡而山高水深，似欲不可企及。文章成就，更無斧鑿痕，乃爲佳作耳。」

吳晟在《黃庭堅詩歌創作論》裡言黃庭間晚期遭遇貶謫，使其詩學觀發生重大轉變，一改前中期風格而轉爲平淡蒼老。

〔註6〕成明明：《北宋館閣與文學研究》（北京：中國社會科學出版社，2007年12月），第八章〈館職經歷對文人的影響〉，頁379～399。

黃庭堅的詩法和理論，或是對作品做主題性的單一討論。有鑑於此，本論文將黃詩館閣期作品獨立出來，希望爬梳相關的文獻資料和書籍，將其分類整理並討論，做較爲完整的研究，期望能由黃庭堅這段人生最平順優裕的時光裡，探究其詩歌所展現的生命情懷和藝術特色。

第二節　文獻探討

　　黃庭堅被推爲江西詩派的始祖〔註7〕，其鮮明的藝術個性和詩學理論不僅影響當代，且澤被後世，前人的研究中曾多方探討他的詩歌成就。凌左義曾在〈十年來黃庭堅研究綜述〉〔註8〕一文裡，將近代研究黃庭堅的歷程分成三個時期，第一時期爲一九四九年至一九七九年，此時期只有十一篇論文，且沒有研究專著，論者對黃庭堅基本採取否定態度；第二時期爲一九八○年至一九八五年，此時期爲研究黃庭堅的高峰，短短五年發表論文即有三十七篇，並且於一九八五年舉辦黃庭堅研究學術討論會；第三時期爲一九八六年至一九九五年，此時期的發表論文多達一百五十餘篇，且研究的面向拓寬，對於黃庭堅的創作和思想多採肯定態度。以下就相關的書籍專著、學位論文以及期刊論文，來探討前人的研究成果。

一、書籍專著

　　有關研究黃庭堅的論著頗多，在選集部份，如：《黃庭堅詩選》

〔註7〕宋・胡仔：《苕溪漁隱叢話》曰：「呂居仁近時以詩得名，自言傳衣江西，常作宗派圖，自豫章以降，列陳師道、潘大臨、謝逸、洪芻、饒節、僧祖可、徐俯、洪朋⋯⋯合二十五人以爲法嗣，謂其皆出豫章也。其宗派圖序數百言，大略云：『歌詩至豫章始大出而力振之，抑揚反覆，盡兼眾體，而後學者同作並和，雖體制或異，要皆所傳者一，予故錄其名字，以遺來者。』」見宋・胡仔：《苕溪漁隱叢話前集・卷48》（台北：長安出版社，1978年12月），頁327～328。

〔註8〕凌左義：〈十年來黃庭堅研究綜述〉，《文學遺產》第4期，1997年，頁117～125。

〔註9〕、朱安群主編《黃庭堅詩詞賞析集》。〔註10〕至於黃寶華《黃庭堅評傳》〔註11〕和劉維崇《黃庭堅評傳》〔註12〕，對於黃庭堅的生平、詩歌、詩論以及思想均有詳細論述，兩者間的不同爲黃寶華從黃庭堅的思想角度切入，強調他以儒爲本、融攝佛道的心性修養，並且將思想聯結詩歌理論和藝術，闡釋他的人格修養和作品特色，以及探討對後世的影響，此書能夠讓人全面且清楚的了解山谷的詩歌和思想。而劉維崇則是將內容分成生平、家世、交遊、思想和作品五方面論述，但較偏重於黃庭堅的生平、家世和交遊之討論。楊慶存《黃庭堅與宋代文化》〔註13〕與前面兩本著作相同的是亦有討論黃庭堅的家世生平，但是作者花了極大篇幅論及蘇黃友誼與江西詩派，並且全面論述山谷的詩歌創作和散文內涵，對於「點鐵成金」和「奪胎換骨」也有諸多辨析。

　　另外，有著作將黃庭堅做主題式的探討，例如吳晟《黃庭堅詩歌創作論》〔註14〕分成詩論、感受、構思、傳達、風格、趣味和文化七個範疇，不但析論黃詩的詩學理論和創作成果，也評價他的思想藝術和美學價值。至於錢志熙《黃庭堅詩學體系研究》〔註15〕則從根本說、情性說、興寄說、學古與新變說、法度說和分體說等範疇論述，其中的「分體說」爲詩學的實踐方法，分期研究山谷各體詩歌的淵源和發

〔註9〕　《黃庭堅詩選》（台北：新星出版社，1982年出版）。

〔註10〕朱安群主編：《黃庭堅詩詞賞析集》（四川：巴蜀書社，1990年6月初版）。

〔註11〕黃寶華：《黃庭堅評傳》（南京：南京大學出版社，1998年12月第一版）。

〔註12〕劉維崇：《黃庭堅評傳》（台北：黎明文化事業股份有限公司，1981年3月）。

〔註13〕楊慶存：《黃庭堅與宋代文化》（河南：河南大學出版社，2002年8月）。

〔註14〕吳晟：《黃庭堅詩歌創作論》（江西南昌：江西人民出版社，1998年10月）。

〔註15〕錢志熙：《黃庭堅詩學體系研究》（北京：北京大學出版社，2003年6月）。

展，這幾種範疇構成了一套完整的詩學體系。

二、期刊及學位論文

　　在期刊論文以及學位論文的部分，無論是台灣或是大陸地區，研究成果均相當豐碩，可以從以下四個面向探討：

（一）單一詩作主題

　　凌左義於〈十年來黃庭堅研究綜述〉一文指出「近十年來論家對黃詩的題材取向有了專題研究，也出現了從題材入手研究黃詩的多篇論文」〔註16〕，不同於以往著重於黃庭堅思想和詩論評價的論述，研究內容已拓寬。例如祝振玉〈發明妙慧，筆補造化——黃庭堅題畫詩略論〉〔註17〕和凌左義〈風斜兼雨重，意出筆墨外——論黃庭堅的題畫詩〉〔註18〕，兩人提出黃山谷題畫詩的藝術特色，並且認爲山谷在寫題畫詩時，皆能藉畫中景物抒發詩人之情，寄託深刻的思想，讓整幅畫更加含有意蘊；並且「以畫爲眞」，讓自己由畫的觀賞者變爲畫中的主體，兩者交融，別有一番趣味；李嘉瑜則以山谷的題竹畫詩爲研究範疇，在〈黃庭堅題竹畫詩之審美意識〉〔註19〕一文中，分別就「形似、傳神與寫意」、「詩畫的關係」和「書畫的關係」三個角度，提出山谷「藉畫寫意」、「詩畫一律」、「書畫同法」的觀點。同樣的研究主題，在馬君怡《黃庭堅題畫文學研究》〔註20〕中，以山谷的題畫詩、題畫賦和畫跋爲中心，從「論書畫當觀韻」和「禪、莊與畫」兩個命題，針對各個時期的風格和思想內涵做進一步的討論。再觀李英

〔註16〕見凌左義：〈十年來黃庭堅研究綜述〉，《文學遺產》第 4 期，1997 年，頁 122。

〔註17〕祝振玉：〈發明妙慧，筆補造化〉，《上海師範大學學報》第 1 期，1988 年，頁 23～27。

〔註18〕凌左義：〈風斜兼雨重，意出筆墨外——論黃庭堅的題畫詩〉，《九江師專學報》第 4 期，1986 年，頁 8～20。

〔註19〕李嘉瑜：〈黃庭堅題竹畫詩之審美意識〉，《中山人文學報》第 7 期，1998 年 8 月，頁 79～100。

〔註20〕馬君怡：《黃庭堅題畫文學研究》，國立清華大學中國文學系碩士論文，2006 年。

華《黃庭堅詠物詩研究》〔註21〕，作者歸納各種物在其詩中所呈現的意象以及所表現的藝術技巧，進而指出詠物詩所呈現不俗的人格、以禪入詩等的主體特徵。至於蔡雅霓《黃山谷贈物詩研究》〔註22〕透過山谷與親友之間物品的互贈交流，歸納出山谷於贈物詩中所表現的內在情感和三種寫作特色，以此反映出黃庭堅贈物詩的獨特性。廖羽屏《黃山谷詠茶詩探悉》〔註23〕分別從時間的縱向和橫向著眼，一面論述宋代茶文化在茶文化史上的地位，一面就山谷詠茶詩的內容探討內蘊和風格特色；王秀如《黃庭堅讀書詩研究》〔註24〕旨在藉由山谷的讀書詩探討他如何學古和創新，並且可一窺詩學理論建構的情形，作者由此歸納出山谷不僅達到「文道合一」的境界，也能成熟的運用博通新變的技巧，將一己之學問和經典鎔裁貫通，創出新意。

（二）比較研究

　　比較研究即是站在研究對象某個相近的基準點上，進行異同比較。宋·胡仔《苕溪漁隱叢話》言：「元祐文章，世稱蘇黃。」〔註25〕清·趙翼云：「北宋詩推蘇黃兩家，蓋才力雄厚，書卷繁富，實旗鼓相當。」〔註26〕蘇軾和黃庭堅在文學史上並稱「蘇黃」，對於宋詩的發展有著深遠的影響，後世在討論他們時，經常將他倆作比較。周裕鍇〈蘇軾黃庭堅詩歌理論之比較〉〔註27〕，文中分別針對兩人寫詩的內容思想、創作的泉源靈感、創作時的態度方法來論述。蘇軾和黃庭

〔註21〕李英華：《黃庭堅詠物詩研究》，國立高雄師範大學國文學系碩士論文，2002 年。

〔註22〕蔡雅霓：《黃山谷贈物詩研究》，輔仁大學中國文學系碩士論文，1999 年。

〔註23〕廖羽屏：《黃山谷詠茶詩探悉》，國立彰化師範大學國文學系碩士論文，2006 年。

〔註24〕王秀如：《黃庭堅讀書詩研究》，國立彰化師範大學國文學系碩士論文，2009 年。

〔註25〕宋·胡仔：《苕溪漁隱叢話前集》卷第四十九，（北京：中華書局，1985 年），頁 334。

〔註26〕宋·趙翼：《甌北詩話》第十一卷〈黃山谷詩〉（台北：廣文書局，1962 年 7 月），頁 71。

〔註27〕周裕鍇：《蘇軾黃庭堅詩歌理論之比較》，《文學評論》04 期，1985 年。

堅雖然都接受了儒家的倫理觀念，但是蘇軾的詩作大膽批評時政，黃庭堅卻流露著溫柔敦厚、含蓄蘊藉的審美趣味；蘇軾重視詩歌的感發作用，黃庭堅更主張必須博覽群書，作詩寫作才能規模宏遠；蘇軾欣賞直抒胸臆、自然直率的創作態度，黃庭堅講求句法和字法的鑽研，認爲必須學習前人的謀篇布局和遣詞造句，但是要能融會貫通，在前人的基礎上創造出新的字句和意境。類似的研究有林錦婷《蘇軾與黃庭堅詩論異同之比較》〔註28〕和廖鳳君《蘇軾與黃庭堅詩論及其比較》〔註29〕，前者從「自然觀」與「創作觀」兩部分做論述和比較，後者則先由細部分述蘇黃的詩論，再總述他們的異同並作比較。除此之外，例如杜卉仙《蘇黃唱和詩研究》〔註30〕和劉雅芳《蘇軾黃庭堅之交遊及其唱和詩研究》〔註31〕，兩者即從蘇黃的政治歷程、情誼以及相互往返的唱和詩裡，一窺他們所展現的人生智慧和詩文才華，亦能讀出他們的情感和幽默性格。

（三）詩學理論和風格研究

　　關於黃庭堅的詩作，歷年來許多學者皆著眼於詩論和寫作的風格藝術進行探討。首先就詩論而言，如：洪柏昭在〈論山谷詩的瘦硬〉〔註32〕一文中，分別由命意、謀篇、聲律和字句歸結出黃庭堅詩的瘦硬風格；陳俊山〈山谷體漫論〉〔註33〕中說明「山谷體」的形成是由於句法、章法和用事奇特所造成的。就形式而言，刻意的「避熟就生」

〔註28〕林錦婷：《蘇軾與黃庭堅詩論異同之比較》，國立中央大學中國文學系碩士論文，1993 年。

〔註29〕廖鳳君：《蘇軾與黃庭堅詩論及其比較》，東海大學中國文學系碩士論文，2003 年。

〔註30〕杜卉仙：《蘇黃唱和詩研究》，東吳大學中國文學系碩士論文，1985 年。

〔註31〕劉雅芳：《蘇軾黃庭堅之交遊及其唱和詩研究》，國立台灣師範大學國文學系碩士論文，2000 年。

〔註32〕洪柏昭：〈論山谷詩的瘦硬〉，《江西師範大學學報》哲學社會科學版第 2 期，1986 年，頁 26～32。

〔註33〕陳俊山：〈山谷體漫論〉，《江西師範大學學報》哲學社會科學版第 2 期，1986 年，頁 33～36。

難免予人掉書袋之譏；就內容而言，欠缺一定深度的社會現實意義。
而梅俊道則是由黃庭堅晚期的詩作爲探究範圍，在〈黃庭堅後期詩作
自然簡放的藝術追求〉〔註34〕一文中，他認爲不同於前期作品拗峭的
一面，在紹聖元年後的晚期詩作中，無論語言、意象、體勢和音律，
皆顯得平淡自然。在風格方面，如：黃寶華〈試論黃庭堅革新詩風的
主張〉〔註35〕，提出黃庭堅格新詩風的基本觀點爲「不俗」，在此觀
點下，進而延伸其反對華而不實的奇語，且將宋詩日趨散文化的精神
貫注於詩作中，呈現出勁拔挺健、瘦硬清新的風格；孫文葵〈黃庭堅
詩歌藝術風格淺談〉〔註36〕，此文認爲黃庭堅雖然師承杜甫，但是由
於環境和經歷皆不同，所塑造出來的詩作風格也就有所差異；黃庭堅
在杜詩原有的基礎上，再做創新，形成新奇的藝術風格，作者將其歸
類成比喻、用韻、句法章法以及煉字共四項，但並未深入討論。

在學位論文方面，有李元貞《黃山谷的詩與詩論》〔註37〕、王
源娥《黃庭堅詩論探微》〔註38〕、徐裕源《黃山谷詩研究》〔註39〕、
張輝誠《黃庭堅詩美學研究》〔註40〕以及陳雋弘《黃庭堅論詩意見
之研究》〔註41〕，研究者藉著黃庭堅的詩文，研究黃庭堅的詩學理
論、創作意識、藝術表現以及美學風格和其對後世的影響。另外成

〔註34〕梅俊道：〈黃庭堅後期詩作自然簡放的藝術追求〉，《九江詩專學報》
哲學社會科學版第 4 期，1997 年，頁 16～20。

〔註35〕黃寶華：〈試論黃庭堅格新詩風的主張〉，《徐州師範大學學報》01 期，
1983 年，頁 57～63。

〔註36〕孫文葵：〈黃庭堅詩歌藝術風格淺談〉，《河北師範大學學報》第 1 期，
1984 年，頁 35～41。

〔註37〕李元貞：《黃山谷的詩與詩論》，國立台灣大學中國文學系碩士論文，
1970 年。

〔註38〕王源娥：《黃庭堅詩論探微》，東吳大學中國文學系碩士論文，1982 年。

〔註39〕徐裕源：《黃山谷詩研究》，國立政治大學中國文學系碩士論文，1985
年。

〔註40〕張輝誠：《黃庭堅詩美學研究》，國立台灣師範大學國文學系碩士論
文，2003 年。

〔註41〕陳雋弘：《黃庭堅論詩意見之研究》，國立高雄師範大學國文學系碩
士論文，2004 年。

明明〈黃庭間館閣經歷與創作〉〔註42〕，作者由此期詩歌的特性和
展現的文化主題，認爲元祐末出現的「蘇、黃並稱」，是由黃庭堅館
閣經歷所鋪墊和積累的。黃銘鈺《黃庭堅晚期詩歌研究》〔註43〕，
作者一方面就山谷晚年被貶謫的生活經歷，說明對其詩歌產生影
響；一方面以前期和晚期詩歌風格作爲映照，整理出山谷晚期詩歌
的成就。鄭永曉《黃庭堅的詩論與晚年詩歌創作研究》〔註44〕將黃
庭堅晚年的詩歌理論和詩作相互對照，認爲其晚年以陶淵明和杜甫
晚年的詩歌爲榜樣，創作出剝落浮華、平淡質樸的上乘作品。陳裕
美《宋代對黃庭堅詩法之接受研究》〔註45〕，作者將宋詩話分成北
宋後期、南宋前期和南宋後期，分別討論當時讀者對於山谷詩法的
接受狀況。

（四）其 他

除了主要的上述三類，亦有從其他的觀點來拓新黃庭堅詩的研
究面向。首先有研究者以縱向方式研究黃庭堅一生的創作分期，分
別有錢志熙〈黃庭堅詩分期論〉〔註46〕與莫礪鋒〈論黃庭堅詩歌創
作的三個階段〉〔註47〕，前者將黃詩創作分成四個時期，後者則分
爲三階段，兩人對於黃庭堅各時期詩作的特點和風格均有論述。另
一篇〈重新評價黃庭堅的詩歌創作〉〔註48〕，作者認爲前人評價黃

〔註42〕成明明：《北宋館閣與文學研究》，（北京：中國社會科學出版社，2007
　　　年12月），頁379～399。
〔註43〕黃銘鈺：《黃庭堅晚期詩歌研究》，國立雲林科技大學漢學資料整理
　　　研究所碩士論文，2005年。
〔註44〕鄭永曉：《黃庭堅的詩論與晚年詩歌創作研究》，中國社會科學院研
　　　究生院文學系碩士論文，2000年。
〔註45〕陳裕美：《宋代對黃庭堅詩法之接受研究》，南華大學中國文學系碩
　　　士論文，2003年。
〔註46〕錢志熙：〈黃庭堅詩分期論〉，《溫州師院學報》哲學社會科學版第4
　　　期，1989年，頁24～32。
〔註47〕莫礪鋒：〈論黃庭堅詩歌創作的三個階段〉，《文學遺產》第3期，1995
　　　年，頁70～79。
〔註48〕陳維國：〈重新評價黃庭堅的詩歌創作〉，《重慶師院學報》哲學社會

庭堅時，往往用「剽竊模仿」、「形式主義」等評語，因此作者從詩歌的思想內容以及藝術表現上幫黃庭堅平反，認爲他的詩作不僅反映現實且內容多元，不一味追隨前人的腳步，而是在他人的基礎上，勇於探索，極力開拓出別具一格的風貌。也有作者從語言風格的角度，例如：吳幸樺《黃庭堅律師的語言風格研究——以詞彙的運用現象爲例》〔註49〕和黎采綝《黃庭堅七言律詩音韻風格研究》〔註50〕，前者的研究藉著「實詞」、「虛詞」以及「色彩詞」、「數詞」的運用，了解黃庭堅詩歌理論和詩歌詞彙間的關係；後者由聲母、四聲、拗救和韻母的情形，論述黃庭堅七言律詩的音韻風格。此外，余純卿《山谷詩論與詩的教學》〔註51〕和黃泓智《山谷及其詩歌教學研究》〔註52〕，此類論文皆將黃庭堅的詩歌理論融入於教學活動中，期望達到古典與現代的教學融合。

　　綜述以上文獻，可知關於黃庭堅生平、整體詩歌創作、詩論已有相關文論作鉅細靡遺的探討，另外在單一詩作主題上，不管是期刊還是學位論文皆有從此角度切入，作全面性的論述。而黃庭堅在館閣期間之創作，在期刊論文中偶爾觸及零星黃庭堅某些詩歌，直到成明明〈黃庭堅館閣經歷與創作〉一文中，才開始有較爲完整針對此時期所作的研究，但是內容篇幅只局限於少數作品，對於其特色也未詳加探究。因此，在前人的研究基礎上，本論文將以「黃庭堅館閣期詩作」爲討論對象，分別從詩歌創作和藝術審美的觀點，配合此時期黃庭堅的生命歷程，期望能對此主題有更深入的探討和收穫。

科學版，1986 年 2 月，頁 72～79。

〔註49〕吳幸樺：《黃庭堅律師的語言風格研究——以詞彙的運用現象爲例》，國立成功大學中國文學系碩士論文，1995 年。

〔註50〕黎采綝：《黃庭堅七言律詩音韻風格研究》，國立政治大學國文教學碩士學位班碩士論文，2005 年。

〔註51〕余純卿：《山谷詩論與詩的教學》，國立高雄師範大學國文研究所教學碩士班論文，2001 年。

〔註52〕黃泓智：《山谷及其詩歌教學研究》，國立屏東師範學院國民教育研究所碩士論文，2003 年。

第三節　研究範圍與限制

　　如第一節所述，由於黃庭堅在館閣期與蘇軾和其他友人的相處時間長，他們在閒裕的生活環境中，彼此交流唱和、切磋詩藝，激發出創作的火花；又因為黃庭堅於此期擁有閒情雅興挖掘生活之美，使詩歌無論在題材或是藝術特色上更顯得多變新穎，因此筆者特針對「館閣期」作一探討。本論文參考多位學者對黃庭堅詩作分期的研究〔註53〕，雖然其劃分不盡相同，但多屬大同小異，綜合諸家之說，筆者所論「黃庭堅館閣期」與莫礪鋒和錢志熙的分期無異。因此本文所研究的館閣詩，以神宗元豐八年（1085）四月至哲宗元祐八年（1093）為止，此段期間之詩作為主要的探討範圍，又根據前人研究統計結果，黃庭堅館閣期的詩歌共有419首〔註54〕，主要集中在哲宗元祐元年至三年。

　　本論文主要採用的是整理蒐集較為完整的任淵、史容、史季溫箋注，劉尚榮校點之《黃庭堅詩集注》，此套書整理黃庭堅詩集，採用的是任淵《山谷詩內集注》、史容《山谷詩外集注》以及史季溫《山谷詩別集注》詩注本，以全集本作校勘和補遺。〔註55〕除此之外，筆者另外參酌了劉琳、李勇先、王蓉貴校點彙整的《黃庭堅全集》，該書以光緒義寧州署刻本《宋黃文節公全集》（又名《山谷全書》）為底

〔註53〕錢志熙將黃庭堅詩作分成四個時期，分別為熙寧末至元豐初、元豐時期、館閣期和紹聖以後，見錢志熙：〈黃庭堅詩分期論〉，《溫州師院學報》哲學社會科學版第4期，1989年，頁24～32。莫礪鋒分成三個階段，為元豐八年以前、元豐八年至元祐八年、紹聖以後，見莫礪鋒：〈論黃庭堅詩歌創作的三個階段〉，《文學遺產》第3期，1995年，頁70～79。黃啟方分成三期，為元豐元年以前、元豐元年至紹聖元年、紹聖以後，見黃啟方：〈黃庭堅詩的三個問題——詩作分期、詩體變易及詩論的建立〉，收錄於黃啟方：《黃庭堅與江西詩派論集》（台北：國家出版社，2006年10月），頁85～107。

〔註54〕莫礪鋒統計中期（元豐八年～元祐八年）之詩歌數量共有419首。成明明在〈黃庭堅館閣經歷與創作〉裡，統計元豐八年入京後至元祐八年的詩歌創作總計419首。

〔註55〕參見宋‧任淵、史容、史季溫注，劉尚榮校點：《黃庭堅詩集注》（北京：中華書局，2003年5月第1版），頁2～4。

本，收錄了山谷詩、文、詞、題跋、書信、日記、遺漏作品等，資料詳盡豐富。除了運用這些典籍將山谷館閣期的詩歌進一步深入探討外，筆者亦參考黃庭堅年譜〔註56〕，藉由作品的繫年，整理出館閣期的詩歌作品以及從中梳理其寫作脈絡。

就本論文的研究限制而言，主要因爲黃庭堅館閣期的詩歌數量豐富，而囿於筆者個人的才疏學淺以及部分詩歌的參考文獻闕如，爲求能有較爲系統化的正確評析以及客觀的佐證，以免有所誤謬或失之偏頗，筆者捨棄針對每首詩歌一一探析的初衷，改採穩健務實的做法：對於前人已有初步論述，但尚未深入探究的某些詩歌，筆者參酌及綜合前人的意見，嘗試重新詮釋並且做進一步的評析。對於前人尚未探討但意境較爲淺顯易懂的作品，筆者從中擇出能夠顯現館閣期特色的詩作，配合時代背景和山谷性格，做適度的聯結和了解。至於較爲艱深難解之詩篇，受限於筆者能力以及從旁佐證資料的不足，筆者只能暫且擱置不論。另外，由於本論文做的是「分期研究」，研究的範圍爲黃庭堅館閣期，對於館閣前期和後期的詩歌風貌之轉變，受限於筆者學力和篇幅之限制，本論文未加以討論，此乃遺憾之處。因此，對於本研究未盡恰當或有缺漏之處，敬祈方家與先進惠賜卓見並予斧正。

第四節　研究方法與論文架構

本論文在研究過程中，所使用的研究方法分爲下面幾類：

第一類，分期研究法。據前文所述，本論文參考錢志熙、莫礪鋒和黃啓方對於黃庭堅的分期，並參酌黃䔲和鄭永曉編寫的黃庭堅年譜，最後將目標鎖定爲黃庭堅在京師爲官的這段期間——神宗元豐八年（1085）至哲宗元祐八年（1093），透過分期的方法展現館閣期詩歌獨樹一格之特色。

〔註56〕如黃䔲：《黃山谷年譜》（台北：學海出版社，1979年十月），鄭永曉：《黃庭堅年譜新編》（北京：社會科學文獻出版社，1997年12月）。

　　第二類，主題分類法。本論文針對館閣時期的詩歌作品，依據其標題和詩歌內容，歸類爲題畫、詠物、蘇黃唱和、政治社會以及贈答詩五類，並選擇其中較具代表性的作品，對於其詩歌內涵深入探討。

　　第三類，統整分析法。第一章「文獻探討」的部分，將歷年來「黃庭堅詩、詞」的相關研究，廣泛蒐集後，進行主題式的統整分類。第二章「黃庭堅館閣期之時空背景」，由時代環境的氛圍和作者生平切入，將其分爲「元祐館職的結盟」、「黃庭堅個人的政治生涯」以及「館閣生活」三個面向，加以討論。第三章爲「館閣期詩內容表現」，經由整理分類和閱讀消化後，將館閣期的詩歌分成「題畫詩」、「詠物詩」、「蘇黃唱和詩」、「政治社會詩」與「贈答詩」五大類，深入探討詩歌內容。第四章爲「館閣期之風格特色」，以第三章所討論的內容爲基礎，探討館閣期詩歌所展現的特色風格。第五章「結論」，綜合第二、三、四章的研究心得，予以歸納總結。

　　第四類，知人論世法。「知人論世」見於《孟子‧萬章下》：「誦其詩，讀其書，不知其人可乎？是以論其世也。」本爲孟子闡述之修身方法。用於文學評論裡，則是將作者所處時代和生平思想，視爲分析詩歌作品之內在精神的重要一環。詩歌常被做爲詩人抒發情意的媒介，自然與所處環境氛圍和作者個人性情及遭遇有莫大關係。因此，在觀察黃庭堅館閣期的政治背景和社會環境的同時，並且考查此時期所創作的詩歌題材和內容，才能彰顯其審美意涵與藝術特色。

　　第五類，鑑賞詮釋法。考察文獻和蒐集資料，只能將詩歌作初步的整理與分類，若是要進一步的深入探究，必須運用鑑賞詮釋法。因此本論文在「黃庭堅館閣期詩歌的內容表現」與「館閣期之風格特色」裡，皆透過內容的鑑賞與文本的詮釋，期能將黃庭堅館閣期的詩歌內容和價值，做全面的了解。

　　透過上述的研究方法，本論文共分爲五章，各章節之組織架構

及內容安排分別爲：

　　第一章爲緒論，首先說明本論文的研究動機與目的，其次概述文獻探討，將前人的研究分爲書籍專著、期刊論文和學位論文來討論。接著說明研究範圍與限制，最後闡述研究方法和論文架構。

　　第二章探討「黃庭堅館閣期詩之時空背景」。本章以知人論世的方法，對黃庭堅館閣期的創作背景做進一步的討論。首先概述北宋館職的發展，其次針對元祐館職的結盟、黃庭堅在館閣期的政治生涯和學術淵源，對於其詩歌創作所帶來的影響做說明。接著，由館閣的日常生活了解宋人社會的人文氣象以及提供了黃庭堅創作館閣詩的影響。

　　第三章爲「館閣期詩歌內容展現」，將館閣期的詩歌依其內容做類別歸納分析，分爲題畫詩、詠物詩、蘇黃唱和詩、政治社會詩以及贈答詩五類，並擇選其中代表性的作品，分析這些作品所呈現的內容特色，試圖透過其詩歌內容，了解黃庭堅館閣期的生活型態、個人體悟以及和親朋好友間的深厚情誼。

　　第四章爲「館閣期之創作特色」，此章以第三章爲基礎，對於內容做整體的觀照和分析，探究黃庭堅在館閣期所呈現的藝術風格和表現手法。第一節爲「寫作意蘊」，從題材內容的詼諧幽默、化俗爲雅，探討館閣期詩歌所展現的內容特點。第二節爲「藝術手法」，分別從譬喻、擬人、用典，以及黃庭堅如何運用造語、詩眼和句法的技巧，使詩歌語言臻於新奇之境。

　　第五章爲結論，首先歸納各章節的研究心得，說明研究成果；其次，以館閣期詩歌對於前期的繼承和不同於晚期的風格，揭示個人的研究創獲，並彰顯後續研究之可行議題，以見本論文之研究成果。

第二章　館閣期詩之時空背景

　　所謂的「館閣」，指的是昭文館、史館、集賢院和秘閣，爲國家藏書、主持修纂和校勘的機構。宋朝時，三館與秘閣均在崇文院中，合稱「館閣」或「四館」。〔註1〕黃庭堅在神宗元豐八年入京之前，先後擔任過葉縣尉、北京國子監教授、太和縣令以及德平鎮堅鎮；入京後以秘書省校書郎被召，並在次年與范祖禹、司馬康等共同校訂《資治通鑑》，開始了館閣期的生活。在此時期，黃庭堅與蘇軾、孫覺、李常等文壇名士聚集京師，且和其餘的蘇門四學士晁補之、張耒、秦觀同在館閣任職。他們在閒暇之餘常齊聚一堂，無論品茗聊天，或遊賞宴集，或賦詩唱和皆是樂此不疲，頗爲自由愜意，展現了元祐年間文學的繁榮景況。

　　針對黃庭堅的詩作做分期研究，錢志熙將其分成四個時期：第一期爲早年時期，時間在熙寧末至元豐初；第二期爲元豐年間的成熟期；第三期爲館閣時期，是發展變化的階段；第四期爲紹聖年之後，是黃庭堅遭遇貶謫之時。〔註2〕莫礪鋒則是分成三個階段：第一階段爲元豐八年以前，第二階段是元豐八年至元祐八年，第三階段爲紹聖

〔註1〕姚瀛艇：《宋代文化史》第二章〈館閣制度與圖書編纂〉，（開封：河南大學出版社，1992年2月），頁28～29。
〔註2〕錢志熙：〈黃庭堅詩分期論〉，《溫州師院學報》哲學社會科學版第4期，1989年，頁24～32。

以後。[註3] 大體來說，筆者所論黃庭堅館閣期跟錢志熙以及莫礪鋒
無異，爲宋神宗元豐八年入京後到哲宗元祐八年，但黃庭堅的創作主
要集中在元豐八年到元祐四年間，元祐四年至元祐八年的詩作急遽減
少。[註4] 本章從「元祐館職的結盟」、「個人的政治生涯」以及「館
閣期的生活」，進一步了解黃庭堅館閣期詩歌的創作背景。

第一節　創作因緣

　　影響黃庭堅館閣期詩歌的創作因素，除了詩人本身的性情和經
歷，時代環境的氛圍和政治背景也深深影響著詩人的創作傾向。宋代
文人雅集和詩歌唱和，蔚爲風尚，黃庭堅在京師的這段時間，交遊來
往的文人皆爲一時才俊，並且多以館職學士爲主體，他們聚集京師，
形成團體，彼此交遊唱和，相互激勵砥礪，促進詩歌創作之風氣；而
黃庭堅無論在詠物詩、題畫詩或是抒情詩上皆有唱和之作，其中與蘇
軾的唱和詩更是居高，特別注重詩藝的求新求變，展現各人特有的風
格。[註5] 此外，北宋年間政治風雲詭譎，雖然在京師的館閣時期爲
黃庭堅人生中最平順的一段時光，但是元祐更化時舊黨內部的黨爭不
免使其遭受池魚之殃，看似歡樂的酬唱之作亦透露出轉換心境的自我

〔註3〕莫礪鋒：〈論黃庭堅詩歌創作的三個階段〉，《文學遺產》第 3 期，1995
　　　年，頁 70～79。

〔註4〕任淵注：「四年夏，東坡出知杭州，遂無詩伴。而山谷常苦眩冒。多
　　　在史局。又多侍母夫人醫藥。至六年六月，遂丁家艱。故此數年之間，
　　　作詩絕少。」任淵認爲東坡離京和山谷居喪這兩點，是造成山谷詩作
　　　減少的原因。見宋・黃庭堅，劉尚榮校點：《黃庭堅詩集注》內集卷
　　　十一，（北京：中華書局，2003 年 5 月），頁 22。但在莫礪鋒〈論黃
　　　庭堅詩歌創作的三個階段〉一文中云：「這裡面固然有患疾、居喪等
　　　客觀原因，但失去「詩伴」乃至詩興大減則是重要的主關原因。」見
　　　莫礪鋒：〈論黃庭堅詩歌創作的三個階段〉，《文學遺產》第 3 期，1995
　　　年，頁 71。

〔註5〕馬東瑤在文中說明：「『蘇門』創作中大量唱和詩的存在，固然與交遊
　　　的頻繁有關，同時也正體現出詩人知難而上、有意打破唱和詩的舊有
　　　模式而凸顯個人風格的自立精神。」見馬東瑤：〈蘇門酬唱與宋調的
　　　發展〉，《文學遺產》2005 年第 1 期，頁 99。

調適之風格。本節即從北宋文壇的結盟和山谷個人的政治生涯上探究。

一、元祐館職〔註6〕的結盟

宋代文人有著結盟的思想，尤其北宋時，在文化繁榮的滋養孕育下，促成了不同的文人群體。王水照指出：「北宋的文學群體中，以天聖時錢惟演的洛陽幕府僚佐集團、嘉祐時歐陽修汴京禮部舉子集團、元祐時蘇軾汴京「學士」集團的發展層次最高」〔註7〕他認爲這些文人集團影響北宋文學的發展，並且具有系列性、文學性和自覺性的特點。它們代代相沿，前一集團爲後一集團培養了盟主，後一集團的領袖都是前一集團的骨幹成員，具有一脈相承的關係。除此之外，這些文人團體大多以館閣學士爲主體，館閣不僅典藏古籍，也是朝廷儲備和網羅天下英才的機構，宋·洪邁曾言：「國朝館閣之選，皆天下英俊，然必試而後命，一經此職，遂爲名流。」〔註8〕館閣文士們會集京師，平日的編校古籍和廣讀群書，增進他們的學識；文人之間的交流切磋和雅集唱和，更是使文學的風氣達到極盛。

北宋眞宗時，有楊億編纂的《西崑酬唱集》，主要文人爲楊億、劉筠和錢惟演，他們和其他的館閣文人參與了唱酬活動，當時所謂的

〔註6〕洪邁：《容齋隨筆》：「國朝館閣之選，皆天下英俊，然必試而後命。一經此職，遂爲名流。其高者，曰集賢殿修撰、史館修撰，直龍圖閣、直昭文館、史館、集賢院、秘閣；次曰集賢、秘閣校理；官卑者，曰館閣校勘、史館檢討，均謂之館職。」見洪邁：《容齋隨筆》上冊，王雲五主編，〈館職名存〉卷十六（台北：台灣商務印書館，1978年6月），頁153。《麟台故事》卷一：「直館至校勘通謂之館職。」館職本指三館漢祕閣的官員，但在元豐五年改革官制後，罷三館歸祕書省，因此祕書省正字、校書郎、著作郎、佐郎亦稱作「館職」。見程俱：《麟台故事》（景印文淵閣四庫全書，第五九五冊，史部，職官類），頁1。

〔註7〕參見王水照：〈北宋的文學結盟與尚「統」的社會思潮〉，《王水照自選集》（上海：上海教育出版社，2000年5月），頁106。

〔註8〕洪邁：《容齋隨筆》上冊，王雲五主編，〈館職名存〉卷十六（台北：台灣商務印書館，1978年6月），頁153。

「西崑體」風行一時，形成了雍容典雅的一種盛世格調。仁宗慶曆至嘉祐時期，歐陽脩、梅堯臣以及蘇舜欽革新詩歌文風，矯正西崑體雕琢華麗之弊；歐陽脩亦於嘉祐二年知禮部貢舉，此次的知貢舉事件，發掘了各領域的優秀人才，包括擅長文學的蘇軾、蘇轍和曾鞏，鑽研理學的程顥和張載，以及活躍於政壇的呂惠卿和曾布等人，他們的崛起促成了北宋期間的第一個文學高潮，〔註9〕歐陽脩藉此提攜培養館閣文士和後輩，並且從中選擇蘇軾爲下任文壇盟主的繼承人。蘇軾於〈六一居士集敘〉言：「自歐陽子出，天下爭自濯磨，以通經學古爲高，以救時行道爲賢，以犯顏納說爲忠。長育成就，至嘉祐末，號稱多士。」〔註10〕歐陽脩主盟文壇時，拔擢傑出人才，蘇軾在眾人裡脫穎而出，因此歐陽脩將領導文壇的重任託付於蘇軾，蘇軾不負其所望，將歐陽脩的文學事業加以發揚光大。

　　蘇軾於元祐年間以翰林學士的身分入主學士院，元祐的文學集團即是以蘇軾爲中心所形成的館職學士文人集團。元祐元年十一月時，蘇軾爲主考官，主持詔試學士院，拔畢仲游、黃庭堅、張耒、晁補之并擢館職。清王文誥《蘇文忠公詩編註集成》云：

> 畢仲游字公叔，嘗從公游久矣。元祐初爲衛尉丞；同黃庭堅、張耒、晁補之等九人試學士院，公擢爲第一，補集賢校理；黃庭堅爲校書郎，遷集賢校理、著作佐郎；張耒爲太學錄，范純仁薦召試，遷祕書省正字。晁補之爲太學正，李清臣薦召試，遷祕書省正字。其仲游、庭堅薦未詳。仲游嘗上書司馬光，極論更法利弊，光爲知聳然，或光所薦。庭堅則孫覺、李常在朝，固不乏薦者也。凡除館職必登第，歷仕成資，再經保薦，召試學士院，入始等授，故黃、張、

〔註9〕王水照云：「嘉祐二年的舉子集團，並非每個人都是『歐門』的成員，但它以其高品味的學術文化根底和文學素質，爲歐門的形成提供了優化組合的充足條件。」見王水照：〈嘉祐二年貢舉事件的文學史意義〉，《王水照自選集》（上海：上海教育出版社，2000年5月），頁202。

〔註10〕宋・蘇軾，孔凡禮校點：《蘇軾文集》第一冊（北京：中華書局，1986年3月），頁316。

　　晁先入館，而秦觀不與。〔註11〕

宋代凡除館職，必須具備進士及第，歷任一定的年資，經過保薦，召
入學試院考試入等合格才能授職，舉凡畢仲游、張耒、晁補之和黃庭
堅等人，秦觀則於元祐五年校正祕書省書籍，次年遷祕書省正字。元
祐年恢復元豐年間廢除的館職召試制度、大臣們的推薦以及蘇軾為當
時文壇的宗主，使得這些優秀人才皆集中於京師，彼此之間有著緊密
的聯結關係。其中游於蘇軾門下的文人不計其數〔註12〕，但最有名的
即為「蘇門四學士」，錢大昕《十大養齋新錄》卷七「蘇門四學士」
條云：「黃魯直、秦少游、張文潛、晁無咎，稱蘇門四學士。宋沿唐
故事，館職皆得稱學士。……唯學士館閣通稱，故翰林學士特稱內翰
以別之。」〔註13〕蘇門四學士成立於元祐年間，蘇軾拔擢了黃庭堅、
張耒、晁補之等人入館任職，秦觀雖於元祐五年始入館，但是他們在
入館前早已有詩文來往，館職召試使他們相聚於京師，之後彼此的交
遊唱和更加奠定了深厚的情誼，彼此相知相惜，促成了元祐文學繁盛
的高潮。王水照曾言：

　　　「蘇門四學士」最初之組合為一個群體，原本以他們和蘇
　　　軾的類似「座師與門生」的政治關係為主；但以後的發展
　　　和衍化，「蘇門」成了一個人數更為眾多、包含有政治、學
　　　術、文學等豐富內容的文人集團了。〔註14〕

「蘇門四學士」不僅是「座師與門生」的政治關係，以「朋友」關係

〔註11〕清・王文誥：《蘇文忠公詩編著集成》第二冊，卷二十七（台灣：學
　　　　生書局，1978 年 8 月），頁 982～983。
〔註12〕胡應麟在《詩藪》雜編卷五載蘇軾門下文人多達四十二人：王平甫、
　　　　王晉卿、米元章、張子野、文與可、李公擇、孔毅父、黃魯直、秦
　　　　少游、陳無己、晁無咎、張文潛、李方叔、邢惇夫、晁以道等人，
　　　　皆從東坡遊者。見明・胡應麟：《詩藪》雜編卷五（台北：廣文書局，
　　　　1973 年 9 月），頁 939～941。
〔註13〕錢大昕：《十駕養齋新錄》（台北：台灣印書館，1978 年 5 月），頁
　　　　168。
〔註14〕王水照：〈「蘇門」的形成與人才網絡的特點〉，《王水照自選集》（上
　　　　海：上海教育出版社，2000 年 5 月），頁 377。

來說更爲合適。除了四學士外，加上李薦與陳師道，即爲「蘇門六君子」〔註15〕。蘇軾獎掖後輩、指導門生，不但履行了歐陽脩所交付的主盟文壇的責任，也促成了文士們間的認識和交往，讓這個文人館職的團體在元祐時期達到鼎盛。李薦《師友談記》曾有一段話：「東坡嘗言：『文章之任，亦在名世之士相與主盟，則其道不墜。方今太平之盛，文士輩出，要使一時之文有所宗主。昔歐陽文忠常以是任付與某，故不敢不勉。異時文章盟主，責在諸君，亦如文忠之付授某也。』」〔註16〕由此段話可知，蘇軾明白要讓文學能夠繁榮，必須選拔人才之外，也要有帶領團體的力量，如此才能使文學事業發揚光大並且薪火相傳。

陳元鋒在《北宋館閣翰苑與詩壇研究》一書云：「北宋詩歌的『館閣氣象』，是以館職詞臣詩人群爲創作主體，在藝術風格上，帶有宮廷館閣文學特有的雍容、典雅、豐贍、整麗特徵。元祐時期以蘇軾、黃庭堅詩歌爲標誌的那種『升平格力』和『風流氣味』，以及更濃厚的書卷翰墨氣息與學理思辨色彩，正是北宋館閣詩歌所達到的最成熟的藝術境界。」〔註17〕在北宋初期的館職文人群體唱和裡，所顯示的是一種歌頌聖上及太平氣象的樣貌，予人華美富貴之感。但在蘇軾所帶領的元祐館職團體中，他們的詩歌創作並非泛泛應酬、歌功頌德、創造昇平氣象的景象，而是強化了文化性和藝術性。邵浩《坡門酬唱集·引》：「無日展卷，則兩公六君子之怡怡偲偲，宛然氣象在目，神交意往，直若與之承歡接辭於元祐盛際，豈特爲和助耶。」他們經常雅集從游、以文酒詩會，不僅賦詩酬唱，亦進行書畫品鑑，表現了深厚的藝術涵養；唱和的主題囊括了生活中的瑣碎之物，在賦詠吟賞之

〔註15〕邵浩：《坡門酬唱集·引》：「兩公之門下士黃魯直、秦少游、晁無咎、張文潛、陳無己、李方叔所謂六君子者，凡其片言隻字，既皆足以名世。」收錄於《四庫全書珍本》（台北：台灣商務印書館，1977 年）。

〔註16〕宋·李薦《師友談記》：〈東坡以時文章盟主勉門下諸君〉，收錄於《唐宋筆記史料叢刊》（台北：中華書局，2002 年，8 月），頁44。

〔註17〕陳元鋒：《北宋館閣翰苑與詩壇研究》，第十三章〈北宋詩歌的「館閣氣象」〉（北京：中華書局，2005 年 10 月），頁 203。

間，增進了彼此的情感，也極一時唱和之盛。黃庭堅在此氣氛的薰染下，此時期的作品圍繞在唱和、題畫以及題詠物品的詩作爲多。這些詩作雖然在文人的結盟團體中，多用於交際酬贈，但是本質上卻充分顯現詩人的心理和生活樣貌，無論是對文人好友的關心、黨爭的厭倦和畏懼，或是充滿閒情逸致的雅緻生活，皆表現得酣暢淋漓。

二、黃庭堅個人的政治生涯

　　黃庭堅，字魯直，號山谷道人，晚號涪翁〔註18〕，宋洪州分寧縣高城鄉雙井人（今江西修水），生於宋仁宗慶曆五年（1045），卒於宋徽宗崇寧四年（1105）。他出生於書香門第，無論是品格或是詩文創作方面，皆受到父親黃庶〔註19〕的薰陶和耳濡目染。十四歲時，父親黃庶去世；十五歲後，跟隨舅父李常遊學淮南〔註20〕，在此期間，拜孫覺爲師，受到其賞識〔註21〕，並且於仁宗嘉祐六年（1061）娶孫覺的女兒爲妻。嘉祐八年（1063），黃庭堅鄉試奪魁，但是在翌年的禮部省試中卻落榜；英宗治平三年（1066）再赴鄉試時，又獲得第一名〔註22〕。治平四年（1067），神宗即位，黃庭堅終於金榜題名，登

〔註18〕宋・周季鳳〈山谷黃先生別傳〉：「嘗愛灊皖山谷寺林泉之勝，因自號山谷道人。居涪號涪翁。在宜號八桂老人。然世止稱山谷。」見宋・黃䇕：《黃山谷年譜》（台北：學海出版社，1979年10月），頁22。

〔註19〕黃庶，字亞夫，於仁宗慶曆二年（1042）登進士，著有《伐檀集》傳世。他一生仕途坎坷，有志難酬，常以詩抒發胸中之塊壘。他的詩歌以「句律奇崛」著稱，學李白、杜甫和韓愈，並且影響到了黃庭堅的創作。

〔註20〕黃庭堅：〈跋王子予外祖劉仲更墨跡〉：「某十五六時，遊學淮南間。」見宋・黃庭堅，劉琳、李勇先、王蓉貴校點：《黃庭堅全集》第三冊（成都：四川大學出版社，2001年4月），頁1633。

〔註21〕黃庭堅〈黃氏二室墓誌銘〉：「初，庭堅年十七，從舅氏李公擇學於淮南，始識孫公，得聞言行之要。啓迪勸獎，使知嚮道之方者，孫公爲多。孫公憐其少立，故以蘭谿歸之。」見《黃庭堅全集》第三冊，頁1386。

〔註22〕宋・黃䇕：《黃山谷年譜》卷一：「先生是秋再赴鄉舉，詩以〈野無遺賢〉命題，主文衡者廬陵李詢，讀先生詩中兩句云：『渭水空藏月，傅巖深鎖煙。』擊節稱賞，以謂此人不惟文理冠場，異日當以詩名

進士第，調汝州葉縣尉。神宗熙寧五年（1072），黃庭堅通過四京學官考試，名列優等，於是除北京國子監教授，在北京凡七年。此期間，黃庭堅結識了謝景初，謝景初非常賞識黃庭堅的才學〔註23〕；黃庭堅和蘇軾亦在此時期神交，蘇軾早在之前就藉由李常和孫覺的引薦讀過山谷的作品，神宗元豐元年（1078），山谷贈予蘇軾〈古風〉二首，表示仰慕之情，蘇軾亦回詩並贈一文〔註24〕。元豐三年（1080），黃庭堅入京改官，被派知吉州太和縣；元豐六年（1083），他移監德州德平鎮，直至元豐八年哲宗繼位。

　　元豐八年（1085）三月，神宗去世，哲宗即位，由高太后垂簾聽政，開始任用熙豐年間被黜的舊黨人士。司馬光、蘇軾、蘇轍等人被召回朝廷，黃庭堅奉召爲秘書省校書郎〔註25〕，此時至元祐年間，爲「館閣期」。哲宗元祐元年（1086），因司馬光的推薦，黃庭堅與范祖禹、司馬康等人參與校訂《資治通鑑》。《黃庭堅年譜》云：「按《國史》，元祐元年三月，司馬光言『校書郎黃庭堅好學有文，即日在本省別無職事。欲望持差與范祖禹及男康同校定《資治通鑑》。從之。』」〔註26〕十月除神宗實錄院檢討官、集賢校理。黃庭堅、晁補之和張耒等經由蘇軾等人的拔擢入館職，〈豫章先生傳〉曰：「學問文章，天然成性，落筆妙天下。元祐中眉山蘇公號文章伯，當是時，公與高郵秦少游、宛丘張文潛、濟源晁無咎皆遊於其門，以文相高，號四學士。一文一詩出，人爭傳誦之。」〔註27〕此時朝

〔註23〕黃庭堅〈黃氏二室墓誌銘〉：「及庭堅失蘭谿數年，謝公方爲介休擇對，見庭堅之詩曰：『吾得婿如是足矣。』庭堅因往求之，然庭堅之詩卒從謝公得句法。」見《黃庭堅全集》第三冊，頁1387。

〔註24〕《黃山谷年譜》卷七：「元豐元年二月內，北京國子監教授黃某寄書一角，并〈古風〉二首與軾。又蜀本詩集任氏舊注云：東坡亦有報書及和章。」見宋‧黃䀅：《黃山谷年譜》，頁96。

〔註25〕〈豫章先生傳〉：「哲宗即位，轉承議郎，賜五品服，乃以秘書省校書郎召入館。」見《黃山谷年譜》，頁4。

〔註26〕《黃山谷年譜》卷十九，頁209。

〔註27〕《黃山谷年譜》，頁7。

廷人事煥然一新，黃庭堅與蘇軾、蘇轍、孫覺、李常、張耒、晁補之、秦觀、陳師道等人聚集於人文薈萃的京師，他們閒暇之餘便歡聚一堂，以詩相勉、相娛，或是品茗談天，亦與當時的文人畫家往來頻繁，促進詩文書畫的相通。在彼此往來的交遊唱和中，締造北宋文化的高峰，也展現了元祐年間文學的繁榮景況。元祐二年（1087），黃庭堅在秘書省兼史局〔註28〕。十一月時，蘇軾上〈舉黃庭堅自代狀〉：「蒙恩除臣翰林學士。伏見某官黃某，孝友之行，追配古人；瑰瑋之文，妙絕當世。舉以自代，實允公議。」〔註29〕但是蘇軾的舉薦卻遭來趙挺之〔註30〕的攻擊。蘇軾在十二月主持試館職，策題〈兩漢之政治〉〔註31〕，內容指出曹操功蓋天下，其才幹勝於王莽，又西漢立國之勢、強固不拔遠勝於東漢，但曹操終身莫得東漢，而王莽卻輕易取得西漢，其原因為何？沒想到此文引起軒然大波，遭致監察御史趙挺之和侍御史王覿的攻訐，趙挺之更是上奏言：

> 按軾學術本出《戰國策》蘇秦、張儀縱橫揣摩之說，近日學士院策試廖正一館職，乃以王莽、袁紹、曹操篡漢之術為問。王莽於元后臨朝時，陰移漢祚，曹操欺孤寡，謀取天下；二袁、董卓、兇焰薰天。自生民以來，奸臣毒虐未有過於此數人者，忠臣烈士之所切齒而不忍言，學士大夫

〔註28〕《黃山谷年譜》卷二十：「正月除著作佐郎。按《國史》：正月辛未，黃庭堅為著作佐郎。」見《黃山谷年譜》，頁226～227。

〔註29〕《蘇軾文集》第24卷，頁714。

〔註30〕趙挺之，字正夫。為金石學家趙明誠的父親，詞人李清照的公公。雖然他非屬程頤的洛黨中人，但是由於當時洛黨在朝廷中強大的勢力和聲勢，因此與洛黨同調。

〔註31〕〈兩漢之政治〉：「請借漢而論之，西漢十二世而有道之君六，雖成衰失德，禍不及民，宜其立國之勢，強固不拔，而王莽以斗筲穿窬之才，談笑而取之。東漢自安順以降，日趨於衰亂，而桓靈之虐，甚於三季，其勢宜易動，而董呂二袁，皆以絕人之姿，欲取而不敢，曹操功蓋天下，其才百倍王莽，盡其智力，終身莫能得。夫治亂相絕，而安危之效，相反如此，願考其政，察其俗，希陳其所以然者。」見《蘇軾文集》第7卷，頁211。

之所諱忌而未嘗道。今二聖在上，軾代王言，專引莽、卓、
曹之事及求所以篡國遲速之術，此何義也！〔註32〕

趙挺之批評蘇軾的學術為縱橫家之流，且引王莽、董卓和曹操為例，
舉例失當，乃是「求所以篡國遲速之術」。他把蘇軾的策論題借題發
揮，並兼及黃庭堅，提到：

蘇軾專務引納輕薄虛誕，有如市井俳優之人以在門下，取
其浮薄之甚者，力加推薦。前日十科，乃薦王鞏；其舉自
代，乃薦黃庭堅。二人輕薄無行，少有其比。王鞏雖斥逐
補外，庭堅罪惡尤大，尚列史局。〔註33〕

由此段文字可知趙挺之對於蘇黃兩人的攻訐不遺餘力，黃庭堅之所以
會和趙挺之結怨，可追溯於昔日黃庭堅監德州德平鎮時，趙挺之任德
州通判，為庭堅之長官。當時趙挺之為迎合上級欲推行市易法，但是
黃庭堅有感於鎮小民貧，不堪誅求，兩人因此意見分歧。趙挺之為此
懷恨在心，也埋下了日後黃庭堅一再遭受攻訐以及仕途不順的伏筆。

　　這件事情延燒到元祐三年（1088），黃庭堅遷著作郎的任命，馬
上被取消，留任原職。〔註34〕《續資治通鑑長編》：

（元祐三年五月）詔新除著作郎黃庭堅依舊著作佐郎。以
御史趙挺之論其質性奸回，操行邪穢，罪惡尤大，故是有
命。右正言劉安世言：『近聞朝廷除黃庭堅為著作郎，繼有
臣僚言其缺行，尋蒙指揮，已令追寢。然臣聞御史趙挺之
歷疏其惡，以為先帝詔命之初，庭堅在德州外邑，恣行淫
穢，無所顧憚。竊謂挺之在德州守官，耳目相接，不應妄
謬。審如其言，則閭巷之人有所不忍，而庭堅為之自若，
汙損名教，滅絕人理，豈可尚居華胄，污辱縉紳？』〔註35〕

〔註32〕 宋‧李燾：《續資治通鑑長編》28冊，卷407元祐二年（北京：中華
　　　　書局，1992年3月第1版），頁9915。
〔註33〕《續資治通鑑長編》28冊，卷407元祐二年，頁9915。
〔註34〕《黃庭堅年譜》卷二十三：「五月，詔新除著作郎黃庭堅依舊著作佐
　　　　郎，以御史趙挺之論，故有是命。按挺之有憾於先生，德平鎮日不
　　　　肯奉行市易事。」見《黃山谷年譜》，頁253～254。
〔註35〕《續資治通鑑長編》28冊卷411元祐三年，頁10000。

由內文即知趙挺之和黃庭堅的結怨極深,甚至羅織罪名,他們的嫌隙始於當初政見的分歧。再者,由於黃庭堅追隨蘇軾,因此在政治與學術上多與蘇軾相同的立場,他人打擊蘇軾的同時,蘇門文人也不免成爲撻伐的對象。繼北宋熙豐年間的新舊黨爭後,元祐年間的政治背景爲舊黨內部的分裂。此時期,舊黨上臺執政,新黨被黜,政局發生逆轉,即所謂的「元祐更化」,高太后首召司馬光回朝,司馬光盡廢新法,提拔薦舉舊黨人士。舊黨內部也分裂成不同的集團,當權派的核心是以劉摯爲首的朔黨,以蘇軾兄弟爲首的蜀黨,以程頤爲主的洛黨,蜀洛黨爭的背景即是在蘇軾先因役法問題與司馬光時有爭議,後又與程頤在司馬光的喪禮上失和而引發的。司馬光上台主政後,對於王安石在熙寧年間提出的新法予以全盤地否定〔註36〕,對於此作法,不僅使得變法派的人士如章惇、蔡確等人據理力爭,舊黨內部也產生異議。黃庭堅雖然早期對於新法持否定態度,但是隨著時間的移轉和新法的實施,他和蘇軾等人不僅目睹了新法的弊端,也觀察到了新法的利民之處,認爲不能一概否定新法,必須實事求是看待。蘇軾因爲役法問題與司馬光發生爭執,司馬光在沒有了解免役法的有利之處以及施行效果爲何,欲完全廢除免役法而實行差役法。〔註37〕蔡條《鐵圍山叢談》卷三云:

> 東坡公元祐時既登禁林,以高才狎侮諸公卿,率有標目殆徧也,獨於馬光溫公不敢有所重輕,一日,相與共論免役、差役利害,偶不合同。及歸舍,方卸巾弛帶,乃連呼:「司

〔註36〕《續資治通鑑長編》24 冊卷 355:「將青苗、免役、市易、賒貸、保甲、保馬、茶鹽、鐵冶等新法一概當作「名爲愛民,其實病民」名爲愛民,其實病民;名爲益國,其實傷國。」,頁 8490。

〔註37〕《宋史》卷 338〈蘇軾〉:「司馬光爲相,知免役之害,不知其利,欲復差役,差官置局,軾與其選。軾曰:『差役、免役,各有利害。免役之害,掊斂民財,十室九空,斂聚於上而下有錢荒之患。差役之害,民常在官,不得專利於農,而貪吏猾胥得緣爲奸。』」收錄於《文津閣四庫全書・史部・正史類》第 281 冊,(北京:商務印書館,2006年),頁 34。

馬牛！司馬牛！」〔註38〕

由於役法問題引發蘇軾稱呼司馬光爲「司馬牛」，這是導致司馬光門下與蘇軾決裂的原因之一。此外，蘇軾和程頤本身在學術上面的理念即不同，兩人對於雙方的思想和行爲皆不以爲然〔註39〕，由此引發的衝突即是元祐元年九月司馬光的葬禮上，蘇軾以「此乃枉死市叔孫通所治禮也」〔註40〕戲謔程頤的恪守古禮，蘇軾之所以有此言論，在於他認爲「叔孫通制禮，雖不能如三代，然因時制宜，有補於世者」〔註41〕，而程頤卻不知變通，此言論導致程門師生的不滿；再加上政治派系的不同，所謂「自蘇軾以策題事爲台諫所言，而言者多與程頤善」〔註42〕，蘇軾連續在元祐元年以及元祐二年爲學士院試館職所撰策題皆遭到延綿不絕的毀謗，蘇軾爲己辯護，反而更加引起台諫的攻擊，於是蘇軾在交相攻訐的黨爭之下，於元祐四年自請外任杭州。在沸沸揚揚、爭擾不休的黨爭之中，由於黃庭堅爲蘇軾的門下，對於新法的態度與蘇軾一樣較爲客觀，因此也被牽連

〔註38〕 宋・蔡絛著，馮惠民、沈錫麟點校：《鐵圍山叢談》卷 3（北京：中華書局，1983 年 9 月），頁 59～60。

〔註39〕 羅家祥在《北宋黨爭與研究》一書指出，之前的論者何滿子先生和雷飛龍先生皆認爲，蘇軾與程頤的不合在於「道學與反道學」的思想根源，蘇軾以文學成就名世，程頤則爲講求道德性命之學的理學家。但是羅家祥指出，道學作爲學術流派的出現時間，理應當爲二程去世之後，即南宋前期，北宋元祐期間理學還在孕育之中，蘇軾沒有理由反對。因此羅家祥認爲蘇軾對於程頤的不滿，主要在於進入朝廷後的爲人處事。蘇軾自稱「素病程頤之姦，形於顏色。」以爲程頤矯情飾僞，赴任官位後，常有悖於常情之舉和妄自尊大之言。參見羅家祥：《北宋黨爭與研究》第四章〈元祐時期的洛蜀黨爭〉（台北：文津出版社，1993 年 11 月），頁 181～185。

〔註40〕 《資治通鑑長編》卷 933：「明堂降赦，臣僚稱賀訖，兩省官欲往奠司馬光。是時，程頤言曰：『子於是日哭，則不歌，豈可賀赦才了卻往弔喪？』坐客有難之曰：『孔子言「哭則不歌」，即不言「歌則不哭」，今已賀赦了，卻往弔喪，於禮無害。』蘇軾遂戲程頤云：『此乃枉死市叔孫通所制禮也。』眾皆大笑，其結怨之端蓋自此結。」

〔註41〕 見《蘇軾文集》之〈叔孫通不能致二生〉卷 7，頁 196。

〔註42〕 《續資治通鑑長編》28 冊卷 404，頁 9828。

於黨爭之中，他的仕宦之路窒礙難行。在蘇軾外調杭州後，黃庭堅少了一位知心好友共同唱和〔註43〕，再加上次年舅父李常和岳父孫覺相繼去世，不免倍感孤寂和落落寡歡。這年之後，黃庭堅的詩作大量減少，隨著蘇軾的離京，黃庭堅及蘇門子弟多采多姿的詩酒酬唱、贈答問學的時光結束，取而代之的是接踵而來的噩運。

　　元祐六年（1091），黃庭堅因修纂《神宗實錄》有功，原本可由著作佐郎升為起居舍人，但是此詔命被韓川駁回〔註44〕，他言：「新除黃庭堅為起居舍人，伏以左右史職清地峻，次補侍從，而黃庭堅所為輕翾浮艷，素無士行，邪穢之迹，狼藉道路。」〔註45〕與黃庭堅共同編修的同僚皆已升官，但是黃庭堅因為韓川之言，晉升之路受到阻礙，所以仍維持原官。此年，黃庭堅最感憂慮的是母親日益嚴重的病情，他先後上了〈辭免轉官狀〉和〈乞回授恩命狀〉，尤其在〈乞回授恩命狀〉裡云：

> 昨以討論無功，不敢祗受恩命。准尚書省箚子「奉聖旨不
> 准辭免」者。寵光下被，不敢終辭。竊有微誠，冒干國典。
> 伏念臣母壽光縣太君李氏，今年七十二，垂老抱疾，幸見
> 孝治之朝，霑及祿養。而臣誤蒙簡任，使收筆墨之勤，實
> 出非常之會。不勝人子私情，願以特授朝奉郎回授老母一
> 郡封。竊以在庭之臣，榮辱及親者蓋寡，成書之賞，後來
> 用例者難攀。伏望聖慈，特賜開許。〔註46〕

〔註43〕《黃庭堅詩集注》：「四年至六年夏，皆在史局。……四年夏，東坡出知杭州，遂無詩伴。而山谷常苦眩冒，又多侍母夫人醫藥。」見宋・黃庭堅，劉尚榮校點：《黃庭堅詩集注》內集第十一卷（北京：中華書局，2003 年 5 月），頁 22。

〔註44〕《黃山谷年譜》：「按《國史》，三月癸友詔鄧伯溫、趙彥若、范祖禹、曾肇、林希，各遷一官。陸佃為龍圖閣直學士，黃庭堅為起居舍人。並以《神宗實錄》書成賞勞也。中書舍人韓川有言，詔黃庭堅行著作佐郎。又按《國史》，初呂大防欲用庭堅，太皇太后曰：恐再繳，不如只在部與改官。」見《黃山谷年譜》，頁 290。

〔註45〕《續資治通鑑長編》31 冊卷 456，頁 10930。

〔註46〕《黃庭堅全集》第三冊，頁 1556。

由此篇奏狀中，能感受出黃庭堅懇切以及殷殷期盼的關心老母之情，懇求聖上能將恩寵轉賜給老母，朝廷念在黃庭堅孝行可嘉，因此將其母封為安康郡太君。但之後黃母病逝，黃庭堅哀慟欲絕，護母回鄉。雖然哲宗元祐在京師的這段時光，是黃庭堅人生中最輝煌燦爛的時期，親朋好友能聚首賦詩，讓生活多彩多姿，但是接踵而來的黨爭事件以及蘇門子弟所遭受的波及，讓他的創作中不免透露出嚮往江湖以外閒適世界的情懷。此外，元祐期間，黃庭堅和蘇軾的題畫詩作產量豐富，他們藉由藝術陶冶心性和轉移對於黨爭紛擾的疲憊，沈松勤曾表示：

> 元祐詩人在意氣之爭與畏禍心理的互動中，為自己所營造的可供心靈悠游的藝術世界，典型地體現了元祐詩人深陷「紛紛爭奪」的名利之域，而渴望個體主體的自由、自悅的價值取向。〔註47〕

元祐八年（1093），黃庭堅上了兩次奏狀，說明自己欲辭免編修《神宗皇帝正史》〔註48〕；這年，宣仁太皇太后駕崩，哲宗親政，並在隔年的四月將年號改為「紹聖」，意指紹述神宗時代的新政，因此盡黜元祐大臣，召回章惇、蔡卞、呂惠卿等新派人士，他們乘機打擊舊派的人，以發洩私憤。在哲宗用人不辨忠奸，處事不明是非以及這些當權者排除異己的一片聲浪中，范祖禹和黃庭堅等人所修的《神宗實錄》成為討伐的主要對象，元豐八年到元祐年間這段在京師的館閣時光結束，取而代之的是貶官奔波的生涯。

〔註47〕 沈松勤：《北宋文人與黨爭》（北京：人民出版社，1998 年 10 月），頁 312～313。

〔註48〕 《黃山谷年譜》：「按《國史》，七月壬寅，呂大防言《神宗皇帝正史》限一年了畢契勘。昨修兩朝正史係差史官五員，今來只有三員。竊慮猝難就緒。欲差前實錄院檢討官黃庭堅、正字秦觀為編修官，從之。」黃庭堅作〈服闋辭免史院編修狀〉，奏辭免編修之命，但是朝廷不允；於是再上〈第二辭免狀〉，說明自己「先患目疾，幾至喪明，憂患以來，全廢文字，又得腳氣，不使鞍馬，往來田裡，須杖自扶。」

三、學術背景

　　黃庭堅在館閣期間，在京師祕書省，校《資治通鑑》、亦修《神宗實錄》，處境平順，生活安定，與好友們交遊，茶餘飯後，贈答唱酬，愜意自得。黃庭堅此時游刃有餘，不僅維持前期清新奇峭的詩風，更有餘裕鑽研詩藝，使其精益求精。蘇軾曾在〈舉黃庭堅自代狀〉一文中，稱讚黃庭堅：「瑰瑋之文，妙絕當世。」〔註49〕黃𣢢在〈豫章先生傳〉裡亦言：「元祐間，蘇黃並世，以碩學宏鼓行士林，引筆行墨，追古人而與之俱。世謂李杜詩歌高妙而文章不稱，李翱、黃甫湜古文典雅而詩獨不傳，惟二公不然，可謂兼之矣。」〔註50〕黃庭堅能有此稱譽，與他的家學淵源有極大關係，而他的父親黃庶、舅父李常與前後兩個岳父（孫覺、謝景初），都宗尚杜甫，黃庭堅在他們的詩風薰陶下，詩亦學杜。《洪駒父詩話》曾言：

> 山谷父亞夫詩自有句法。山谷書其大孤山、宿趙屯兩詩，刻石於星落寺。兩詩警拔，世多見之矣。……老杜祖審言與沈、宋同時，詩極工，不在沈、宋下，故老杜詩云『吾祖詩冠古，同年蒙主恩』是也。山谷句法高妙，蓋其源流有所自云。」〔註51〕

洪駒父稱黃庶之詩「自有句法」，〈山谷黃先生別傳〉裡亦稱黃庶「句律奇崛」〔註52〕，黃庶重視整體詩歌在語言、技法和意境上的安排，黃庭堅從父親那裡間接受到杜甫之影響。另外，黃庭堅的第一位岳父孫覺，黃庭堅不僅備受其關照，在詩學方面亦受其指導和沾溉。宋・范溫《潛溪詩眼》有下列記載：

> 山谷常言少時曾誦薛能詩云：「青春背我堂堂去，白髮欺人故故生。」孫莘老問云：「此何人詩？」對曰：「老杜。」莘老云：「杜詩不如此。」後山谷語傳師云：「庭堅因莘老

〔註49〕《蘇軾文集》第24卷，頁714。

〔註50〕《黃山谷年譜》，頁8。

〔註51〕見《宋詩話輯佚》，頁428。

〔註52〕見周季鳳〈山谷黃先生別傳〉：「庶有詩名，句律奇崛，世謂山鬼水怪著薛荔之體。」收錄於《黃山谷年譜》，頁17。

之言，遂曉老杜詩高雅大體。」傳師云：「若薛能詩正俗所
謂歎世耳。」〔註53〕

孫覺推崇杜甫，黃庭堅又自述其「因莘老之言，遂曉老杜詩高雅大
體」，可見黃庭堅學習杜詩，亦深受孫覺影響。黃庭堅第二位岳父謝
師厚，黃庭堅曾言「詩卒從謝公得句法」，《王直方詩話》：

山谷對余言，謝師厚七言絕類老杜，但人少知之耳。如「倒
著衣裳迎戶外，盡呼兒女拜燈前」編之杜集無愧也。……
然庭堅之詩竟從謝公得句法。故嘗有詩曰：「自往得謝公，
論詩得濠梁。」〔註54〕

黃庭堅自述得其句法，又稱謝師厚之詩歌「絕類老杜」、「編之杜集無
愧也」，由此可知，謝師厚學得老杜句法，而黃庭堅又學得謝師厚詩
藝的鍛鍊技巧，可見其對黃庭堅的深厚影響。

宋・張戒於《歲寒堂詩話》曰：「黃魯直自言學杜子美」〔註55〕、
「子美之詩，得山谷而後發明」〔註56〕。《師友詩傳錄》：「有問王荊
公者：『杜詩何以妙絕古今？』公曰：『老杜固嘗言之矣：讀書破萬卷，
下筆如有神。黃山谷謂：不讀書萬卷，不可看杜詩。看尚不可，況作
詩乎？』」〔註57〕黃庭堅以學杜爲宗旨〔註58〕，秉持著杜甫作詩的創
作態度，認爲胸中有萬卷書，積蓄深厚的學問，表現在創作上自然扎
實。在館閣時期，腹笥豐富的黃庭堅和館職文人在作詩唱和時，相繼

〔註53〕《宋詩話輯佚》，頁327。
〔註54〕《宋詩話輯佚》，頁16。
〔註55〕清・丁福保輯：《歷代詩話續編》（台北：木鐸出版社，1988年7月
出版），頁451。
〔註56〕《歷代詩話續編》，頁463。
〔註57〕清・丁福保編：《清詩話》（台北：明倫出版社，1971年12月），頁
128。
〔註58〕黃庭堅於〈題韋偃馬〉曾言：「一洗萬古凡馬空，句法如此今誰工？」
此句「一洗萬古凡馬空」引杜甫〈丹青引〉之詩句，此爲黃庭堅所
推崇的句法榜樣。另外，在《宋代文學研究》第十二章〈黃庭堅研
究〉一文中，曾提到黃庭堅詩歌在藝術上對杜甫、陶淵明、韓愈、
李商隱及西崑詩派都有所繼承，但他以學杜爲宗旨。參見張毅：《宋
代文學研究》（下）（北京：北京出版社，2001年），頁778～779。

競才逞藝、馳騁才學，在藝術表現上以故為新，於前人的基礎上，更進一步點化活用，自成一格。黃庭堅曾稱讚杜甫：「無一字無來處」〔註59〕，且「句中有眼」〔註60〕，認為杜詩造語精闢，作詩講求鍛鍊經營，因此以其為典範。除了創作態度，杜甫的人格修養也影響著黃庭堅。杜甫在窮愁飄零時，亦憂國憂民，將對於上位者的不滿和對人民的憐憫之情發於詩中。黃庭堅在館閣期間，雖然與人民的接觸減少，對於新舊黨的鬥爭亦覺厭煩，但是他還是創作出有關於政治社會方面的詩篇〔註61〕，也將杜甫的偉大人格進而轉換成對追求個人節操與人格理想的完善。

　　黃庭堅的思想為儒釋道三家雜揉，他以儒家為本，融攝佛道，將三家的思想體現於為人處世上。館閣期間，因為與其餘舊黨人士意見的分歧，使他和蘇軾遭受到舊黨人士的攻訐〔註62〕，雖然他外表和光同塵，看似隨俗任運，但是內心卻能保有自己的原則，明辨是非且涇渭分明，不與他人同流合汙。黃庭堅對於政治上的態度是希望「人才包新舊，王度濟寬猛。」〔註63〕但是由於他無論在政治觀點或是學術思想上，皆與蘇軾同進退，所以很難脫身於激烈的黨爭之中，因此在詩歌裡，始終有著超脫世俗的渴望，流露出欲歸隱的情懷。黃庭堅以儒家的觀念修養自身，對於人民保有關懷之情。另一方面，亦以佛道的觀念處世，使己能隨遇而安，安時處順。關於佛道，黃庭堅受禪家影響頗深，黃寶華於〈論黃庭堅儒、佛、道合一的思想特色〉一文中

〔註59〕〈答洪駒父書〉：「老杜作詩，退之作文，無一字無來處；蓋後人讀書少，故謂韓、杜自作此語耳。古之能為文章者，真能陶冶萬物，雖取古人之陳言入於翰墨，如靈丹一粒，點鐵成金也。」見《黃庭堅全集》貳，頁474。

〔註60〕〈贈高子勉四首〉其四：「拾遺句中有眼。」見《黃庭堅詩集注》內集第十六卷，頁574。

〔註61〕詳參本論文第三章第四節〈心繫蒼生的政治社會詩〉。

〔註62〕詳參本論文第二章第二節〈黃庭堅個人的政治生涯〉。

〔註63〕《黃庭堅詩集注》內集第二卷，〈次韻子由績溪病起被召寄王定國〉，頁105。

曾說明：

> 《五燈會元》卷十七專門爲他立傳，列爲法嗣。禪宗五家
> 之一的臨濟宗屬於洪州禪。臨濟下八世慧南在隆興黃龍山
> 舉揚一家宗風，開創了黃龍派。慧南示寂後，大弟子祖心
> 繼任住持，又稱晦堂，黃庭堅即爲他的入室弟子，對他推
> 崇備至。〔註64〕

黃庭堅在思想上皆受禪宗薰陶，自然發而爲詩歌，因此以禪語或是禪
宗典故入詩，在許多詩歌裡也會摻入禪悟式的理趣，以獨特的審美觀
點來觀照生活。內儒外佛道的思想，使得黃庭堅雖處在政治洪流中，
仍能秉持著曠達胸懷，堅守原則。在深受家學淵源以及宗杜的影響，
黃庭堅在館閣期的詩歌技巧上亦臻上乘，自成一家，而在儒佛道三家
思想的薰陶下，他的詩歌亦體現多元的體裁和風貌。

第二節　館閣生活

　　館閣雖爲「圖書之府」，但是並非專爲編纂校勘圖書，主要的功
能乃在於培育英才、儲才待用。館閣薈聚賢才，使其提倡文治，引領
社會風氣。他們的生活富有濃厚的文化氣息，除了整理圖書之外，也
有宿直、貢舉鎖院和餞會雅集等活動，不但能夠逞詩競文，也能藉著
談天賦詩豐富生活。〔註65〕

一、修　書

　　宋代的館閣爲國家的藏書機構，《麟台故事》卷三：「圖書之府所
以待賢俊而備討論也。」〔註66〕編修和校勘書籍爲館閣人員主要的

〔註64〕黃寶華：〈論黃庭堅儒、佛、道合一的思想特色〉，《復旦學報》（社
　　　　會科學版）第六期，1982 年，頁 89。
〔註65〕筆者參考陳元鋒：《北宋館閣翰苑與詩壇研究》第十一章〈宋代館職
　　　　詞臣的聚合游從〉，將館閣生活分成修書、宿直、貢舉鎖院、聚合雅
　　　　集與聚食四方面論述。
〔註66〕程俱：《麟台故事》（景印文淵閣四庫全書，第五九五冊，史部，職
　　　　官類），頁 7。

工作，亦是保存文獻的一個過程。藉由此過程不僅能培養飽學之士，也能讓館閣人員增加見聞和開闊視野。宋·韓淲《澗泉日記》曾言：「今館閣之書，下至稗官小說，街談巷語，道聽塗說之所造者，無所不有。」〔註67〕館閣藏書的種類繁多，例如北宋著名的四大部書：《太平御覽》、《太平廣記》、《文苑英華》和《冊府元龜》，有載小說者，亦有載史事者，因此館閣聚集許多人才修纂豐富的藏書，為文化氣息濃厚之地。

黃庭堅曾有詩〈以雙井茶送孔常父〉：

> 校經同省並門居，無日不聞公讀書。故持茗椀澆舌本，要聽六經如貫珠。心知韻勝舌知腴，何似寶雲與真如。湯餅作魔應午寢，慰公渴夢吞江湖。〔註68〕

此詩作於元祐元年，孔常父於此年的五月以秘書省正字為校書郎，「校經同省並門居」透露著黃庭堅和孔常父為同事，兩人在館閣內每天面對著即是編校整理藏書。在修書之餘，品茶可以調劑疲勞的身心，山谷以家鄉的雙井茶送給孔常父，雙井茶也許不如名貴的茶葉般爽朗潤口，但是卻能「慰公渴夢吞江湖」，一澆心中之塊壘。山谷在贈送茶茗給孔常父的同時，也是藉此勸勉孔常父，傳達與之一起在館閣共同努力的心意。另外在元祐三年，黃庭堅有詩〈東觀讀未見書〉：

> 漢規群玉府，東觀近宸居。詔許無雙士，來觀未見書。皇文開萬卷，家學陋三餘。竹帛森延閣，星辰繞直廬。諸生起孤賤，天子自吹噓。願以多聞力，論思補帝裾。〔註69〕

黃庭堅深受父親黃庶、舅父李常、岳父孫覺和謝景初的影響，獲得深厚的學術陶養；在他任職館閣的期間，經由司馬光推薦校訂《資治通鑑》，之後又編寫《神宗實錄》，雖然修書的過程繁瑣，但是在遍覽經史典籍之餘，在和同事朋友切磋學問的同時，也得到了喜悅。「東觀」

〔註67〕宋·韓淲《澗泉日記》卷下，收錄於《歷代日記叢抄》（北京：學苑出版社，2006年）。

〔註68〕《黃庭堅詩集注》內集第六卷，頁223～224。

〔註69〕《黃庭堅詩集注》內集第十卷，頁372～373。

本爲後漢放置圖書之所，肅宗曾詔黃香詣東觀讀所未嘗見書。〔註70〕詩中的「皇文開萬卷」和「竹帛森延閣」表示藏書應有盡有，詩人認爲能夠閱覽所未見之群書是一件幸運的事情，希望能夠藉此增長知識，並且爲朝廷盡一份棉薄之力，規諫帝王的缺失。

二、宿　直

宋代的館閣有宿直制度。《麟台故事》卷二云：「祖宗朝，三館宿官或被夜召，故宿直惟謹。祕書省監、丞以下，日輪一員省宿，當宿官請急即輪以次官，參假日補塡，內長貳五日一員，正旦、寒食、冬至節假並入伏不輪。其後宿官請急，不報以次官，止關皇城司照會，至元祐遂引立爲法。」〔註71〕宿直有嚴謹的輪班、請假和檢察制度，但是每夜輪流宿直的館閣文人若不宿，則有所謂的「豁宿」制度。《夢溪筆談》曰：「館閣每夜輪一人直宿，如有故不宿，則虛其夜，謂之『豁宿』。故事，豁宿不得過四，至第五日即須入宿。遇豁宿，例於宿歷名位下書：『腹肚不安，免宿。』故館閣宿歷，相傳謂之『害肚歷』。」〔註72〕

文人在宿直館閣的心情均體現於他們的詩歌裡，例如黃庭堅曾在元祐三年作〈祕書省冬夜宿直寄懷李德素〉：

> 曲肱驚夢寒，皎皎入牖下。出門問何祥，岑寂省中夜。娥攜青女，一笑粲萬瓦。懷我金玉人，幽獨秉大雅。古來絕朱絃，蓋爲知音者。同床有不察，而況子在野。獨立占少微，長懷何由寫。〔註73〕

在寒意襲人、皎潔月光陪伴的夜裡，黃庭堅在祕書省值夜，此時他想

〔註70〕見《黃庭堅詩集注》內集第十卷，頁372。
〔註71〕程俱：《麟台故事》卷2（景印文淵閣四庫全書，第五九五冊，史部，職官類），頁318。
〔註72〕沈括：《夢溪筆談》卷23（景印文淵閣四庫全書，第八六二冊，史部，雜家類），頁。
〔註73〕《黃庭堅詩集注》內集第十卷，頁370～371。

起了友人李德素。李德素雖浮沉於時，但操行如古人〔註74〕，他幽居獨處於龍眠山，懷著雅正的情操。此詩不僅流露對友人的深深思念，也呈現館閣宿直岑寂幽靜的生活。孔武仲在〈館宿〉一詩寫道：

> 啾啾簷間雀，側翅相悲鳴。歲晏寒雖壯，雲稀雪未成。同
> 舍布路歸，禁局斷人行。敗箕摧殘葉，傴僂一老兵。念非
> 太瀟灑，安得耳目清。爐焰久更高，宵鼓動嚴城。〔註75〕

詩中流露出的是冬天宿直的蕭瑟凄涼。無論是雀的悲鳴、葉的殘敗、老兵的傴僂，更加襯托出孤寂清冷的氛圍。獨自宿直的夜裡能引發文人許多感觸。

三、貢舉鎖院

　　宋代有「鎖院」的制度，為了防止舞弊漢確認考試的公平性，考官們在接獲任命後到考試完畢，必須移居貢院，斷絕與外界的聯繫。在鎖院的期間，考官們除了處理考試的事務之外，亦會詩酒唱和、遊戲筆墨或是交流藝術，以排遣寂寞枯燥的生活。

　　嘉祐二年，歐陽脩知禮部貢舉，〈歸田錄〉卷二曾記載：「嘉祐二年，余與端明韓子華、翰長王禹玉、侍讀范景仁、龍圖梅公儀同知禮部貢舉，辟梅聖俞為小試官，凡鎖院五十日，六人者相與唱和，為古律詩歌一百七十餘篇，集為三卷。」〔註76〕由此文可知，鎖院長達五十天左右，由於不能與外界相通，考官們藉著詩歌唱和，消除無聊之意。王水照曾指出，歐陽修此次的知貢舉鎖院的詩歌唱和，不但促成歐門形成，對於文風的改革和宋代文學的發展導向亦有很大作用。〔註77〕此次的鎖院唱和為蘇軾繼承和發揚。元祐三年時，

〔註74〕黃庭堅〈題薛醇老家李西臺書〉：「德素，舒城李也，浮沉於俗，操行如古人。往時隱龍眠山，駕青牛，往來皖公三祖，自燒古松作墨云云。」

〔註75〕傅璇琮等人主編：《全宋詩》15 冊（北京：北京大學出版社，1992年 12 月），頁 10270。

〔註76〕見歐陽脩：《歸田錄》卷二，收錄於朱易安、傅璇宗主編：《全宋筆記》第一編五（鄭州：大象出版社，2008 年 10 月），頁 264。

〔註77〕王水照：〈嘉祐二年貢舉事見的文學史意義〉，《王水照自選集》（上

蘇軾、孫覺、孔文仲等知貢舉，黃庭堅、張耒、晁補之、廖正一、
李公麟等人為參詳、編排、點檢各官，黃庭堅〈題太學試院〉曰：

> 元祐三年正月乙丑，鎖太學試禮部進士四千七百三十二
> 人。三月戊申，奏號進士五百人，宗室二人。子瞻、莘老、
> 經父知舉，熙叔、元輿、參衡、魯直、子明、參詳、君貺、
> 希古、屨中、器之、成季、明略、無咎、堯文、正臣、元
> 忠、遐叔、子發、君成、天啟、志完點檢試卷。〔註78〕

鎖院闈場期間，詩人畫家齊聚一堂，他們不僅詩歌唱和，更作畫題
詩，進行書畫鑑賞，展現了深厚的藝術涵養。此時李公麟因「水悸
症」食慾不振，於是畫了一幅「輾馬圖」抒解鬱悶。黃庭堅立即作
詩題詠，因此得到此幅作品。〔註79〕李公麟的「輾馬圖」引來闈場
官員們的吟詩唱和，大家相繼作詩，欲抒發被困期間的壓力。黃庭
堅〈觀伯時畫馬禮部試院作〉：

> 儀鸞供帳饕蝨行，翰林濕薪爆竹聲，風簾官燭淚縱橫。木
> 穿石槃未渠透，坐窗不遨令人瘦，貧馬百囓逢一豆。眼明
> 見此玉花驄，徑思著鞭隨詩翁，城西野桃尋小紅。〔註80〕

此詩可以看出試院環境的簡陋和鎖院的生活令人煩悶，詩人在詩末透
露，看見李公麟畫的馬，引發想與蘇軾一起欣賞桃花的興致，表達了
追隨蘇軾的心意。蘇軾次韻黃庭堅，作了此詩：

> 少年鞍馬勤遠行，臥聞齕草風雨聲。見此忽思短策橫。十
> 年髀肉磨欲透，那更陪君作詩瘦，不如芋魁歸飯豆。門前
> 欲嘶御史驄，詔恩三日休老翁，羨君懷中雙橘紅。〈次韻黃
> 魯直畫馬試院中作〉〔註81〕

海：上海教育出版社，2000年5月），頁198。

〔註78〕宋・黃庭堅，劉琳、李勇先、王蓉貴校點：《黃庭堅全集》（成都：
四川大學出版社，2001年4月），頁1598。

〔註79〕蘇軾〈書試院中詩〉：「元祐三年二月二十一日領貢舉事，辟李伯時
為考校官。三月初，考校既畢，待諸廳參會，故數往詣伯時。伯時
苦水悸，悒悒不欲食，作欲輾馬以排悶。黃魯直詩先成，遂得之。」
見《蘇軾文集》，頁2139。

〔註80〕《黃庭堅詩集注》內集第九卷，頁321～322。

〔註81〕清・王文誥、馮應榴輯註：《蘇軾詩集》（台北：學海出版社，1991

蘇軾期望御史的馬快點到來，可以趁著拆卷出試院後的三天給假好好休息，也羨慕黃庭堅能回家侍奉老母。由山谷和蘇軾的詩，能夠看出鎖院的生活的確讓人感到躁鬱煩悶，由於有李公麟的畫作，如〈頓塵馬〉、〈觀魚僧〉、〈松下淵明〉等，使大家一解案牘勞形之苦，黃庭堅亦有題畫詩，其餘的文人也相繼唱和。由此可見，不但推動了北宋書畫合流的風潮，也使元祐的藝術境界更為寬廣。

四、文人雅集

館閣文人平日除了編書、校書外，也有宴集聚會。文人們間的雅集，建立起他們良好的友誼，也為他們平淡嚴肅的生活增添了些許樂趣。在聚會過程中，他們或談詩論文，或品賞書畫，或調侃戲謔，或切磋詩藝，不但使生活豐富多彩，亦激發和交融彼此的情感和各種想法。最讓後人膾炙人口的文壇盛事即是元祐二年的「西園雅集」，米芾〈西園雅集圖記〉裡記載：「李伯時效唐小李將軍為著色泉石，雲物草木花竹皆妙絕動人，而人物秀發，各肖其形，自有林下風味，無一點塵埃氣，不為凡筆也。」〔註82〕這幅《西園雅集圖》據米芾說為李公麟所畫，畫中描述的是蘇軾、蘇轍、黃庭堅、張耒、晁補之、秦觀、李伯時、王詵等十六位文人雅士在王詵家園林聚會的情景：

> 下有激湍眾流於大溪之中，水石潺湲，風竹相吞，爐煙方裊，草木自馨。人間清曠之樂，不過於此。嗟呼！洶湧於名利之城而不知退者，豈易得此耶！自東坡以下有十六人，以文章議論、博學辨識、英辭妙墨、好古多聞、雄豪絕俗之資，高僧羽流之傑，卓然高致，名動四夷。後之攬者，不獨圖畫之可觀，亦足彷彿其人耳。〔註83〕

這十六位文人皆是卓然高致的才俊之士，〈西園雅集圖記〉也描述著

年9月3版），頁1567～1568。

〔註82〕米芾：《寶晉英光集‧補遺》〈西園雅集圖記〉（北京：中華書局，1985年），頁76。

〔註83〕米芾：《寶晉英光集‧補遺》〈西園雅集圖記〉（北京：中華書局，1985年），頁76。

這十六位文人的形象，無論是「烏黃道服，捉筆而書」的東坡、「圍巾繭衣，手秉蕉箑而熟視」的山谷、「道帽紫衣，右手執石，左手執卷而觀書者」的子由等人，展現的是文人們清雅閒適的一面。雖然「西園雅集」聚會的眞實性，許多論者提出懷疑，學者衣若芬也指出，〈西園雅集圖記〉所記載的眾人在北宋年間所舉辦的大型盛會並非絕無可能，只不過聚會未必爲「西園雅集」。〔註84〕不管眞實性與否，此次聚會代表的是元祐年間，以蘇軾文人集團爲主的宴飲唱和的形貌，不僅推動了元祐的文學和藝術的相互交流，尤其對「中國文人文化的建立更具有標竿的作用。」〔註85〕

在以蘇軾爲首的館職學士文人集團中，黃庭堅徜徉於學術藝術薈萃之地，修書校書之餘，和文人朋友以詩文唱和酬酢，相互切磋砥礪，並且沉醉於藝術的審美境界。這樣的環境背景，影響了其館閣期詩歌之發展和特色。

〔註84〕衣若芬：〈一樁歷史的公案——西園雅集〉，《中國文哲研究集刊》第十期，1997 年 3 月，頁 221～268。

〔註85〕衣若芬：〈一樁歷史的公案——西園雅集〉，《中國文哲研究集刊》第十期，1997 年 3 月。

第三章　館閣期詩之內容展現

　　館閣期是黃庭堅人生中平順閒裕、詩藝高卓的時期，在此期間，許多文人學士雲集汴京，他們在閒暇之餘相互唱酬贈答、吟詠詩歌，共襄盛舉；又加上在館閣中可泛閱群書，飽覽書畫墨跡，提升藝術品味。因此黃庭堅在此期的詩歌內容〔註1〕，或與親朋好友次韻唱和之作，或題詠畫作，表現個人的賞畫品味和精闢見解，或題詠物品，以細膩的觀察力和敏銳的領悟力，將生活平凡之物品入詩，或主要把個人情志和對朋友的關懷之情化入詩中，展現溫柔敦厚之真性情，呈現多樣化的內容。

　　筆者依據詩人的創作動機，以及其詩歌的詩題和內容，將館閣詩分為題畫、詠物、蘇黃唱和、政治社會與贈答詩五類，做有系統的分析和研究，期能從中發現館閣詩的內容表現與特色。

第一節　極妍盡態的題畫詩

　　所謂的「題畫詩」，指的是為畫而作的詩。它可能是題在畫面上抑或是獨立於畫外，但是其詩的內容無論是抒情、議論、說理或吟

〔註1〕蕭慶偉認為，題畫與題物品之詩的大量出現，是黃庭堅元祐間詩歌創作最為重要的特徵。參見蕭慶偉：《北宋新舊黨爭與文學》（北京：人民文學出版社，2006年1月），頁234。

詠，皆必須與畫有關係，且創作的時間在畫之後。雖然北宋以前關於題畫詩的起源眾說紛紜〔註2〕，但是題畫詩經過前人的開創，傳承至唐代，到了宋代已在文壇上占有一席之地，舉凡梅堯臣、王安石、蘇軾、黃庭堅、蘇轍等人，皆有相當數量的題畫詩。其中黃庭堅所寫題畫詩為八十六題一百零六首〔註3〕，僅次於蘇軾的九十六題一百四十七首〔註4〕，在質和量上能與蘇軾抗衡，為宋代題畫詩的巨擘。

　　黃庭堅館閣期的題畫詩內容豐富、題材多樣，無論是動物類、枯木竹石抑或是山水風景類皆能依題發揮，以詩將畫作發揮得淋漓盡致。除了詠畫中之景外，亦能善用靈活的筆觸和求新字巧的功夫或抒情、或議論，或加入自己對於繪畫的鑑賞觀和理論，使題畫詩的風貌各具特色。他的題畫詩大都明言為題某人所畫，尤其以李公麟（伯時）和蘇軾的畫為最多。在館閣期間，黃庭堅一直與李公麟和蘇軾有密切的往來，而且李蘇無論在創作上或是對畫的評論上皆有獨到的見解，因此黃庭堅在創作題畫詩的數量以及論畫的觀點多受其薰陶。另外還有一些詩作，例如〈戲題小雀補飛蟲畫扇〉、〈題畫孔雀〉、〈睡鴨〉、〈題歸去來圖〉、〈老杜浣花溪圖引〉等，沒有說明畫家姓名。

〔註2〕關於此，日本學者青木正兒認為北周庾信的〈詠畫屏風詩二十五首〉雖是詠物詩，但內容上是在描述屏風上的畫，並有作者的情感，因而認為庾信的〈詠畫屏風詩〉為最早最成功的題畫詩。青木正兒著，魏仲佑譯：〈題畫文學及其發展〉，《中國文化月刊》第9期，1970年7月，頁80。關於此說法，影響了後來的研究者，多為肯定此說。李栖在《兩宋題畫詩論》中認為陶潛〈讀山海經十三首〉既有記圖的內容，又寄予作者之感情，因此較江淹、庾信之作更有說服力。

〔註3〕李栖依據《山谷集》、《山谷詩集注》、《聲畫集》和《御定歷代題畫詩類》四本書，去除重複和誤收的部分，統計出黃庭堅題畫詩共86題106首。見李栖《兩宋題畫詩論》（臺北：學生書局，1994年），頁273～274。

〔註4〕李栖依據《蘇軾詩集》、《東坡詩分類集註》、《聲畫集》和《御定歷代題畫詩類》四本書，去除重複和誤收的部分，得出題畫詩共96題147首。同前註，頁232～235。

在館閣期題畫詩中，筆者以詩題爲主，詩作內容爲輔，將作品歸類爲駿馬、枯木竹石、禽鳥蟲魚和山水風景四類，一面以詩人所重視的繪畫理論「神韻」之觀點，一窺黃庭堅闡述畫家與畫之間的關係；一面探索黃庭堅於題畫詩裡所體現出來的深意。

一、駿馬圖

黃庭堅在寫馬的詩歌裡，有多首即是描寫李公麟所畫之馬。李公麟（1049～1106），字伯時，《宋史》：「傳寫人物尤精，識者以爲顧凱之、張僧繇之亞。」〔註5〕。根據《宣和畫譜》記載，李公麟「始畫學顧、陸與僧繇、道玄，及前世名手佳本，至盤礡胸臆者甚富，乃集眾所善，以爲己有，更自立意，專爲一家」〔註6〕，所畫的主題無論是佛像、人物、山水或馬，皆無所不能。哲宗元祐時的京師充滿濃厚的文化氣息，此時俊彥群集，黃庭堅和友人們的藝術書畫活動更是以李公麟爲中心，無論是彼此往來唱和或是題詠繪畫作品，皆產生了豐富的題畫詩文，可以從其詩文一窺當時的繁盛之貌。例如在〈次韻子瞻和子由觀韓幹馬因論伯時畫天馬〉中：

> 于闐花驄龍八尺，看雲不受絡頭絲。西河驄作蒲萄錦，雙瞳夾鏡耳卓錐。長楸落日試天步，知有四極無由馳。電行山立氣深穩，可耐珠韉白玉羈。李侯一顧歎絕足，領略古法生新奇。一日眞龍入圖畫，在坰群雄望風雌。曹霸弟子沙苑丞，喜作肥馬人笑之。〔註7〕李侯論幹獨不爾，妙畫骨相遺毛皮。翰林評書乃如此，賤肥貴瘦渠未知。況我平生賞神駿，僧中云是道林師。〔註8〕

〔註5〕元‧脫脫等撰：《宋史》卷四百四十四，收錄於《文津閣四庫全書‧史部‧正史類》第 282 冊，（北京：商務印書館，2006 年），頁 596。

〔註6〕王雲五主編：《宣和畫譜》卷七（台北：台灣商務印書館，1971 年 5 月），頁 197～198。

〔註7〕杜甫〈丹青引贈曹將軍霸〉：「幹惟畫肉不畫骨，忍使驊騮氣凋喪。」見唐‧杜甫著，清‧楊倫箋注：《杜詩鏡銓》（台北：華正書局，2003 年 10 月），頁 529～530。

〔註8〕宋‧黃庭堅，劉尚榮校點：《黃庭堅詩集注》內集第六卷，（北京：中

前八句寫的是韓幹所畫的馬，說明于闐花驄和西河驄馬的身形，身高八尺且不受韁繩的拘束、身上的花紋有如葡萄錦一樣、雙眼像明亮澄澈的鏡子且耳朵有如豎立的錐子般堅挺；牠們奔馳如電、氣勢渾厚，詩人在此勾勒出天馬的神韻風采，讓我們彷彿見到馳騁於郊野的神采飛揚的馬兒。但是既然是不受拘束的天馬，又怎能耐於珠韉和白玉羈的束縛？黃庭堅由此帶出李公麟畫馬的技藝精湛、造詣極高，既能領略出韓幹的筆法，又能不落前人窠臼，自出新意。真馬一旦化成李公麟筆下的馬，即使是在郊野上奔馳且雄姿煥發的雄馬，都望風變成柔弱的雌馬。在此，黃庭堅話鋒一轉，提到曹霸弟子韓幹，因為喜愛畫肥馬而遭人嘲笑，但是李公麟論韓幹筆下之馬時，卻能以全新的觀點論之，認為韓幹能夠把握畫馬的精髓之處而捨棄表像的東西，實難能可貴。

在此首詩裡，黃庭堅提到「李侯論幹獨不爾，妙畫骨相遺毛皮」，說明畫畫必須注重神采，不必計較毛皮是否相同；又說到「況我平生賞神駿」，可知黃庭堅強調神韻的重要，因此欣賞者要能「觀韻」，而創作者也應當力求一己之作品能夠「韻勝」。黃庭堅將「韻」當作是鑑賞畫作的標準，他在〈題摹燕郭尚父圖〉一文曾言：

> 凡書畫當觀韻。往時李伯時為余作李廣奪胡兒馬，挾兒難馳，取胡兒弓引滿，以擬追騎。觀箭鋒所直，發之，人馬皆應弦也。伯時笑曰：「使俗子為之，當作中箭追騎矣。」余因此深悟畫格。此與文章同一關紐，但難得人入神會耳。

〔註9〕

李公麟所作〈李廣奪胡兒馬圖〉裡，為何李公麟不作追騎中箭，而作彎弓不發？因為追騎中箭的畫面，並無給觀賞者留下想像的空間；但是彎弓搭箭，箭鋒蓄勢待發的那一瞬間，是充滿張力的一刻，也能予以觀賞者澎湃的緊張感，讓其想像箭射出去之後所發生的狀況。這就

華書局，2003 年 5 月），頁 254～256。

〔註9〕宋・黃庭堅，劉琳、李勇先、王蓉貴校點：《黃庭堅全集》（成都：四川大學出版社，2001 年 4 月），頁 729。

是韻味的展現，作品必須有餘味，才能留給讀者豐富的想像。山谷之弟子范溫於《潛溪詩眼》中言：

> 定觀請余發其端。乃告之曰：「有餘意之謂韻。」定觀曰：
> 「余得之矣。蓋嘗聞之撞鐘，大聲已去，餘音復來，悠揚
> 宛轉，聲外之音，其是之謂矣。」〔註10〕

范溫認為「韻」乃是作品的餘味，為一種深沉宏遠的藝術境界，雖然撞鐘的聲音已去，但是餘音仍繞梁，給予人餘味無窮的心靈感受。因此山谷在講究韻時，首先注重畫面的經營留白，假使李公麟畫的是追逐中箭的坐騎畫面，那就只是讓觀眾的眼光停駐在一個靜止的點上，缺少後續的想像空間；但若是將畫面停留在引弓不發的場景上，讓畫面留白補足觀眾者的想像，不但能夠表現出畫家經營畫作匠心獨運的巧思，也能醞釀含蓄不盡的畫意，讓觀者自由的發揮想像空間。這種留白的技巧相當於司空圖所言「象外之象，景外之景」〔註11〕，除了在藝術作品中表現具體描繪「實」之部分，又能營造出無直接描繪「虛」的地方，讓讀者發揮想像力，才能得到言有盡而意無窮的審美效果。

相同的論點，在黃庭堅其他的題畫馬的詩裡更能明顯看出：

> 李侯畫骨不畫肉，筆下馬生如破竹。秦駒雖入天仗圖，猶
> 恐真龍在空谷。精神權奇汗溝赤，有頭赤烏能逐日。安得
> 身為漢都護，三十六城看歷歷。〈和子瞻戲書伯時畫好頭赤〉
> 〔註12〕
> 筆端那有此，千里在胸中。四蹄雷電去，一顧馬群空。誰
> 能乘此物，超俗駕長風。逸材歸鑾勒，歲在執徐同。〈詠伯
> 時畫太初所獲大宛虎脊天馬圖〉〔註13〕

〔註10〕宋・范溫：《潛溪詩眼》，明・解縉，姚廣孝等纂：《永樂大典》（台北：世界書局，1962 年）。

〔註11〕司空圖：〈與極浦談詩書〉，見陳國球導讀：《二十四詩品》（台北：金楓出版社，1987 年 6 月），頁 124。

〔註12〕《黃庭堅詩集注》內集第九卷，頁 349。

〔註13〕《黃庭堅詩集注》內集第九卷，頁 350～351。

第一首詩裡，黃庭堅在首句首先點明李公麟畫馬時著重描繪骨骼，筆
下的馬栩栩如生且有勢如破竹的氣魄，藉此也推崇李公麟的畫藝。接
著詩人勾勒好頭赤的形象，寫出這匹駿馬精神奕奕，馬頭赤色如日中
鳥因此能追逐太陽。第二首寫李伯時所畫的天馬有著乘風破浪的氣
勢，山谷在開頭即點出「筆端那有此，千裡在胸中」，誇讚李伯時的
畫畫筆法外，也說明作畫的真正目的不在寫形，而是能夠抒發胸中之
意氣，並且講求筆力、筆法的深厚勁健。黃庭堅不但藉由題畫馬的詩
描繪出馬的英姿勃發和神態非凡，也間接表露了自己鑑賞畫的觀點，
更在詩中抒發自己的心情。〈和子瞻戲書伯時畫頭好赤〉一詩中，頷
聯的「猶恐真龍在空谷」暗喻著真正的有才之人還未被發掘，末句藉
由伯時之畫展開天馬行空的想像，說明自己具備著才幹和能力，期待
朝廷能慧眼識英雄，讓自己有一展長才的機會。類似的心情在〈題伯
時天育驃騎圖二首〉（其一）亦可觀之：

　　玉花照夜今無種，櫪上追風亦不傳〔註14〕。想見真龍如此
　　筆，蒹葭沙晚草迷川。〔註15〕

詩人在詩中感慨這些千里馬無法傳至後世，埋沒於沙草荒涼之地，只
能遙想牠們當時的煥發英姿，有當今人才被埋沒的意味，也是山谷的
自況。李伯時筆下栩栩如生的駿馬寄託著黃庭堅一己之懷抱。〔註16〕

〔註14〕杜甫〈丹青引〉：「先帝天馬玉花驄，畫工如山貌不同。」又〈韋諷
　　　　錄事宅觀曹將軍畫馬圖歌〉：「曾貌先帝照夜白。」又〈徒步歸行〉：
　　　　「須公櫪上追風驃。」玉花驄、照夜白、櫪上和追風馬，皆是唐玄
　　　　宗時的天馬，杜甫詩作中曾提及。見《杜詩鏡銓。》

〔註15〕《黃庭堅詩集注》內集第九卷，頁353。

〔註16〕黃永武研究杜甫筆下的馬，認為蘊涵著幾種意義，包括代表英雄的
　　　　氣概、或申訴暮年的壯志，或自況一生的辛勞，或象徵君臣的遇合，
　　　　或比喻知遇的難覓，或暗示國勢的盛衰，或綰連先帝的追思。見黃
　　　　永武：《中國詩學——思想篇》（新增本），〈杜甫筆下的馬〉（台北：
　　　　巨流圖書公司，2009年9月），頁187～197。張高評在〈蘇軾黃庭
　　　　堅題畫詩與詩中有畫——以題韓幹、李公麟畫馬詩為例〉一文中曾
　　　　提及，杜甫詠馬詩與蘇軾、黃庭堅題畫馬詩之意義並不相遠，皆是藉
　　　　題發揮。黃庭堅題畫馬詩之興寄大抵有三：其一，感歎知音難遇；
　　　　其二，寄託出遊歸家心願；其三，期望邊將之驍勇。參見張高評：〈蘇

此外，在〈題韋偃馬〉裡，黃庭堅沒有論及駿馬的姿態，但是卻一筆道出了自己的論畫觀點：

> 韋侯常喜作羣馬，杜陵詩中如見畫。忽開短卷六馬圖，想
> 見詩老醉騎驢。龍眠作馬晚更妙，至今似覺韋偃少。一洗
> 萬古凡馬空，句法如此今誰工。〔註17〕

在《宣和畫譜》卷十三裡曾云：「世唯知偃善畫馬。蓋杜子美嘗有〈題韋偃馬歌〉，所謂『戲拈禿筆掃驊騮，倏見麒麟出東壁』者是也。」
〔註18〕韋偃畫馬千變萬態，巧妙驚奇，但是山谷認為李公麟畫馬比韋偃畫馬更勝一籌的原因，在於李公麟晚年功力高深所致。因此山谷認為唯有經過長久的磨練和豐富的閱歷，才能夠培養精深的技巧。

另外，不同於前面題畫馬的詩，所寫的是對於李公麟畫馬的讚賞之情以及流露出的畫作理論，下面這兩首題畫馬的詩是抒發煩悶之情之作：

> 儀鸞供帳饕蝨行，翰林濕薪爆竹聲，風簾官燭淚縱橫。木
> 穿石槃未渠透，坐窗不遼令人瘦，貧馬百嚙逢一豆。眼明
> 見此玉花驄，徑思著鞭隨詩翁，城西野桃尋小紅。〈觀伯時
> 畫馬禮部試院作〉〔註19〕

> 竹頭槍地風不舉，文書堆案睡自語。忽看高馬頓風塵，亦
> 思歸家洗袍袴。〈題伯時畫頓塵馬〉〔註20〕

這兩首詩的作詩背景為哲宗元祐三年時，蘇軾與吏部侍郎孫覺，薦舉黃庭堅等人為參詳官，以秦觀、晁補之、張耒、李公麟等人為點試卷官。由於考試時必須鎖院，考官們不能與外界溝通，此時李伯麟又害了「水悸症」〔註21〕，食慾不振，因此畫《輾馬圖》來解悶，黃庭堅

軾黃庭堅題畫詩與詩中有畫——以題韓幹、李公麟畫馬詩為例〉，《興
大中文學報》2008 年 12 月第 24 期，頁 1～34。

〔註17〕《黃庭堅詩集注》外集第十五卷，頁 1326。

〔註18〕《宣和畫譜》卷十三，（台灣商務印書館股份有限公司，1976 年），
頁 366。

〔註19〕《黃庭堅詩集注》內集第九卷，頁 321～322。

〔註20〕《黃庭堅詩集注》內集第九卷，頁 323。

〔註21〕蘇軾〈書試院中詩〉：「元祐三年二月二十一日領貢舉事，辟李伯時

立即作詩題詠。第一首詩詩人在開頭說明了試院環境的寒陋，有貪饕之蟲橫行於帳子間，接著詩人在頸聯提及出院未有期，自己彷彿貧馬般鬱鬱自苦，被困在院中不得自由。最後話鋒一轉，看見李公麟所畫之馬，期盼能乘此馬，和蘇軾一起到城外欣賞小花。第二首也是由於當時終日與文書為伍又無法擅自離開考場，因此感到躁鬱苦悶，遂山谷和李伯時等人題詩作畫排解煩悶。詩中說明了百無聊賴的情景，任憑風吹依然低垂碰地的竹梢，伴隨著埋首在文書案已經快要昏昏欲睡的自己。此時忽然看到揚起塵土的高大駿馬，頓時想到應該要回家換洗衣服了。雖然這兩首詩的主軸不在描述李伯時所畫的馬，但是詩人藉著筆下之馬表達出被困於試院中想要掙脫出來的心情，頗有一番趣味！

二、枯木竹石

在山谷館閣期的題畫詩裡，沒有鮮豔的花草之畫，但是卻有多首關於枯木竹石的畫。這些枯木、竹和石的畫作由蘇軾所作，山谷在題畫詩中也都圍繞著此主題。黃庭堅和蘇軾既是師生，也是惺惺相惜的好友。在神宗熙寧五年（1072），蘇軾赴湖州謁孫覺時，始見黃庭堅之詩文〔註22〕，蘇軾讀後「聳然異之，以為非今世之人也。」〔註23〕，

為考校官。三月初，考校既畢，待諸廳參會，故數往詣伯時。伯時苦水悸，惘惘不欲食，作欲鞚馬以排悶。黃魯直詩先成，遂得之。」見《蘇軾文集》，頁2139。

〔註22〕《蘇文忠公詩編註集成總案》卷八：「（熙寧五年十一月）公將赴湖州相度堤岸，戲贈孫覺。」又「至湖州為孫覺作〈墨妙亭記〉。覺出黃庭堅詩文就質，公始異之。」見清・王文誥撰：《蘇文忠公詩編註集成總案》（成都：巴蜀書社，1985年11月2第一版）《黃山谷年譜》之〈豫章先生傳〉記載：「眉山蘇公子瞻見公詩於孫公莘老家，絕歎以為世人無此作矣。因以詩往來。」另外，蘇軾由於未識黃庭堅，甚感可惜，因此作〈再用前韻寄莘老〉一詩，詩中曾有下列幾句表惋惜之情：「江夏無雙應未去，恨無文字相娛嬉。」見《蘇軾詩集》，頁398。

〔註23〕見蘇軾：〈答黃魯直書〉一文。宋・蘇軾，孔凡禮點校：《蘇軾文集》卷52（北京：中華書局，1986年3月），頁1531～1532。

對黃庭堅的品格和文風大爲讚賞。神宗熙寧十年（1077），由於黃庭堅舅父李常的薦引，蘇軾又再一次的透過詩文認識黃庭堅，其對黃庭堅的稱許〔註 24〕，爲已神交之證明。他們唱和之始可追溯至元豐元年，這年的春末夏初，蘇軾接到黃庭堅的書信〈上蘇子瞻書〉與贈詩〈古風〉二首〔註 25〕，並在秋初作答，但在元豐八年止，他兩皆無機會見面，此期間也少有唱和之詩作。直到元祐元年初，兩人見面，黃庭堅正式拜於蘇軾門下〔註 26〕，自此唱和頻繁。在館閣期間，他們相聚於京師，黃庭堅此時不僅可以看見蘇軾的畫作和詩歌，兩人也經常同其他好友一起酬答唱贈。

　　山谷題枯木竹石畫的詩並無多作景物的描寫，往往於開頭寫景就此頓住，緊接著筆鋒一轉，或敘事、抒情、議論，這是山谷作題畫詩的特點。他雖然不擅於作畫，但是在針對畫作而發時，卻能旁及畫家的技巧、自己論畫的觀點，以及利用畫中之景托物寓興，展現一己之感懷。在〈題東坡竹石〉這首詩裡，除了奇異怪石和蒼翠竹林外，山谷還爲此畫添了想像力進去：

　　　　怪石岑崟當路，幽篁深不見天。此路若逢醉客，應在萬仞
　　　　峰前。〔註 27〕

詩人首先描寫此畫中的怪石「岑崟」，高峻的形體擋住了去路，而幽深的樹林遮蓋了整片天空。此兩句爲詩人描寫畫中的情景。末兩句詩

〔註 24〕蘇軾：〈答黃魯直書〉：「其後（熙寧五年於孫覺處見黃庭堅詩文之後）過李公擇於濟南，則見足下之詩文愈多，而得其爲人益詳。意其超逸絕塵，獨立萬物之表，馭風騎氣，以與造物者遊。非獨今世之君子所不能用，雖如軾之放浪自棄，與世闊疏者，亦莫得而友也。」見《蘇軾文集》，頁 1532。

〔註 25〕《黃山谷年譜》：「按烏台詩話載，元豐元年二月內，北京國子監教授黃某寄書一角并〈古風〉二首與蘇軾。」頁 96。

〔註 26〕黃庭堅：〈跋子瞻木山詩〉：「往嘗觀明允〈木假山記〉，以爲文章氣旨似莊周、韓非，恨不得趨拜其履舄間，請問作文關鈕。及元祐中，乃拜子瞻於都下，實聞所未聞。今其人萬里在海外，對此詩，爲廢卷竟日。」見《黃庭堅全集》第二冊，頁 659。

〔註 27〕《黃庭堅全集》第三冊，頁 1469。

人藉由畫中景象引發了想像，若是酒醉的客人醉倒在此路上，那麼他也應該是停在這尖峻硬實的石頭前面。最後兩句饒富趣味，詩人將畫加以發揮引申，利用想像力突顯了畫中石頭的高大奇異。此外，在下面這首〈題竹石牧牛〉詩中，不但流露出詩人的雅興外，也似乎透露著詩人對於當代朝政風風雨雨的不滿：

> 野次小崢嶸，幽篁相倚綠。阿童三尺箠，御此老觳觫。石
> 吾甚愛之，勿遣牛礪角。牛礪角尚可，牛鬥殘我竹。〔註28〕

黃庭堅在寫這首題畫詩前，先作了一番說明：「子瞻畫叢竹怪石，伯時增前坡牧兒騎牛，甚有意態，戲詠。」這幅畫為蘇軾和李公麟連袂而作，蘇試擅長畫枯木怪石，而李公麟添增了牧童騎牛，黃庭堅說「戲詠」二字，讓整首詩歌顯得趣味輕快，以輕鬆欣賞的基調去觀看各種人世百態。在首聯和頷聯，山谷一樣描寫畫中的景象，詩人用「幽篁」表示叢竹，用「崢嶸」代表怪石，增添了石頭突兀嶙峋的意象。「阿童三尺箠，御此老觳觫」寫的是李公麟所畫的天真的牧童駕馭著步履蹣跚的牛兒之畫面。末四句即是作者自己興發感懷之處，就畫面發出畫外之意，先寫到自己喜愛這個怪石的心情，並且呼籲不要讓牛在石頭上磨角，以免損傷了石頭；進而又說道，假使牛磨角就算了，但是若是牛頂撞起來就會傷到竹子。從此處看出山谷珍惜喜愛竹石的心意，不忍其受到毀壞，而且愛竹甚過愛石。「竹、石」在此不僅僅是蘇試畫中的景物，尤其是竹，象徵著君子高風亮節的德性。在北宋期間，新舊黨爭鬧得沸沸揚揚，政治風雲詭譎多變，如何在其中保持著自我人格的完善，不隨波逐流就顯得格外重要，而竹子的孤高出群和石頭的特立獨行就寄託了山谷的心志。王若虛在《滹南詩話》裡言：「山谷牧牛圖詩，自謂平生極至語，是固佳矣，然亦有何意味！」〔註29〕王若虛認為這首詩沒有什麼意

〔註28〕《黃庭堅詩集注》內集第九卷，頁352。

〔註29〕金‧王若虛：《滹南詩話》收錄於《筆記小說大觀》（台北：新興書局，1981年12月），頁1918。

味;但是在《歷代詩話》中卻呈現了相反的觀點:「余觀此詩,機致圓美,只將竹、石、牛三件頓挫入神,自成雅調。」〔註30〕這首小詩不僅在句法上打破了傳統五言詩上二下三的固定句式,也塑造出了鄉村和諧有趣的畫面,更呈現出蘇軾和李公麟筆法之生動可愛。

　　黃庭堅題詩於蘇軾的枯木竹石畫中,一樣在詩的尾聯中呈現了自己的繪畫主張和理論。南宋鄧椿認為山谷的論畫鑑別能力猶為精細,他在《畫繼》裡曾言:「予嘗取唐宋兩朝名臣文集,凡圖畫紀詠,考究無遺,故於群公略能察其鑑別,獨山谷最為精嚴。」〔註31〕首先,山谷認為畫可以反映出人品,作畫要能夠高妙絕塵,脫離平庸淺露,就必須講究人品的不俗;而人品的培養來自於多讀聖人之書以及涵養胸中的道義之氣。山谷在〈書繪卷後〉曾云:

> 學書須胸中有道義,又廣之以聖哲之學,書乃可貴。若其靈府無程,政使筆墨不減無常、逸少,只是俗人耳……或問不俗之狀,老夫曰:「難言也。視其平居,無異於俗人,臨大節而不可奪,此不俗之人也;平居終日,如舍瓦石,臨事一籌不畫,此俗人也。〔註32〕

黃庭堅認為要達到「不俗」〔註33〕,必須靠讀書來涵養,並且陶冶自己的性情以達到藝術創作上的精湛,他重視的是心性的修養,而讀書

〔註30〕清・吳景旭著,陸衛平、徐杰點校:《歷代詩話》(北京:京華出版社,1998 年 6 月),頁 755。

〔註31〕宋・鄧椿:《畫繼卷九》(台北:台灣商務印書館,1983 年,景印文淵閣四庫全書子部),頁 546。

〔註32〕《黃庭堅全集》,頁 674。

〔註33〕黃寶華認為黃庭堅所謂的「不俗」表現於詩裡,是藝事的精深華妙、風格的超邁流俗,歸根結蒂於創作者的道德思想和修養。他也說道黃庭堅的不俗,表現在其詩歌的三方面:一為抒寫個人情懷的抒情詩,二為描寫人物形象的詩,三為描述繪畫、音樂、書法等藝事的詩。例如在本論文「枯木竹石」的部分,黃庭堅題松竹為高揚著節操之美,寫出了藝術家在創造活動中的精神風貌,表現他們驚世絕俗的才氣和嶔崎磊落的情懷。參見黃寶華選註:《黃庭堅選集》,前言,(上海:上海古籍出版社,1991 年 2 月),頁 9~10。

必須與心性相結合。雖然此篇是在論書法，但是在黃庭堅認爲，寫字和作畫的法則是一樣的，講究「書畫同法」。他在〈題宗室大年永年畫〉也有類似的觀點：

> 大年學東坡先生作小山叢竹，殊有思致。但竹石皆覺筆意柔嫩，蓋年少喜奇故耳。使大年耆老，自當十倍於此。若更屏聲色裘馬，使胸中有數百卷書，便當不愧文與可矣。
>
> 〔註34〕

黃庭堅認爲趙大年若能屏棄庸俗的生活，廣泛閱讀書籍而使胸中有浩然之氣，增長自己的人格修養，方能和文與可的畫作媲美，畫出韻味高遠的作品。在〈題子瞻枯木〉一詩裡，可見上述的論點：

> 折衝儒墨陣堂堂，書入顏楊鴻雁行。胸中元自有丘壑，故作老木蟠風霜。〔註35〕

此詩描寫蘇軾所畫的枯木，米芾《畫史》：「子瞻作枯木，枝幹虬屈無端，石皴硬。亦怪怪奇奇無端，如其胸中盤鬱也。」〔註36〕蘇軾所畫枯木盤結屈曲，石頭呈渦形盤旋之狀，予人堅硬之感。〔註37〕不同於前面幾首開頭論述畫中景物，山谷在首句即點出蘇軾有著磅礴的氣魄，在儒墨間縱橫馳騁。蘇軾爲全能文人，無論在詩、詞、散文、書法抑或是文人畫上，皆有很高的造詣，因此山谷說明蘇軾的書法能與顏眞卿和楊凝式兩位大書法家並駕齊驅。山谷於〈跋東坡墨跡〉云：「中歲喜學顏魯公、楊風子書，其合處不減李北海。至於筆圓而韻勝，挾以文章妙天下，忠義貫日月之氣，本朝善書，自當推爲第一。」〔註38〕又在〈跋東坡帖後〉：「比來蘇子瞻獨近顏、

〔註34〕《黃庭堅全集》，頁740。
〔註35〕《黃庭堅詩集注》內集第九卷，頁348～349
〔註36〕宋·米芾：《畫史》（台北：商務印書館，1977年2月一版），頁20。
〔註37〕黃庭堅在〈題子瞻畫竹石〉曰：「東坡老人翰林公，醉時吐出胸中墨。」見《黃庭堅詩集注》內集第十五卷，頁563。蘇軾〈郭祥正家，醉畫竹石壁上，郭作詩爲謝，且遺二古銅劍〉：「空腸得酒芒角出，肝肺槎芽生竹石。森然欲作不可回，吐向君家雪色壁。」見《蘇軾詩集》，頁1234～1235。
〔註38〕《黃庭堅全集》，頁774～775。

楊氣骨。」〔註39〕此處讚揚了蘇軾學識的豐富和書法的高妙。除了這兩項之外，蘇軾的畫作之所以充滿神韻，是由於胸中自有丘壑，這份「丘壑」和〈題宗室大年永年畫〉裡的「胸中有數百卷書」意義相同，皆是靠著博覽群書、涵養道德才能得到的內涵。〈題子瞻寺壁小山枯木二首〉其二：

> 海內文章非畫師，能回筆力作枯枝。豫章從小有梁棟，也
> 似鄭公〔註40〕雙鬢絲。〔註41〕

此處山谷稱讚蘇軾的文采，雖然蘇軾並非專業畫師，但是畫出的枯枝卻有卓越的筆力。山谷在此強調筆法的重要，但是不凡的筆力仍然歸結於畫家的學識修養。強調讀書和道義的培養外，黃庭堅在題墨竹詩裡又再度強調了神韻的重要：

> 眼入毫端寫竹眞，枝掀葉舉是精神。因知幻化出無象，問
> 取人間老斲輪〔註42〕。〈題子瞻墨竹〉〔註43〕

黃庭堅論畫本不強調「形似」，因此他認爲畫竹時，能夠畫得維妙維

〔註39〕《黃庭堅全集》，頁776。

〔註40〕鄭公爲鄭虔。安史之亂時，曾密函通知唐肅宗，以表忠心。但在安史之亂平定後，卻被定罪，貶爲台州司護參軍。杜甫爲此表達不平，因而作〈送鄭十八虔貶台州司護〉，詩中首聯即寫到：「鄭公樗散鬢成絲，酒後常稱老畫師。」「樗」和「散」語出《莊子・逍遙遊》：「吾有大樹，人謂之樗，其大本擁腫而不中繩墨，其小枝捲曲而不中規矩。立之塗，匠者不顧。」和《莊子・人間世》：「散木也，以爲舟則沉，以爲棺槨則速腐，以爲器則速毀，以爲門戶則液構，以爲柱則蠹，是不材之木也。」，意指木材質疏鬆，比喻平庸無用之人。杜甫又言鄭虔已是「鬢成絲」，無有一番作爲；自稱「老畫師」，毫無政治野心，既然如此，又怎能叛變呢？杜甫藉著這兩句替鄭虔申冤。山谷在此運用此典故，意味東坡和自己爲梁棟之材，但也效法鄭公樗櫟之散木，遊戲於小筆也。

〔註41〕《黃庭堅詩集注》內集第九卷，頁348。

〔註42〕「斲輪」本指砍伐木材，製造成車輪，後比喻技藝精湛，經驗豐富。語出《莊子・天道》：齊桓公讀書於堂上，輪扁斲輪於堂下，曰：「臣也以臣之事觀之。斲輪，徐則甘而不固，疾則苦而不入。不徐不疾，得之於手而應於心，口不能言，有數存焉於其間。」見任淵注。《黃庭堅詩集注》，頁1453～1454。

〔註43〕《黃庭堅詩集注》別集卷上，頁1453。

肖本來就是畫作該具備的，但是最重要的是必須「意出筆墨外」，能夠觀察入微的畫出竹子和竹葉之神態，猶如畫師能藉此竹一吐胸中之意氣，才能達到韻味無窮的境界。

因此，黃庭堅在題枯木竹石畫的詩作上，仍然不侷限於畫中的內容，反而藉著景物引發豐富的聯想，並且加入了自己在鑑賞畫作時的論點和基準。雖然黃庭堅並無親自作畫，但是從他的題詩上卻能見到他品評畫作的用心。

三、禽鳥蟲魚

山谷的題畫詩，常採用寄託情志的手法。他透過了對畫面自然景物的再現，不僅點出畫旨趣味，也將一己之性情懷抱揉合於畫外之意中，在關於禽鳥蟲魚的題畫詩裡可以見到：

> 小蟲心在一啄間，得失與世同輕重。丹青妙處不可傳，輪扁斲輪如此用。〈戲題小崔捕飛蟲畫扇〉〔註44〕

> 小鴨看從筆下生，幻法生機全得妙。自知力小畏滄波，睡起晴沙依晚照。〈小鴨〉〔註45〕

在第一首詩裡，黃庭堅藉由畫面上小崔捕捉小蟲的專注神態，與人們追名逐利的心連繫在一起；雖然詩末利用《莊子・天道》「得之於手而應之於心，口不能言，而有數存焉於其間。」的典故，說明作畫之人的技藝精湛，但是山谷巧妙的利用畫中的小崔和小蟲的姿態諷刺人生百態。第二首詩中，黃庭堅於前兩句推崇畫者的藝術造詣，並且利用「生」這個動詞，讚嘆作畫者的絕妙筆法，讓小鴨栩栩如生的從畫筆下展現活靈活現的姿態。本來從此首詩中可以想像一幅安詳的畫面，一隻剛從睡夢中醒來的小鴨，站在廣闊潔淨的沙灘上面對著滄波，讓夕陽的餘暉灑落在牠的身體。但是山谷在此卻借題發揮，寄託心志，他筆鋒一轉，進而寫到小鴨畏滄波，其實小鴨的心情正是山谷本人的心情寫照，滄波可比擬為北宋黨爭的風風雨雨，山谷希望能在

〔註44〕《黃庭堅詩集注》內集第七卷，頁268～269。
〔註45〕《黃庭堅詩集注》內集第七卷，頁271。

動盪不安的政治中急流勇退，求得恬淡安適的心靈。張高評在《宋詩之傳承與開拓》一書曾言：

> 詠畫題畫之妙者，除能再現畫中景象外，作者之胸襟懷抱，得失際遇，往往同時浮現於詩中。於是繪畫之景象，與心畫之意象，複疊映發，交相浮現，產生意象併發之「疊象美」。〔註46〕

利用託物起興，使原有的畫意複疊上一層境界，讓自己的心境躍然紙上。館閣時期是山谷一生中最愉快平順的時光，而且館閣之職被視為文臣的殊榮，山谷在此時期參與編寫《神宗實錄》，又和文人好友聚集一地，生活上頗為自由愜意。但是山谷在心底深處仍然隱約蒙上一層危機憂患之感，因為在熙寧元豐間的新舊黨爭演變成舊黨內部的紛爭，讓政治局面更加複雜混亂。山谷在此環境中，出現了想要遠離政治紛擾的想法，並且藉著題畫小詩中的景物，表達自己不願在險象環生的官場中載浮載沉，試圖想要超脫於世俗得失之上，尋得超塵絕俗的理想生活。

　　在託物起興的題畫禽鳥蟲魚外，山谷亦有不粘畫上發論，先由畫面展開聯想，最後再以畫面描摹作結的詩作，呈現虛實交錯〔註47〕的筆法。例如〈睡鴨〉一詩：

> 山雞照影空自愛，孤鸞舞鏡不作雙。天下真成長會合，兩鳧相倚睡秋江。〔註48〕

這幅畫呈現的是兩隻野鴨如膠似漆、相依而眠於江邊的情景。但是山谷不直接從畫面切入敘述，而是從畫外設想，從虛處入筆，先寫山雞

〔註46〕張高評：《宋詩之傳承與開拓》（台北：文史哲出版社，1990年3月），頁330。

〔註47〕在曾祖蔭的《中國古代美學範疇》第三章的〈虛實論〉中，提到「虛實相生」。此指的是虛和實兩者相互聯繫，相互滲透，相互轉化，使藝術形象生生不窮。「虛實相生」包括了「化實為虛」和「化虛為實」。前者是化現實的景物為情思，後者是將無形的思想、情趣和心理等轉化為具體生動的藝術形象。見曾祖蔭：《中國古代美學範疇》（台北：丹青圖書出版社，1987年），頁177～196。

〔註48〕《黃庭堅詩集注》，頁270。

照影和孤鸞舞鏡的落單，再藉由牠們的形單影隻反襯出鴨子的比翼成雙。這是所謂的「以虛出實」〔註49〕，藉著虛筆凸顯情深意篤的鴨子相守纏綿的情景。任淵注曾言：「徐陵〈鴛鴦賦〉曰：『山雞映水那相得，孤鸞照影不成雙。天下眞成長會合，無勝比翼兩鴛鴦。』山谷非蹈襲者，以徐語弱，故而點竄，以示學者爾。至其末語，用意尤深，非徐所及。」〔註50〕我們一般都把鴛鴦作爲「兩情常久時」的象徵，但是山谷在此利用畫中野鴨相倚而眠的情景呈現詩中逸趣，而不落前人窠臼，正是他用心之處。在〈題晁以道雪雁圖〉中，除了在觀畫的基礎上，對畫面做出描述之外，再利用「奪胎換骨法」反用前人的詩句用語：

> 飛雪灑蘆如銀箭，前雁驚飛後回眄。憑誰説與謝玄暉，莫
> 道澄江靜如練。〈題晁以道雪雁圖〉〔註51〕

前兩句中，山谷先描摹畫中的景像。江邊的飛雪彷彿銀箭似的傾瀉在蘆葦上，驚動了群雁。緊接著末兩句以謝眺的詩句所提到的景觀和此畫景作對比，謝眺於〈晚登三山還望京邑〉言：「餘霞散成綺，澄江靜如練。」說明錦緞般的晚霞和白練似的江水相映成一幅美景。但是黃庭堅藉著畫中景像否定了謝眺此景的詩意，並且反用李白的詩句：「解道澄江靜如練，令人長憶謝玄暉。」〔註52〕李白言「長憶」，山谷則言「莫道」，說明「澄江如練」在大雪紛飛、雁鳥驚心的世界中不復存在，似乎也暗喻自己欲脫離這波詭雲譎世界中的渴望。

〔註49〕經由側面烘托之間接描繪爲主，而以正面直接之渲染法爲輔，以突出形象之特徵。見張高評：《宋詩之傳承與開拓》（台北：文史哲出版社，1990年3月），頁337。

〔註50〕《黃庭堅詩集注》內集第七卷，頁270。

〔註51〕《黃庭堅詩集注》內集第七卷，頁274。

〔註52〕宋‧魏慶之：「太白云：『解道澄江靜如練，令人長憶謝玄暉。』至魯直則云：『憑誰説與謝玄暉，莫道澄江靜如練。』（〈題晁以道雪雁圖〉）王文海云：『鳥鳴山更幽。』至介甫則曰：『茅簷相對坐終日，一鳥不鳴山更幽。』皆反其意而用之。蓋不欲沿襲之耳。」見宋‧魏慶之，王仲聞點校：《詩人玉屑》卷八，沿襲——不沿襲（北京：中華書局，2007年11月第一版），頁264。

　　另外，山谷反對臨摹時拘泥於畫面的刻板，認為筆墨下能超越「形似」的層次，點出畫中的神情氣韻即為佳。這樣的觀點在唐代張彥遠《歷代名畫記・論畫六法》中即可窺見端倪：

> 古之畫，或能移其形似而尚其骨氣，以形似之外求其畫，此難可與俗人道也。今之畫縱得形似，而氣韻不生，以氣韻求其畫，則形似在其間矣。〔註53〕

張彥遠提出了「形似」和「氣韻」的不同，獨有「形似」不必然生「氣韻」，但是若有「氣韻」，則「形似」在其中也，暗示了惟有在形似之外求得神韻的生動，才是一幅成功的畫作。黃庭堅在〈題徐巨魚〉和〈題明皇真妃圖〉提到：

> 徐生作魚，庖中物耳，雖復妙於形似，亦何欣賞，但令饞獠生涎耳。〈題徐巨魚〉〔註54〕

> 此圖是名畫，言少時摹取關中人物相配合作之。故人物雖有佳處，而行步無韻，此畫之沉痾也。〈題明皇真妃圖〉〔註55〕

第一則裡，山谷認為徐巨所畫的魚雖然妙於形似，讓人有垂涎三尺的感覺，但是由於缺少神韻，僅能於此，無法再給人深刻的美感；第二則中，山谷指出，此圖為名畫，是畫家自各個本子中所描摹出來的人物，即使臨摹得維妙維肖，但是終究只是臨摹，畫家無法從中把握住貴妃行步時的靈動體態和生氣神韻。這兩段評論說明了黃庭堅在審美上的論點，繪畫作品中不應當只是單純描繪客觀事物，而是必須在繪畫中體現出韻味。形似與否並非重點，必須能夠寫意取韻、得意忘形才能抓住繪畫的要素。在〈觀劉永年團練畫角鷹〉一詩中，可體現山谷此觀點：

> 劉侯才勇世無敵，愛畫工夫亦成癖。弄筆掃成蒼角鷹，殺氣稜稜動秋色。爪拳金鉤觜屈鐵，萬里風雲藏勁翮。兀立

〔註53〕見張彥遠：《歷代名畫記・卷一・論畫六法》（台北：台灣商務印書館，1971年4月），頁51～52。
〔註54〕《黃庭堅全集》第二冊，頁736。
〔註55〕《黃庭堅全集》第二冊，頁729。

> 搓枒不畏人，眼看青冥有餘力。霜飛晴空塞草白，雲垂四
> 野陰山黑，此時軒然盍飛去………。〔註56〕

山谷描寫劉永年所畫的老鷹。他首先點明劉永年的縱橫才氣和勇武英
姿無人能敵，喜愛畫畫的癖好也達到了一種境界。接著他敘述劉永年
筆下角鷹的形象，有著殺氣騰騰的威猛眼神，散發出一股剽悍昂揚的
精神，具有勁道的雙翅在萬里風雲中翱翔，佇立在枝枒上而不畏人。
寥寥幾筆卻能將角鷹的姿態描摹得生動靈活，將氣韻生動的形象體現
在觀者眼前。

　　山谷在題禽鳥蟲魚畫作的詩歌裡，不僅將自己的鑑賞理論融入其
中，也由畫面展開聯想，比擬人事，藉畫抒情，使畫中主體的形象更
加動人，栩栩如生。

四、山水風景

　　除了題畫鞍馬、枯木竹石和禽鳥蟲魚的詩作之外，山谷在另一部
分的作品中，亦有以山水爲主題的題畫詩作。這些詩的體裁多爲四句
短詩，長篇古詩僅爲一首。而短詩的內容多用來詠畫，以圖中畫爲題
詠敘述重點，讓人有栩栩如生的感覺。長詩則可以述畫，間接夾雜著
記事、抒情或理論。在〈次韻子瞻題郭熙畫秋山〉裡：

> 黃州逐客未賜環，江南江北飽看山。玉堂臥對郭熙畫，發
> 興已在青林間。郭熙官畫但荒遠，短紙曲折開秋晚。江村
> 煙外雨腳明，歸雁行邊餘疊巘。坐思黃柑洞庭霜，恨身不
> 如雁隨陽。熙今頭白有眼力，尚能弄筆映窗光。畫取江南
> 好風日，慰此將老鏡中髮。但熙肯畫寬作程，十日五日一
> 水石。〔註57〕

此首題畫詩可分爲三大段去論述。首先山谷藉著郭熙之畫再現當時看
畫人的處境以及畫中景象，全詩於開頭四句以蘇軾的角度說明蘇軾在
玉堂裡看見郭熙的「春江曉景」畫，因而憶起當時被貶黃州時所看見

〔註56〕《黃庭堅全集》第三冊，頁 1454。
〔註57〕《黃庭堅詩集注》內集第七卷，頁 263～264。

的青山綠水，引發了想飛至青林間遊玩的興致。接著中間四句「郭熙官畫……餘疊巘」詩人從自己的角度欣賞這幅畫，江村在煙雨茫茫中更顯分明，在成群的歸雁整齊的劃出行列外，還有那層層疊疊的小山巒，這裡藉著描寫畫中之景開啓了下面的懷鄉之情，並且引發了聯想。「坐思黃柑洞庭霜，恨身不如雁隨陽」透過對於畫的欣賞，將欣賞之情轉入現實生活中，想到在洞庭湖旁的金黃色柑橘，自己恨不得能夠化身爲郭熙畫中的大雁，追隨著溫暖的太陽飛回南方。詩人在此託物興辭，由景入情，藉由畫中之景引發思鄉的情懷，才會在之後寫道希望能請郭熙作畫，以慰藉詩人將要衰老變白的頭髮。並在詩末引用杜甫〈戲題王宰畫山水圖歌〉：「十日畫一水，五日畫一石。能事不受相促迫，王宰始肯留眞跡。」〔註58〕將郭熙比作大畫家王宰，也是意味著即使作畫時間長些也無妨，深切表露懇請郭熙作畫之意。不同於前面所提的「以虛出實」，山谷在這裡採用「以實出虛」〔註59〕的筆法，將境界擴大，以求得司空圖所言之「韻外之致」，在詩中具體描摹郭熙所畫「實」之部分，注重於「虛」，產生一己之想象與聯想。張高評言：「題畫詩之妙者，在能點明畫意，使人如見其畫；又能跳出畫面，令人畫外見意；既能再現畫境，又能拓展與深化畫境。」〔註60〕如此虛實相成的描繪，發揮畫面上留白之部分，由此觸發畫意，才能達到氣韻生動的境界。

　　這種利用畫中之景觸發想象的手法在山谷另一首題畫詩〈題鄭防畫筴〉（其一）也可看出。山谷「以畫爲眞」，運用誇張的筆法讓畫好似眞實之景，維妙維肖的呈現於觀者眼前：

〔註58〕唐・杜甫，清・楊倫箋注：《杜詩鏡銓》（台北：華正書局，2003 年
　　　　10 月），頁 327。

〔註59〕通過景物之具體描繪，引發讀者豐富生動而必然之聯想，從而形成
　　　　完整自足之藝術形象，此爲「以實出虛」。見張高評：《宋詩之傳承
　　　　與開拓》（台北：文史哲出版社，1990 年 3 月），頁 337。

〔註60〕張高評：《宋詩之傳承與開拓》（台北：文史哲出版社，1990 年 3 月），
　　　　頁 396。

> 惠崇煙雨歸雁，坐我瀟湘洞庭。欲換扁舟歸去，故人言是
> 丹青。〔註61〕

此幅畫為惠崇所畫，畫中一片煙雨氤氳，歸雁斜飛，讓人彷彿置身於
洞庭湖畔。在恍惚之中，正要喚人駕船返歸時，老朋友卻在一旁提醒
著：這只是一幅圖畫。山谷在此點明畫中景物的生動逼真，讚美了畫
者畫藝的精湛高超，所謂「狀難寫之景如在目前」，由此可證之。另
外，在題山水畫的詩作中，也出現了單純詠畫的畫境，詩人以描摹畫
中景象為主，如〈題郭熙山水扇〉、〈題惠崇畫扇〉：

> 郭熙雖老眼猶明，便面〔註62〕江山取意成。一段風煙且千
> 里，解如明月逐人行。〈題郭熙山水扇〉〔註63〕

> 惠崇筆下開江面，萬里晴波向落暉。梅影橫斜人不見，鴛
> 鴦相對浴紅衣。〈題惠崇畫扇〉〔註64〕

在第一則詩中，山谷於開頭誇讚畫家郭熙寶刀未老，畫山水能達到絕
妙的境界。末兩句中，山谷藉由扇中綿延的山水描繪出美妙的氣
勢。雖然將山水濃縮於小扇中，但卻呈現遼闊之畫境，頗有尺幅千里
之妙。〔註65〕扇中江山，如月在天，常與人聚，有風煙千里之勢。第
二則山谷先點明為畫，而後描摹畫面之景。他先將焦點放在一望無際
的江邊，在接近傍晚落暮將至時，夕陽映照著水面，呈現碧波蕩漾的
情景；隨後詩人將目光聚焦於枝椏橫斜交錯的梅影下，這樣美好清絕
之境，看不見人影的干擾，只有鴛鴦雙雙沐浴在落日的餘暉下。山谷
將視角由遠拉近，把這幅清新的圖一覽無遺的重現於讀者眼前，讓人
彷彿亦感受到那份遠離塵囂的自在和寧靜。

〔註61〕《黃庭堅詩集注》內集第七卷，頁266。
〔註62〕「便面」為扇子，古代人常手執便面以屏面，或有所避，或自整飾。
　　　　後來變為團扇或折扇的別稱。
〔註63〕《黃庭堅詩集注》內集第七卷，頁265。
〔註64〕《黃庭堅詩集注》內集第七卷，頁265。
〔註65〕宋人作題畫詩，喜言「尺幅千里」，認為「小中見大」之法，乃能創
　　　　造出具體生動之藝術形象，以之詠景物，則具體而微妙；以之寫山
　　　　水，則尺幅而有千理之勢。見張高評：《宋詩之傳承與開拓》，頁383
　　　　～386。

　　在黃庭堅館閣期的題畫詩作中，不僅可以見到題材內容的多樣豐富，也可知他將「神韻」的繪畫理論貫串於其中。在內容方面，山谷利用「韻」的審美標準描述李公麟所畫之神采奕奕的鞍馬，說明畫家必須具備學識和修養，才能像蘇軾一樣畫出卓越筆力之枯木竹石的畫作；在禽鳥蟲魚和山水風景方面，山谷一面單純詠畫中景物，另一方面卻又託物起興，利用虛實交錯的筆法將一己之情感寄託於繪畫中，給予觀者無限想象的空間。在這些題畫詩中，除了看見氣韻生動的審美情趣外，亦發現山谷擅長將景物、情感、敘事等內容融入短詩裡，體現自然明朗的基調外，也達到了意在言外的效果。

第二節　託物寓意的詠物詩

　　歷代文人寫詠物詩，通過對客觀事物的描摹，藉物起興，以寄託自己的情感心志，或是表達出某種道理思想。杜松柏先生曾在〈宋詩特色〉一文指出「宋人以詠物見長，琢句見巧」，他言：

> 宋人之詩，除理趣議論之外，因著意求好，雖欠渾成，詩多「刻露」，然詠物寫景，則甚見工妙；唐人詠物詩的技巧，尚未至此。〔註66〕

宋代的詠物詩數量極多，作詩詠物的風氣更是超越前代〔註67〕，不僅部分繼承了六朝巧構形似的特點，更多的是發揮了唐人言志抒情、寓物寄託的特色。

　　黃庭堅在館閣時期，與親友師長聚集京師，他們一起談論文藝，所詠之物如茶、筆、墨、松扇等，多具有濃厚的人文意象外，也表達了與朋友間的交往狀況。例如在詠花卉草木的詩作裡，友人王直方常

〔註66〕見杜松柏：〈宋詩特色〉，《國魂》（第475期，1985年6月），頁85。

〔註67〕徐建華在〈宋代詠物詩概述〉一文中曾提及，宋代詠物詩的風氣較前代為盛的原因有下列幾點：其一為宋代很多有影響力的詩人同時又在朝為官，他們之間常以詩歌唱和作為交際手段；其二為宋代政治鬥爭頻繁，由於在朝為官的詩人受到政治風波的衝擊，使他們產生了感慨，因此寫詠物詩變成寄情言志的創作形式。參見徐建華：〈宋代詠物詩概述〉，《文史知識》第2期，1991年，頁15。

會贈予家中的梅花、牡丹給黃庭堅，黃庭堅亦會作詩答謝；在詠茶詩中，更可看見文人們之間相互贈送茶葉以及酬唱贈答的情景，不管是與長輩孫莘老、李公擇，亦或是和蘇門四學士、友人文潞公、劉景文等人，皆可看出他們的交情匪淺。黃庭堅館閣期的詠物詩作數量龐大，筆者將其分成花卉草木、茶酒食品以及文具器物三大類，從這些詩作中不僅可以欣賞到各類物品，也能體會到山谷融情感、理趣以及人文精神於一爐的用心。

一、花卉草木之作

黃山谷於館閣其間的花卉草木之作中，詠梅花詩和牡丹詩各十一首。〔註68〕胡仔《苕溪漁隱叢話前集》曾謂：「詩人詠物形容之妙，近世為最。……蘇黃又有詠花詩，皆託物以寓意，此格尤新奇，前人未之有也。」〔註69〕山谷藉詠花以寄情寓意，至於草木的部分只有四首，數量上遠不及詠花詩，分別為詠松、詠柏以及詠連理松枝。

（一）梅

早期的文學作品提及梅時，多重於它的實用價值，在《尚書・說命》裡：「若作和羹，爾惟鹽梅。」後以調味之鹽梅喻宰輔治國；《詩經・召南・摽有梅》〔註70〕乃用「梅」、「媒」同音說明男女婚嫁當及時。六朝之後，梅花受到歌詠禮讚的詩篇才漸漸見到。唐代時，脫離六朝巧構形似的手法，文人們創作梅詩無論在作品的數量或是意境的開展上都有所提升；到了宋代，由於詩人超脫現實，因此對於花的歌詠，由實用的層面轉變成美感的鑑賞對象〔註71〕，相繼讚嘆梅孤雅高

〔註68〕請參見本論文附錄二之表格。

〔註69〕宋・胡仔：《苕溪漁隱叢話前集・卷47》（台北：長安出版社，1978年12月），頁325。

〔註70〕《詩經・召南・摽有梅》：「摽有梅，其實七兮。求我庶士，迨其吉兮。摽有梅，其實三兮。求我庶士，迨其今兮。摽有梅，頃筐墍之，迨其謂之。」見宋・朱熹注：《詩經》（上海：上海古籍出版社，1987年3月），頁8。

〔註71〕黃永武在〈梅花精神的歷史淵源〉曾云：「及至宋代理學勃興，重視

潔的風姿。林逋的「疏影橫斜水清淺，暗香浮動月黃昏」不但寫出了梅的清絕韻味，也展現了隱士的超塵脫俗的胸襟；蘇軾以「梅」為題材的詩作有五十首之多〔註72〕，不但生動描繪了梅花的綽約風姿，更進一步藉著梅花的內在精神和風骨，寄託自己的精神人格。山谷所作詠梅詩中，除了寫出梅花的傲人孤清、保持迥然出群性格的形象外，也透露了對梅花的愛戀之情。

　　在十一首詠梅花詩裡，有六首在寫蠟梅，可以看出山谷對於蠟梅的傾心，仁淵注云：

> 京洛間有一種花，香氣似梅花，五出而不能晶明，類女功撚蠟所成。京洛人因謂蠟梅。本身與葉乃類蒴藋。實高州家有灌叢，能香一園也。《王立之詩話》云：「蠟梅，山谷初見之，作二絕。緣此蠟梅盛於京師。」〔註73〕

蠟梅經山谷題詠後，在京師開始盛行起來。蠟梅並非梅類，因為與梅花開放的時間相同，香味又相近，顏色有如黃色的香蜜，故得其名。〔註74〕王世懋《學圃雜疏》言：

> 蠟梅，是寒花絕品，人言臘時開，故以蠟名，非也。為色

萬物的賦性與稟氣，對於上天賦予梅花的靈明懿德，感受特為強烈。梅的雪骨霜魂，浩然湛然，給人以養氣集義的節烈印象，於是在北宋末期，畫壇盛行墨梅，崔白、釋仲仁均為巨擘。至南宋的逃禪老人揚補之，反對秦檜，喜畫梅竹松等。」見黃永武：《詩與美》（台北：洪範出版有限公司，1987年12月，四版），頁205。

〔註72〕張高評在〈創意造語與宋代詠物詩——以蘇軾詠花、詠雪為例〉言：「梅花之詠，漢晉未聞，自宋鮑照以下，始得十七人21首；唐人詠梅花漸多，亦不過二、三十首。至宋代盛行，有作七律60首者，有為五律40首者。以詩人而論，北宋以蘇東坡50首居冠，其次為張耒34首……。」見張高評：《自成一家與宋詩宗風》（台北：萬卷樓圖書股份有限公司，2004年11月，初版），頁86。

〔註73〕郭紹虞輯：《宋詩話輯佚・王直方詩話》（北京：中華書局，1987年5月），頁94。

〔註74〕《范村梅譜》：「蠟梅，本非梅類，以其與梅同時，香又相近，色酷似蜜脾，故名蠟梅。……蠟梅香極清，芳殆過梅香。」見宋・范成大：《范村梅譜》（景印文淵閣四庫全書，第八四五冊，子部，譜錄類），頁5。

> 正似黃蠟耳，出自河南者曰罄口，香色形皆第一。〔註75〕

蠟梅並非開於臘月，而是因為花色如黃蠟。雖然蠟梅並無梅花脫俗超塵的形貌，但是它淡秀閒雅，且以香味取勝。從詩中可以看出山谷對於蠟梅的鍾情，三番兩次向友人求取蠟梅，並且還為其戲作五言短詩。在〈戲詠蠟梅二首〉中：

> 金蓓鎖春寒，惱人香未展。雖無桃李顏，風味極不淺。（其一）〔註76〕

含苞待放的蠟梅在春寒料峭中尚未盛開，無法散播香氣。緊接著詩人又說明蠟梅雖然沒有桃李豔麗明亮的風姿，但是它有著霜雪傲人的姿態，若是盛開後，香味清芳過人。從下面兩首詩裡亦可看出山谷對蠟梅的青睞：

> 聞君寺後野梅發，香蜜染成宮樣黃。不擬折來遮老眼，欲知春色到池塘。〈從張仲謀乞蠟梅〉〔註77〕

> 臥雲莊上殘花笑，香似早梅開不遲。淺色春衫弄風日，遣來當為作新詩。〈短韻奉乞蠟梅〉〔註78〕

第一首詩中，山谷先言張仲謀住處後面的野梅盛開，色黃如「香蜜染成」，正當最適合觀賞的時候。香氣襲人的蠟梅並非只是詩人拿來「遮老眼」〔註79〕的工具，而是看見蠟梅能知它捎來春天的訊息，並且能夠引發張仲謀作詩的興致和靈感。〔註80〕第二首詩裡，詩人說蠟梅「香似早梅」，雖然和梅花同為「梅」，花期又同時，但是它濃而清幽，芳香徹骨，遠超過梅花的香氣，並且帶有黃亮宛如蜜蠟的顏色，顯得別緻精巧，因此讓山谷一見傾心，欲以它來入詩。在元祐三年時，黃庭

〔註75〕選錄於百部叢書集成第 29 冊，清・陳繼儒輯：《寶顏堂祕笈》（台北：藝文印書館，1956 年）。

〔註76〕《黃庭堅詩集注》內集第五卷，頁 202。

〔註77〕《黃庭堅詩集注》內集第五卷，頁 203。

〔註78〕《黃庭堅詩集注》內集第十九卷，頁 662。

〔註79〕《傳燈錄》：「僧問：『藥山為什麼看經？』師曰：『我只圖遮眼。』」

〔註80〕宋・任淵注：「謝靈運詩：『池塘生春草。』此引用，言仲謀當有詩興。」出自《黃庭堅詩集注》內集第五卷，任淵注，頁 203。

堅作了〈出禮部試院王才元惠梅花三種皆妙絕戲答三首〉（其一）：

城南名士遣春來，三月乃見臘前梅。定知鎖著江南客，故
放綠陰春晚回。〔註81〕

元祐三年時，蘇軾與吏部侍郎孫覺，薦舉黃庭堅等人為參詳官，以秦
觀、晁補之、張耒、李公麟等人為點試卷官，考試時必須鎖院，考官
們不能與外界溝通。黃庭堅返家時已是三月，原以為錯過了梅花盛開
的季節，但是卻收到了王棫所送的蠟梅，讓其可以一睹梅花的芬芳。
由於大雪紛飛，氣候寒冷，梅花也因此晚至三月才開花〔註82〕，山谷
認為梅花晚開花，是因為知道他被困於禮部試院，所以特別選在這時
開花，讓山谷得以欣賞它淡秀閒雅的姿態。詩人對於蠟梅的喜愛之情
躍然紙上。

　　喜愛梅花的心情，從山谷迫切詢問梅花綻放的情形也可一窺端
倪。在〈急雪寄王立之問梅花〉和〈又寄王立之〉兩首詩裡，山谷寫
道：

紅梅雪裏與蓑衣，莫遣寒侵鶴膝枝。老子此中殊不淺，尚
堪何遜作同時。〈急雪寄王立之問梅花〉〔註83〕

南人羈旅不成歸，夢遠南枝與北枝。安得孤根連夜發，要
當雪月並明時。〈又寄王立之〉〔註84〕

王直方，字立之，為王棫的兒子。王棫家種梅，山谷曾寄詩予王直
方，詢問梅花的情形。第一首詩中寫的是紅梅。范村梅譜曾云：「紅
梅，粉紅色標格是梅，而繁密則如杏香，亦類杏。」〔註85〕紅梅雖

〔註81〕《黃庭堅詩集注》內集第九卷，頁327～328。

〔註82〕宋・任淵注：「山谷有此詩跋云：『州南王才元舍人家，有百葉黃梅
妙絕。禮部鎖院，不復得見。開院之明日，才元遣送數枝。蓋是歲
大雨雪，寒甚，故梅亦晚開耳。』又一跋云：元祐初，鎖試禮部，
阻春雪，還家已三月。王才元舍人送紅黃多葉梅樹種，為作三詩，
付王家素素歌之。」《黃庭堅詩集注》內集第九卷，〈出禮部試院王
才元惠梅花三種皆妙絕戲答三首〉（其一），頁327。

〔註83〕《黃庭堅詩集注》外集第十六卷，頁1346～1347。

〔註84〕《黃庭堅詩集注》外集第十六卷，頁1347。

〔註85〕宋・范成大：《范村梅譜》（景印文淵閣四庫全書，第八四五冊，子

然染上淡淡的紅色，和桃紅的杏花無異，但是卻不畏寒氣的侵襲，它的梅枝在冰天雪地中更顯得瘦硬孤高，詩人在此寫出紅梅不同流俗的人格，最後又以同樣愛梅的何遜〔註86〕自比。第二首詩裡，山谷藉著羈旅不歸的人們對於梅花的念茲在茲，表露了自己對於梅花的魂牽夢縈。三四句則以雪之瑩白和月之皎潔，烘托出梅花在酷寒中仍冰清玉潔、凌霜孤高的身影。當王直方告訴山谷花已落盡時，山谷又寫詩表達失望的情緒：

> 南枝北枝春事休，榆錢可穿柳帶柔。定是沈郎作詩瘦，不應春能生許愁。〈王立之承奉詩報梅花已落盡次韻戲答〉
> 〔註87〕

從詩中的「榆錢」和「柳」，可知時節已是春天，此時梅花都已謝了。第三句的「沈郎作詩瘦」，山谷化用了「沈腰」〔註88〕之典故，藉此說明自己對於不復看見梅花身影而感到落寞惆悵的心情。

　　黃庭堅不僅賦予梅傲立吐芳的堅毅梅格和幽冷清香之形象，也在詩作中表達了一己欲一親芳澤的愛戀之情。

（二）牡　丹

　　不同於梅的幽香冷艷，牡丹所呈現出來的是一種雍容華貴的形象。牡丹最早作為藥用〔註89〕，到了唐代，一躍成為大家競相歌詠

部，譜錄類），頁4。

〔註86〕何遜，自仲言，梁時東海郯人也。曾作〈揚州法曹梅花盛開〉：「兔園標物序，驚時最是梅。銜霜當路發，映雪擬寒開。枝橫卻月觀，花繞凌風台。朝灑長門泣，夕駐臨邛杯。應知早飄落，故逐上春來。」

〔註87〕《黃庭堅詩集注》內集第九卷，頁329。

〔註88〕宋‧任淵注：「《南史‧沈約傳》：謝玄暉善為詩，任彥昇工於筆，約兼而有之。約以書陳情於徐勉，言己老病，百日數旬，革帶常應移孔，以手握臂，率計月小半分，欲謝事，求歸老之秩。」《黃庭堅詩集注》第九卷，〈王立之承奉詩報梅花已落盡次韻戲答〉（其一），頁329。

〔註89〕宋‧歐陽脩：《洛陽牡丹記》云：「牡丹初不載文字，唯以藥載本草，然於花中不為高第，大抵丹延已西及褒斜道中尤多，與荊棘無異，土人皆取以為薪。」（景印文淵閣四庫全書，第八四五冊，子部，譜錄類），頁7～8。

的對象。無論是劉禹錫的「唯有牡丹眞國色，花開時節動京城。」
〔註90〕、白居易的「帝城春欲暮，喧喧車馬度；共道牡丹時，相隨
買花去。」〔註91〕的詩句，皆可看出唐人對牡丹的熱愛。宋代時，
宋人對牡丹的喜愛亦不減唐人，在歐陽脩的《洛陽牡丹記》中，所
記錄之牡丹的花色和品種極多，共計有二十四種〔註92〕；歐陽修也
在〈花品敘〉言：

> 洛陽亦有黃芍藥、緋桃、瑞蓮、千葉李、紅郁李枝類，皆
> 不減他出者，而洛陽人不甚惜，謂之果子花，曰某花云云，
> 至牡丹則不名，直曰花，其意謂天下眞花獨牡丹，其名之
> 著，不假曰牡丹而可知也。〔註93〕

由上述可知洛陽牡丹爲天下第一，洛陽人對牡丹情有獨鍾，直名牡丹
爲花。因此宋代時無論是求索牡丹抑或是文人雅士間的歌詠仍可看
見。

　　元祐三年，黃庭堅在祕書省兼史局，修纂國史。他向王棫以詩求
索牡丹花，因此作了〈乞姚花二首〉〔註94〕：

> 正是風光嬾困時，姚黃開晚落應遲。欲雕好句乞春色，日
> 曆〔註95〕如山不到詩。

〔註90〕清・聖祖：《全唐詩》上冊，第六函第三冊（上海：上海古籍出版社，
　　　　1986年10月），頁912。
〔註91〕朱金城箋校：《白居易集箋校》（上海：上海古籍出版社，1988年12
　　　　月），頁96。
〔註92〕在《洛陽牡丹記・花品敘》裡所提到的牡丹品種爲：姚黃、魏花、
　　　　細葉壽安、青州紅、牛家黃、潛溪緋、左花、獻來紅、葉底紫、鶴
　　　　翎紅、添色紅、倒暈檀心、朱砂紅、九蕊眞珠、延州紅、多葉紫、
　　　　麤葉壽安、丹州紅、蓮花萼、一百五、鹿胎花、甘草黃、一撒紅、
　　　　玉板白，共計二十四種。見宋・歐陽脩：《洛陽牡丹記》（景印文淵
　　　　閣四庫全書，第八四五冊，子部，譜錄類），頁3。
〔註93〕宋・歐陽修：《洛陽牡丹記》（景印文淵閣四庫全書，第八四五冊，
　　　　子部，譜錄類），頁1。
〔註94〕《黃庭堅詩集注》內集第九卷，頁330～331。
〔註95〕宋・任淵注：「按《實錄》：章淳言：『先帝日曆，始自熙寧二年正月，
　　　　至三年終。係元祐中祕書省官孔武仲、黃庭堅、司馬康修纂。』」，
　　　　見《黃庭堅詩集注》，頁330。

> 青春日月鳥飛過，汗簡文書山疊重。乞取好花天上看，宮
> 衣黃帶御爐烘。

開頭點明在春光融融、「風光嬾困」的暮春時節，姚黃〔註96〕綻放於
其中。從其二的「汗簡文書山重疊」可以得知，山谷埋首於成山堆疊
的汗簡文書裡，無暇雕飾出好的詩句以向人求索姚黃。但是若能一睹
姚黃的芳澤和嬌姿，定能使人心情愉悅，即使處在堆積如山的文書
前，也能感到愜意自在。在〈效王仲至少監詠姚花用其韻四首〉中，
山谷也以姚黃爲題：

> 映日低風整復斜，綠玉眉心黃袖遮。大梁城裏雖罕見，心
> 知不是牛家花。（其一）〔註97〕

山谷在詩中提到，雖然在汴京城中，綠心黃瓣的姚黃很罕見，但是見
到其嬌豔的芳容，還是可以辨識出姚黃並非牛家花。牛家花即是牛
黃，在《洛陽牡丹記》裡記載著：「牛黃亦千葉，出於民牛氏家，比
姚黃差小。」〔註98〕除了姚黃之外，黃庭堅亦詠了其他品種牡丹的詩
作：

> 聞道潛溪千葉紫，主人不嗇要題詩。欲搜佳句恐春老，試
> 遣七言賒一枝。〈王才元舍人許牡丹求詩〉〔註99〕

> 清香拂袖翦來紅，似繞名園曉露叢。欲作短章憑阿素，緩
> 歌誇與落花風。〈謝王舍人翦狀元紅〉

第一首詩所言之千葉紫爲潛溪緋和左花〔註100〕。山谷向王棫求取牡

〔註96〕宋·歐陽脩：《洛陽牡丹記》：「姚黃者，千葉黃花，出於民姚氏家。
　　　　此花之出，於今未十年。姚氏居白馬坡，其地屬河陽，然花不傳河
　　　　陽，傳洛陽，洛陽亦不甚多，一歲不過數朵。」（景印文淵閣四庫全
　　　　書，第八四五冊，子部，譜錄類），頁4。
〔註97〕《黃庭堅詩集注》內集第九卷，頁331。
〔註98〕宋·歐陽脩：《洛陽牡丹記》（景印文淵閣四庫全書，第八四五冊，
　　　　子部，譜錄類），頁4。
〔註99〕《黃庭堅詩集注》內集第九卷，頁334。
〔註100〕宋·歐陽脩：《洛陽牡丹記》：「潛溪緋者，千葉緋花，出於潛溪寺，
　　　　寺在龍門山後，本唐相李藩別墅，今寺中已無此花，而人家或有之，
　　　　本是紫花，忽於叢中特出緋者，不過一二朵。」頁6。又「左花者，

丹花，但是王棫要求以詩易花。從詩中可知詩人欲看牡丹花的心切。
但是詩人知道若是要作出一篇佳作，必須要花上好一段時間，仔細推
敲琢磨詩句。在鍛鍊字句的過程裡，惟恐韶光易逝，錯過花時，因此
只有倉促的作了一首七言詩，等到欣賞過牡丹花的風采，再另外補首
詩給王棫。第二首詩描寫的花爲狀元紅〔註101〕，寫的是詩人面對已
剪下的牡丹心情。在剪下的牡丹前，清風拂來陣陣的花香氣味，讓山
谷彷彿置身於一片花叢間。詩人此時於詩中流露出歡愉的語氣，在逸
興遄飛的當下，欲作短歌交予立之家的丫鬟阿素吟唱。這兩首詩中流
露出詩人惜花、愛花的心情，牡丹在他的筆下亦發顯得嬌貴可人。牡
丹有豔冠群芳之時，也有凋殘枯萎的時候，黃庭堅利用此景與自己衰
弱的身體作結合，呈現出惆悵的情緒：

> 分送香紅惜折殘，春陰醉起薄羅寒。不如王謝堂前燕，曾
> 見新粧並倚欄。（〈王立之以小詩送並蒂牡丹戲答〉其一）〔註102〕
>
> 露晞風晚別春叢，拂掠殘粧可意紅。多病廢詩仍止酒，可
> 憐雖在與誰同。（其二）〔註103〕

在這兩首詩裡，流露出山谷對於遭攀折枝葉的牡丹感到惋惜，並且藉
著折枝的牡丹想到自己多病孱弱的身體，引發出落寞悽涼的情感。不
同於其他詠牡丹詩流露出的歡愉語氣，山谷在此首詩中透露的是有如
劉禹錫〈烏衣巷〉：「舊時王謝堂前燕」的滄桑悵惘之感。

（三）松柏和連理松枝

　　館閣期間，山谷在詠草木詩作的數量上，遠不及詠花詩，主要爲
詠松、詠柏詩，另外還有詠友人所贈的連理松枝二首。詩人在詠松、

千葉紫花，葉密而齊，如截，亦謂之平頭紫。」，頁5。
〔註101〕《曹州牡丹譜》：「狀元紅者，重葉深紅花，其色與紅潛緋相類，有
　　　　紫檀心，天姿富貴，昔人名之曰曹州狀元紅，以別於洛中之狀元紅
　　　　也。」見清・餘鵬年：《曹州牡丹譜》（續修四庫全書，第1116冊，
　　　　子部，譜錄類），頁8。
〔註102〕《黃庭堅詩集注》外集第十六卷，頁1347～1348。
〔註103〕《黃庭堅詩集注》外集第十六卷，頁1348。

柏時，常會運用「比德」的手法，賦予它們豐富的倫理內涵，使某種德性或某種人格具象化，進而形成一種審美意象。在先秦時代，將「比德」的自然審美觀運用於儒家言論和著作中，最具代表性的首推孔子，孔子曾言：「歲寒，然後知松柏之後凋也。」〔註104〕以松柏比德，因為在嚴寒的冰雪中，松仍保有孤挺不屈的性格，柏依舊高節貞心、青蒼蓊鬱，故後世作品中常以歲寒松柏比喻身處逆境艱困中而始終保持節操的人。

　　在黃庭堅的詠松柏詩裡，亦可看出松柏堅守品格的心志，〈歲寒知松柏〉寫道：

> 群陰彫品物，松柏尚桓桓。老去惟心在，相依到歲寒。霜嚴御史府，雨立大夫官。犧象溝中斷，徽弦爨下殘。光陰一鳥過，翦伐萬牛難。春日輝桃李，蒼顏亦豫觀。（其一）
> 〔註105〕
>
> 松柏天生獨，青青貫四時。心藏後凋節，歲有大寒知。慘淡冰霜晚，輪囷澗壑姿。或容螻蟻穴，未見斧斤遲。搖落千秋靜，婆娑萬籟悲。鄭公扶貞觀，已不見封彝。（其二）
> 〔註106〕

從「群陰彫品物，松柏尚桓桓」以及「松柏天生獨，青青貫四時」即可看出，即使在天寒地凍、凜冽寒風的氣候裡，松柏乃維持著綠意盎然、堅挺不拔的姿態，一身傲骨，屹立於幽澗深壑中。沒有具備桃李鮮豔的色彩，也不與桃李爭相競豔，只是在霜雪中秉持著清高出俗的性格和倜儻出群的姿態，《禮記》曾云：「其在人也，如竹箭之有筠也，如松柏之有心也，貫四時而不改柯易葉。」〔註107〕詩人藉著松柏在寒霜之中仍欣欣向榮的特性，比喻仁人志士堅貞不屈的節操，不會因

〔註104〕宋・朱熹：《四書章句集註》（臺北：鵝湖出版社，1984 年 9 月），頁 115。

〔註105〕《黃庭堅詩集注》內集第十卷，頁 371～372。

〔註106〕《黃庭堅詩集注》外集第十六卷，頁 1368。

〔註107〕漢・鄭玄注：《禮記二十卷》（臺北：新興書局，1971 年 6 月），頁 82。

為強權的欺壓或是榮華富貴的利誘而改變其操守，表面上在讚賞松柏的常青，實際上也展現了自己對於人生的堅持和品格。山谷保持內心的高潔，不為外物所動，也不因為世俗的毀譽和政事的勾心鬥角而動搖心志，可以看出其清高兀傲的性格。在〈何氏悅庭詠柏〉中，詩人亦描摹了松柏的特性：

> 澗底長松風雨寒，岡頭老柏顏色悅。天生草木臭味同，同盛同衰見冰雪。
>
> 君莫愛清江百尺船，刀鋸來謀歲寒節。千林無葉草根黃，蒼髯龍吟送日月。〔註108〕

在眾花草皆隨著季節交替而盛開枯萎時，只有松柏禁得起風雨晦暝各種考驗，在種種試煉中依然欣欣向榮、屹立不搖，表露了松柏常青的特色。另外，山谷也詠連理松枝二詩，賦予和松柏之貞德不同的意義：

> 故人折松寄千里，想聽萬壑風泉音。誰言五鬣蒼煙面，猶作人間兒女心。（〈戲答陳季常寄黃州山中連理松枝二首〉其一）
>
> 〔註109〕
>
> 老松連枝亦偶然，紅紫事退獨參天。金沙灘頭鏁子骨
>
> 〔註110〕，不妨隨俗暫嬋娟。（其二）〔註111〕

詩中所寫為友人陳慥，千里迢迢地從黃州寄連理松枝給山谷。當山谷收到連理松枝後，彷彿置身於松林之間，耳朵所聞皆為風吹林子的呼嘯聲響。連理代表的是男女之間纏綿深刻的情感，而松給人剛健中正的感覺。在持重守成的外表下，會出現象徵柔軟兒女情感般的連理松枝，只是一種偶然的現象。詩人說明這種現象，就好像鎖骨菩薩有時也必須隨俗，化成世間俗人來度越眾生，但是佛身依然為佛身，松樹

〔註108〕《黃庭堅詩集注》內集第十七卷，頁1367。

〔註109〕《黃庭堅詩集注》內集第九卷，頁335。

〔註110〕亦作鎖子骨，即謂鎖骨菩薩。《續玄怪錄》：「昔延州有婦人，頗有姿貌，少年子悉與之狎昵。數歲而歿，人共葬之道左，大曆中，有胡僧敬禮其墓曰：『斯乃大慈悲喜捨，世俗之欲，無不徇焉。此即鎖骨菩薩，順緣已盡爾。』」見《黃庭堅詩集注》任淵注，頁336。

〔註111〕《黃庭堅詩集注》內集第九卷，頁336。

依然還是松樹，它們的本質仍然不變。所謂「胸中涇渭分。」〔註112〕，在山谷的作品中，可以看見涇渭分明之是非觀念的儒家處世哲學，還有超塵絕俗的佛道境界，他所表現的是一種「內剛外和」的處世原則。山谷在此借由連理松枝所引發的想像，展現出一番禪趣！

二、茶酒食品之作

宋代由於商品經濟活躍，整個社會生活水平有所提高，飲食方面有著顯著的進步〔註113〕，進而影響到文學創作。宋人常將飲品食物入詩，將實用功能轉化成獨特的美感欣賞。在黃庭堅館閣期以食物為主題的詩歌裡，以茶為大宗，主要「與生活條件允許」有很大的關係〔註114〕，再加上文人學士們進一步追求精神意趣，認為品茗可以展現閒適的心境。相較之下，酒和其餘食品入詩的詩作數量所佔少數。以下就「茶茗」和「葷酒食品」論述之。

（一）茶　茗

宋代的飲茶之風承續唐代，更為興盛。宋・蔡絛《鐵圍山叢談》曾云：「茶之尚，蓋自唐人始，至本朝為盛；而本朝又至祐陵時，益窮極新出，而無以矣。」〔註115〕上至皇室公卿，下至文人僧侶，無不飲茶，尤其宋代實行重文輕武政策，大量的文人在朝擔任重要職務，無論是政治或是經濟地位都明顯提高，茶成為了待遇優厚和生活清閒的標誌之一，〔註116〕也變成了宋代民眾身活中不可或缺的必需

〔註112〕見〈次韻答王慎中〉，《黃庭堅詩集注》內集第七卷，頁256～257。
〔註113〕見姚瀛艇主編：《宋代文化史》，第十六章〈衣食住行與婚嫁喪葬〉，頁521～524。
〔註114〕吳晟曾言：「黃庭堅〈次韻答邢惇夫〉：『雨作枕簟秋，官閒省中睡。夢不到漢東，茗椀乃為祟。』『官閒』正是有茶可飲的優裕條件。」見吳晟：《黃庭堅詩歌創作論》，七、〈文化篇〉，頁167。
〔註115〕宋・蔡絛著，馮惠民、沈錫麟點校：《鐵圍山叢談》卷6（北京：中華書局，1983年9月），頁106～107。
〔註116〕見吳晟：《黃庭堅詩歌創作論》（南昌：江西人民出版社，1998年10月）七、〈文化篇〉，（一）「黃庭堅與茶」，頁167。

品。黃庭堅嗜飲茶，又喜以茶入詩，明·王士禎言：「黃庭堅詠茶詩
最多最工。」〔註117〕館閣期間山谷的茶詩多達二十幾首，無論是朝
廷頒賜的「貢茶」〔註118〕或是山谷家鄉洪州分寧的「雙井茶」〔註119〕
皆入詩，茶不僅是閒適生活的象徵，也流露出山谷和好友之間情深意
切的眞摯友誼。

　　黃庭堅不僅喜愛飲茶，也藉由茶作爲和親朋好友交流感情的媒
介，不但以茶贈送親友，也接受親友所贈之茶，以此答謝酬唱。在〈謝
公擇舅分賜茶三首〉〔註120〕中，山谷寫道：

　　外家新賜蒼龍璧，北焙風煙天上來。明日蓬山破寒月，先
　　甘和夢聽春雷。（其一）

　　文書滿案惟生睡，夢裏鳴鳩喚雨來。乞與降魔大圓鏡，眞
　　成破柱作驚雷。（其二）

　　細題葉字包青箬，割取丘郎春信來。拚洗一春湯餅睡，亦
　　知清夜有蚊雷。（其三）

李常字公擇，是山谷的舅父。山谷自父親去世後，由李常教以詩書。
李常不僅是山谷的啓蒙經師〔註121〕，和山谷之間亦有相知相惜的朋
友之情，無論在學問或是做人處事方面，李常對山谷的教導和關心皆

〔註117〕明·王士禎：《花草蒙拾》（續修四庫全書，第 1733 冊，集部，詞
　　　　類），頁7。

〔註118〕唐中以後，茶葉進入了賜物的行列。地方貢茶先薦宗廟，然後分賜
　　　　近臣。唐對大臣、將士有歲時之賜和不時之賜，謝賜茶之文在在可
　　　　見。見沈冬梅：《宋代茶文化》（台北：學海出版社，1999 年 9 月），
　　　　頁 151。

〔註119〕宋·歐陽脩：《歸田錄》卷一：「自景祐後，洪州雙井白芽漸盛，近
　　　　歲製作尤精，……其品遠出日注上，遂爲草茶第一。」見朱易安、
　　　　傅璇琮主編：《全宋筆記》第一編五（鄭州：大象出版社，2008 年
　　　　10 月），頁 243～244。

〔註120〕《黃庭堅詩集注》內集第三卷，頁 124～125。

〔註121〕《宋史》卷四百四十四，列傳第二百三：「黃庭堅字魯直，洪州分
　　　　寧人。幼警悟，讀書數過輒成誦。舅李常過其家，取架上書問之，
　　　　無不通，常驚，以爲一日千里。」見宋·脫脫：《宋史》（景印文淵
　　　　閣四庫全書，第 282 冊，史部，正史類，），頁 586。

不遺餘力。山谷曾言:「我少不天,殆欲塡替。長我教我,實惟舅氏。四海之內,朋友比肩。舅甥相知,率無間然。」〔註122〕從此可看出他們舅甥的感情彌足珍貴。這三首詩描寫的即是舅公李常分送茶葉給山谷,親人之間的眞摯感情蘊含於詩中,山谷獲得了外家分賜的建溪北焙官焙好茶,心中的喜悅之情難以言喩。任淵注:「魔以言睡,鏡以比茶。」〔註123〕當滿桌的文書令人昏昏欲睡時,茶葉「蒼龍璧」有如大圓鏡可以驅除睡魔,啜飲之後讓人神淸氣爽;山谷亦將「和夢聽春雷」、「破柱作驚雷」和「淸夜有蚊雷」比喩爲烹煮茶茗的聲音。這三首詩不但流露出山谷對於茶茗和舅父的深厚情感,也呈現出祥和的心境。同樣的,山谷在獲得賜茶時,也會分給舅父李常:

> 慶雲十六升龍樣,國老元年密賜來。披拂龍紋射牛斗,外
> 家英鑒似張雷。〈以潞公所惠揀芽送公擇次舊韻〉〔註124〕

哲宗元祐年間文潞公贈送茶茗給山谷,山谷再將其轉送給李常。「密雲龍」爲神宗元豐年間下詔建州所造,後來當哲宗即位時,「宣仁垂簾,始賜二府。及裕陵宿殿夜,賜碾成末茶,二府兩指許,二小黃袋,其白如玉,上題曰『揀芽』,亦神宗所藏。」〔註125〕「密雲龍」爲當時最珍貴的茶,其中又以「揀芽」〔註126〕爲上品。在宋代時,能獲得貢茶賞賜者,除皇親國戚外,就是位高權重的元老眾臣才有資格獲得賞賜,尤其物以稀爲貴,一旦被賜予茶茗,無不有如獲至寶的感覺。因此黃庭堅將珍貴的茶茗轉送給舅父,足以看出他們之間的深厚情意。

〔註122〕《黃庭堅全集》第二冊,頁800。

〔註123〕《黃庭堅詩集注》內集第三卷,頁124。

〔註124〕《黃庭堅詩集注》,外集第十五卷,頁1297。

〔註125〕宋・王鞏:《淸虛雜著補闕》,《中國野史集成》(成都:四川大學圖書館,1993年)。

〔註126〕宋・熊蕃:《宣和北苑貢茶錄》:「茶芽最上曰小芽,如雀舌、鷹爪;次曰中芽,乃一芽帶一葉者,號一槍一旗。一槍一旗號揀芽,最爲挺特。」見宋・熊蕃:《宣和北苑貢茶錄》(景印文淵閣四庫全書,第844冊,子部,譜錄類),頁3。

在所有詠茶的詩篇中，山谷對於「雙井茶」懷有深刻的情感。所謂「月是故鄉明」，雙井茶不僅是山谷老家（江西洪州分寧）所產之茶，山谷之父黃庶，亦曾以雙井茶作爲詠讚對象而做詩〔註127〕；歐陽脩於《歸田錄》計載：「自景祐後，洪州雙井白芽漸盛，近歲『製作尤精，囊以紅紗，不過一二兩，以常茶十數斤養之，用辟暑濕之氣』」〔註128〕可看出歐陽修極力誇讚雙井茶的珍貴。山谷對雙井茶的情有獨鍾，不僅讓他獲得「雙井主人」〔註129〕的稱謂，也作了多首關於雙井茶的詠茶詩予親朋好友，例如在館閣時期，有和蘇軾的〈雙井茶送子瞻〉；寫給舅父李常〈公擇用前韻嘲戲雙井〉、〈又戲爲雙井解嘲〉；寫給孔常父（字武仲）〈以雙井茶送孔常父〉；也有寫給同宗晚輩黃裳〈答黃冕仲索煎雙井并簡揚修〉等詩。試看黃庭堅寫給蘇軾的〈雙井茶送子瞻〉一詩，從字裡行間流露出對於當時烏臺詩案的心有餘悸以及對蘇軾的愛護之情：

> 人間風日不到處，天上玉堂森寶書。想見東坡舊居士，揮毫百斛瀉明珠。我家江南摘雲腴，落磑霏霏雪不如。爲君喚起黃州夢，獨載扁舟向五湖。〔註130〕

此詩作於元祐二年，山谷在京師任著作佐郎，家鄉的親友寄了雙井茶

〔註127〕〈家童來持雙井芽數，數飲之，輒成詩以示同〉：「我疑醇釀千古味，寂寞散在山茶枝。雙井名入天下耳，建溪春色無光輝。吾鄉茶友若敝國，冀土尺壁珍刀圭。嗟予奔走車馬跡，塵埃荊棘生喉頤。煮雲爲腴不可見，青泉綠樹應相嗤。長鬚前日千里至，百芽包裹林嚴姿。開緘春風若滿手，喜氣收拾人恐知。江南陽和夜欲試，小齋獨與清風期。石鼎泉甘火齊得，渾沌不死元氣肥。詩書坐對爲客主，一啜已見沉瀁漓。通宵安穩睡物外，家夢欲遣不肯歸。不信試來與君飲，洗出正性還肝脾。」見傅璇琮等人主編：《全宋詩》第八冊（北京：北京大學出版社，1992 年 6 月第一版），頁 5496～5497。

〔註128〕見朱易安、傅璇琮主編：《全宋筆記》第一編（鄭州：大象出版社，2008 年 10 月），頁 243～244。

〔註129〕宋・黃裳〈次韻魯直烹密雲龍之韻〉一詩云：「雙井主人煎百碗，費得家鄉能幾本。」以此譽山谷爲「雙井主人」。見宋・黃裳：《演山集》卷一，（續修四庫全書，第 1120 冊，集部，別集類），頁 2。

〔註130〕《黃庭堅詩集注》內集第六卷，頁 219。

給他，山谷立刻想到分予好友蘇軾，並寫下這首意味深長的詩。蘇軾
於神宗元豐二年因「烏臺詩案」被貶至黃州，築室於東坡，故自號東
坡居士。「東坡舊居士」之「舊」字意指黃州，「玉堂」為當今翰林院，
兩者有對比意味，意指蘇軾從昔日的被貶之臣晉升為春風得意的官
位，但隱約可看出詩人的感嘆，政局的動盪不安、小人的汙衊陷害，
可以遭致多少罪名？詩的主旨在於山谷將家鄉的雙井茶和蘇軾分
享，將茶葉形容成比霏霏雪花還光潔純淨的樣子，奉勸蘇軾喝了江南
的茶之後，能夠喚起當初被貶謫黃州時的艱辛。即使此時處在琳瑯滿
目的寶書羅列之玉堂，能夠洋洋灑灑、揮毫自如的在紙上傾瀉百斛明
珠，但是在這政治詭譎、風波險惡的政壇中，仍須居安思危，別因為
現在平步青雲，而忘了當初貶謫的教訓。因此山谷在最後一句云「獨
載扁舟向五湖」，借用了春秋時范蠡的典故〔註131〕，勸戒蘇軾功成身
退，脫離沸沸揚揚的黨爭漩渦。山谷表面上雖然是送茶，但實則是提
醒蘇軾，人世間世事難料，當身處安逸之時，往往也蘊藏著無法預測
的危機，與其在官宦場中載浮載沉，倒不如及早抽身，急流勇退。此
詩寄予了山谷的滿腔關懷，可謂情味悠長，表達了與蘇軾之間堅定深
厚的友誼。在〈以小團龍及半挺贈無咎並施用前韻為戲〉一詩裡，山
谷以小團龍茶和半挺茶為題作茶詩，詩中流露出和晁補之的交情甚
篤：

> 我持玄圭與蒼璧，以暗投人渠不識。城南窮巷有佳人，不
> 索賓郎常宴食。赤桐茗椀雨斑斑，銀粟翻光解破顏。上有
> 龍文下棋局，探囊贈君諾已宿。此物已是元豐春，先皇聖
> 功調玉燭。晁子胸中開典禮，平生自期莘與渭。故用澆君
> 磊隗胸，莫令鬢毛雪相似。曲几圍蒲聽煮湯，煎成車聲繞
> 羊腸。雞蘇胡麻留渴羌，不應亂我官焙香。肥如飽壺鼻雷
> 吼，幸君飲此勿飲酒。〔註132〕

〔註131〕《國語・越語》記載范蠡協助越王勾踐滅掉吳國後，不願意接受官
　　　　職，於是「乘輕舟以遊五湖」。
〔註132〕《黃庭堅詩集注》內集第二卷，頁98～100。

首句所言「玄圭」和「蒼璧」指的是茶茗「小團龍」和「牛挺」。「小
團龍」是相當有名的貢茶，為仁宗時蔡襄於福建路轉運使所添置的貢
茶之名，「牛挺」為建州茶名，或號曰「金挺」。這兩種珍貴的茶茗若
非風雅人士無法賞識，山谷在此以「佳人」喻晁補之，並且使用「賓
郎」〔註133〕之典故，說明若晁補之食慾不振，自己信守諾言送他有
龍文圖案的小團龍，茶葉向銀粟般泛著光亮，必能使他破顏為笑。詩
中以他人不知所送茶之珍貴，但是晁補之卻能品嘗，流露出兩人的深
厚情誼。山谷也藉此詩讚美晁補之為飽學多識之人，希望能用茶茗的
甘美澆其胸中之塊壘；最後在詩末用「雞蘇胡麻」說明加了任何渣滓
的茶都不是純粹的官焙香，暗喻飲茶必須讓自己思緒更清明，在這紛
擾政治中仍能不被干擾，成為一股清流。山谷還不忘調侃了晁補之的
體態，但此戲謔之語卻更加透露了兩人的情誼篤厚。

（二）酒與食品

在神宗元豐七年的三月，黃庭堅移監德州德平鎮的路途中，路過
泗州僧伽塔，乃往遊奉佛，並且作〈發願文〉戒酒色與肉食〔註134〕。
戒葷酒之後是館閣任期的開始，由於〈發願文〉之戒，雖然身處繁華
珍饌所匯的京師，以及文人宴集所會的館閣，山谷卻食素戒酒，將可
「排遣春寒」的碧香酒，轉送於人，由〈送碧香酒用子瞻韻戲贈鄭彥
能〉：

> 食貧好酒嘗自嘲，日給上尊無骨相。大農部丞送新酒，碧
> 香竊比主家釀。應憐坐客竟無甔，更遭官長頗譏謗。銀杯
> 同色試一傾，排遣春寒出帷帳。浮蛆翁翁盃底滑，坐想康
> 成論泛盎。重門著關不為君，但備惡客來仇餉。〔註135〕

〔註133〕宋・任淵注：「《南史》：劉穆之少貧，好往妻兄江氏家乞食，食畢
　　　　求檳榔。江氏戲之曰：『檳榔消食，君乃常飢，何忽須此？』」見《黃
　　　　庭堅詩集注》，頁99。
〔註134〕宋・黃𥳑：《黃山谷年譜》：「公奉佛最謹，過泗州僧伽塔，遂作〈發
　　　　願文〉，痛戒酒色與肉食，但朝粥午飯，如浮屠。時元豐七年三月
　　　　也。」（台北：學海出版社，1979年10月），頁4。
〔註135〕《黃庭堅詩集注》內集第三卷，頁126。

此詩作於元祐二年，詩中說明大農部承送給山谷新釀的碧香酒，喝了可以排遣春寒。在詩末，山谷用戲謔的口吻說道自己家門深鎖的原因，是因爲害怕「惡客來仇餉」，間接呈現自己愛酒的態度。此外，因爲友人游景叔知道山谷長期茹素，所以贈予精緻的蔬果食物，在〈謝景叔惠冬筍雍酥水梨三物〉中，便寫道：

> 玉人憐我長蔬食，走送廚珍自不嘗。秦牛肥膩酥勝雪，漢苑甘寒梨得霜。

> 冰底斲春生筍束，豹文解籜饌寒玉。見他桃李憶故園，嚼獠應殘遠窗竹。〔註136〕

景叔知道山谷無法享受美味佳餚，因此贈送了冬筍、雍酥和水梨給他。由於平日山谷所接觸的都是較爲簡樸的飲食，因此在嘗鮮之時，自然是頗爲欣喜。山谷於詩中刻畫食物的精美，有口感香甜的雍酥、新鮮多汁的水梨以及如寒玉般清涼鮮脆的冬筍，流露出了他的滿足之情。爲了再次表達感謝之意，山谷作另一首詩〈再答景叔〉，詩中所寫「女三爲粲當獻王，三珍同盤乃得嘗。」〔註137〕說明本來這美好的食物應當拿去獻給君王，但是自己卻能嘗到，感激之情在詩句中表露無遺。

在黃庭堅所詠食品中，還有一類爲梅子，《王直方詩話》曾云：「消梅〔註138〕，京師有之，不以爲貴；因余摘遺山谷，山谷作數絕，遂名振於長安。」〔註139〕梅子因爲山谷之詠而名振當時，山谷有〈戲答晁深道乞消梅二首〉以及〈以梅饋晁深道戲贈二首〉：

〔註136〕《黃庭堅詩集注》內集第八卷，頁314。

〔註137〕《黃庭堅詩集注》內集第八卷，頁315。

〔註138〕宋·范成大：《范村梅譜》：「消梅，花與江梅、宮城梅相似，其圓小鬆脆，多液無滓。多液，則不耐日乾，故不入煎造，亦不宜熟，惟堪青噉。」（景印文淵閣四庫全書，第八四五冊，子部，譜錄類），頁4。清·黃宮繡：《本草求眞》卷七：「其梅如杏，而鬆脆異常，故近世謂之消梅。食之開胃生津，清神安睡。」（續修四庫全書，子部，醫家類，第995冊）。

〔註139〕郭紹虞輯：《宋詩話輯佚·王直方詩話》（北京：中華書局，1987年5月），頁109。

青莎徑裏香未乾，黃鳥陰中實已團。蒸豆作烏鹽作白，屬
聞丹杏薦牙盤。〈戲答晁深道乞消梅二首〉（其一）〔註140〕

北客未嘗眉自顰，南人誇說齒生津。磨錢和蜜誰能許，去
蒂供鹽亦可人。〈戲答晁深道乞消梅二首〉（其二）〔註141〕

渴夢吞江起解顏，詩成有味齒牙間。前身鄴下劉公幹，今
日江南庾子山。〈以梅饋晁深道戲贈二首〉（其二）〔註142〕

《尚書・說命》言：「若作和羹，爾惟鹽梅。」本來鹽和梅是作為調
味的必需品，現在引申為宰相治國之意。在第一首詩中，詩人說明
今人作糖梅，雜以蒸豆，取其色黑。在任淵注云：「詩意謂當梅實槁
悴失性之時，丹杏方蒙獻御之寵，與老成屏棄而新進見用何異哉？」
〔註143〕當梅已結成果實，未能以之和羹，因為不可口而見棄，但是
鮮豔的丹杏卻受到寵愛。即使梅沒有受到重視，仍然維持著高潔的
本性。第二首詩裡說梅酸使北方的來客攢眉，卻讓南人生津解渴，
若能去蒂再以鹽和之，則味道必定可口。第三首詩則是藉著寫梅子
來稱讚晁深道的文采。晁深道的詩文才華彷彿令人齒頰留香的梅子
一樣，讓人餘味無窮；接著詩人語鋒一轉，誇讚晁深道也許前身是
五言詩妙絕當世的劉公幹，並且能與今日的庾子山齊名。

三、文具器物之作

　　館閣的工作包括編書、校書，少不了筆墨紙硯，文人學士亦藉著
文房四寶流露出精神氣度。除了文房四寶外，休閒器物如松扇、竹蓆、
珠玉等，黃庭堅皆吟詠入詩，不但反映詩人的平日的閒裕生活，也呈
現了當時文人的品味雅致。

（一）文　具

　　館閣時期中，在文具方面的吟詠主要以筆和硯為主，墨、紙以及

〔註140〕《黃庭堅詩集注》內集第十一卷，頁389。
〔註141〕《黃庭堅詩集注》內集第十一卷，頁389～390。
〔註142〕《黃庭堅詩集注》內集第十一卷，頁390～391。
〔註143〕《黃庭堅詩集注》內集第十一卷，頁389。

銅犀各一首。文房四寶不但能書寫詩文，表達個人的情志，也反映了文人雅士們的高雅品味和愜意生活。黃庭堅是詩人，也是有名的書法家，他不僅講究文房用具的品質，也對其珍惜和愛護。他曾在〈筆說〉一文言：

> 韓退之敘述管城子毛穎及會稽褚先生，絳人陳元、弘農陶泓，皆以其有功於翰墨者也。然研得一，可以了一生。墨得一，可以了一歲。紙則麻楮藤竹，隨其地產所宜，皆有良工。唯筆工最難，其擇毫如郭泰之論士，其頓心者副如輪扁之斲輪。拙者得之，功楛同科；巧者得之，如臂使指也。〔註144〕

山谷認爲筆工的製作尤爲困難，若是書法造詣原本就極高的文人，能夠配上一隻好的毛筆，就能如臂使指般行雲流水的寫下來。在黃庭堅的詠筆詩作中，有詠「猩猩毛筆」共三首，猩猩毛筆所製的高麗筆〔註145〕，是黃庭堅的好友錢穆父奉使高麗時得來的，他將毛筆贈送給黃庭堅，黃庭堅因此作了三首詩：

> 愛酒醉魂在，能言機事疏。平生幾兩屐，身後五車書。物色看王會，勳勞在石渠〔註146〕。拔毛能濟世，端爲謝楊朱。
> 〈和答錢穆父詠猩猩毛筆〉〔註147〕

> 梶榔葉暗賓郎紅，朋友相呼墮酒中。政以多知巧言語，失身來作管城公。（〈戲詠猩猩毛筆〉其一）〔註148〕

> 明窗脫帽見蒙茸，醉著青鞋在眼中。束縛歸來儻無辱，逢時猶作黑頭公。（其二）〔註149〕

第一首詩山谷引經據典，發揮聯想，賦予猩猩毛筆趣味洋溢的寓意。在開頭前四句，他運用了《禮記·曲禮》中的「猩猩能言」、《唐文

〔註144〕《黃庭堅全集》，頁1689。

〔註145〕《雞林志》：「高麗筆，蘆管，黃毫，健而易乏。舊云猩猩毛，或言是物四足長尾，善緣木，蓋狄毛或鼠鬚之類耳。」

〔註146〕漢代王室的藏書之府。班固《西都賦》：「天祿、石渠，典籍之府。」

〔註147〕《黃庭堅詩集注》內集第三卷，頁149～150。

〔註148〕《黃庭堅詩集注》內集第三卷，頁150～151。

〔註149〕《黃庭堅詩集注》內集第三卷，頁151。

粹》載裴炎《猩猩說》裡猩猩嗜酒，又愛著屐之典故，說明猩猩能
夠學人說話、喜愛飲酒又酒後失言，雖然生命短暫，平生穿不了幾
雙木屐，可是猩猩毛製成的筆卻可以寫文著書，以傳於後世。在詩
末，山谷也言利用毛筆寫出的著作可以存放於典藏大量書籍的石閣
渠中，並且反用了《孟子·盡心》「楊氏為我，拔一毛而利天下，不
為也。」的典故，說明以猩猩之毛製作毛筆為拔毛濟世，不同於楊
朱的自私自利，表現了濟世利民的胸懷。全詩除了可看出山谷的幽
默外，也表現出其創新的立意和巧妙的用典，雖然名為詠筆，但實
則藉物託理，寫出生命雖然短促，可是生命的價值不僅在一己的私
利，當立德立言，必要時也當明哲保身。〔註150〕後世對於此詩的評
價不一，元·方回《瀛奎律髓彙評》：「此詩所以妙者，『平生』、『身
後』、『幾兩屐』、『五車書』，自是四箇出處，於猩猩毛筆何干涉？乃
善能融化幹排至此。末句用『拔毛』事，後之學詩者，不知此機訣
不能入三昧也。」〔註151〕，但是金·王若虛的《滹南詩話》持相反
意見：「只平生幾兩屐，細味之亦疎；而拔毛濟世，尤牽強可笑。以
予觀之，此乃俗子謎也。」〔註152〕雖然兩方意見相差甚多，但是不
可否認的是此首詩體現出山谷的價值觀，亦流露出對於此猩猩毛筆
的珍惜和喜愛。在〈戲詠猩猩毛筆〉二詩〔註153〕中，其一在說明猩
猩酒醉多知巧言，因此被人捕獲而製成毛筆，暗喻所言或是所寫之
詩文遭致災難；其二寫脫去猩猩毛筆的管子，觀察其蒙茸之狀，彷

〔註150〕參見黃寶華：《黃庭堅評傳》，第七章〈詩學理論與詩歌藝術〉，二、
　　　　「主意詩學觀在創作上的反映」，頁279。
〔註151〕元·方回選評，李慶甲集評校點：《瀛奎律髓彙評》（上海：上海古
　　　　籍出版社，2005年4月），頁1163。
〔註152〕金·王若虛：《滹南詩話》，見《筆記小說大觀》二十二編（台北：
　　　　新興書局，1981年12月），頁1918。
〔註153〕宋·任淵於《黃庭堅詩集注》引山谷跋云：「錢穆父奉使高麗，得
　　　　猩猩毛筆，甚珍之。惠予，要作詩。蘇子瞻愛其柔健可人意，每過
　　　　予書案，下筆不能休。此時二公俱直紫微閣，故予作二詩，前篇奉
　　　　穆父，後篇奉子瞻。」

佛看見猩猩酒醉著屐的樣貌。後兩句寫猩猩被人類擒獲時，作爲「黑頭公」。此詩意謂蘇軾經歷過貶謫，起自謫籍。山谷表面上雖詠猩猩毛筆，但是在更深層面卻蘊含著警惕之語，他的詠物詩超越現實層面，寄寓著一己之主體精神以及不俗的人格境界。

在山谷詠硯的詩作裡，他將洮州綠石研送給張耒，〈以團茶洮州綠石研贈無咎文潛〉一詩寫道：

> 晁子智囊可以括四海，張子筆端可以回萬牛。自我得二士，
> 意氣傾九州。道山延閣委竹帛，清都太微望晃旒。貝宮胎
> 寒弄明月，天網下罩一日收。此地要須無不有，紫皇訪問
> 富春秋。晁無咎贈君越侯所貢蒼玉璧，可烹玉塵試春色。
> 澆君胸中《過秦論》，斟酌古今來活國。張文潛贈君洮州綠
> 石含風漪，能淬筆鋒利如錐。請書元祐開皇極，第入《思
> 齊》《訪落》詩。〔註154〕

「洮河綠石硯」爲四大名硯之一，僅次於端硯、歙硯，產於洮州。宋・趙希鵠《洞天清祿集・古硯辨》云：

> 除端、歙二石外，惟洮河綠石，北方最貴重。綠如藍，潤
> 如玉，發墨不減端溪下岩，然石在臨洮大河深水之底，非
> 人力所致，得之爲無價之寶。〔註155〕

由上述話可知洮河綠石硯在宋代人的眼中爲珍貴的物品。在〈以團查洮州綠石研贈無咎文潛〉中，山谷先誇讚晁補之的才智可以囊括四海，張耒的文章比氣勢渾厚，足以抵萬頭牛；緊接著話鋒一轉，提到自己贈予物品給他們的用意：贈予晁補之團茶，使其藉著賈誼的〈過秦論〉，能夠寄一己之理想和懷抱，參酌古往今來的事蹟以提出更好的政策，讓國家生氣活絡起來；贈送張耒溫潤的洮研，使其筆鋒能像錐一樣鋒利。山谷利用所贈之物團茶和洮研，凸顯晁補之和張耒在才學上所具的個人特色。洮州綠石研可淬礪刀筆的功能在山谷其餘詩篇

〔註154〕《黃庭堅詩集注》內集第六卷，頁234～235。

〔註155〕宋・趙希鵠《洞天清祿集・古硯辨》（景印文淵閣四庫全書，第871
　　　　冊，子部，雜家類），頁18。

亦可看出，如〈劉晦叔洮河綠石研〉的「久聞岷石鴨頭綠，可磨桂溪龍文刀……要試飽霜秋兔毫。」〔註156〕洮河綠石可為硯亦可為礪，讓筆沾硯上之墨寫出字挾風霜的文句。山谷在描寫文具時亦顯露了己身剛毅正直的性格，他曾在〈研銘三首〉之一寫道：「其堅也，可以當謗者之鑠金。其重也，可以壓險者之累卵。」〔註157〕認為硯臺堅毅的特性足以抵擋毀謗者眾口鑠金的言論，它的持重穩健可以克服岌岌可危的危險情勢，同樣的比喻手法出現在詠銅犀鎮紙之詩：

> 海牛壓紙寫銀鈎，阿雅守之索自收。長防玩物敗兒性，得歸老成散百憂。先生古心冶金鐵，堂堂一角誰能折。兒言觳觫持贈誰，外家子雲乃翁師。不著鼻繩袖兩手，古犀牛兒好看取。〈六舅以詩來覓銅犀，用長句持送舅氏，學古之餘，復味禪悅〉〔註158〕

銅犀形的鎮紙壓在紙上，可以避免紙張晃動。詩裡以銅犀的堅硬之角比喻李公擇的性格剛毅如鐵石，藉此期許勉勵自己保有剛直磊落的做事原則。事實上，雖然黃庭堅的思想雜揉著佛道，但是他秉持著涇渭分明的儒家處世哲學，所表現的是一種「內剛外和」的人格修養，「剛」是恪守道德規範、屏棄私欲利誘的剛毅堅定之心理狀態，而「和」是隨順命運、混同世俗的生存狀態。〔註159〕他不想在險象環生的宦海中浮沉，亦鄙視追名逐利的行徑，對於志同道合的好友能真誠以待，並且堅持追求人格的完善。

（二）器　物

除了文房用具外，黃庭堅在館閣時期也詠了多首有關器物的詩作，有濃厚參禪氣息的石香鼎、薰香；亦有松扇、拄杖、珠玉等吟

〔註156〕《黃庭堅詩集注》內集第六卷，頁233。

〔註157〕劉琳、李勇先、王蓉貴校點：《黃庭堅全集》（成都：四川大學出版社，2001年5月），頁550。

〔註158〕《黃庭堅詩集注》外集第十五卷，頁1303～1304。

〔註159〕見黃寶華：《黃庭堅評傳》第六章哲學倫理思想（南京：南京大學出版社，1998年12月），頁201。

詠。黃庭堅將這些看似平凡瑣碎的題材融入詩中,將實用轉變成美感,使這些日常生活的器物不但滿足了生活上的需求,更爲詩人的生活增添幾分樂趣。

黃庭堅受到禪家思想的薰陶,在詩句裡運用禪家的詞語和典故,〈有惠江南帳中香者戲答六言二首〉之一:

> 百鍊香螺沉水,寶薰近出江南。一穟黃雲繞几,深禪想對
> 同參。〔註160〕

洪駒父《香譜》:「有江南李主帳中香法,以鵝梨汁蒸沉香用之。」〔註161〕詩中的「沉水香」出自於天竺、單于二國〔註162〕,詩人說明燃起薰香,薰香冉冉升空的形狀彷彿黃雲繞几,有著明心定性的作用,讓人靜心參禪。山谷喜愛薰香,自云有「香癖」〔註163〕,但是有人卻對此香無法忍受,山谷又作〈有聞帳中香以爲熬者蝎戲用前韻二首〉之一:

> 海上有人築臭,天生鼻孔司南。但印香嚴本寂,不必叢林
> 徧參。〔註164〕

山谷說明每個人各有自己的喜好,就好像海上的逐臭之夫,對於他人避之唯恐不及的味道卻情有獨鍾。在此有戲謔的口吻,間接說明自己喜愛帳中香的特殊癖好。而帳中香本香氣寂然,即使不在僧人聚集處,一樣能從香煙裊裊中,感受到禪的意境。山谷嗜香,薰香使他心定,由詩可看出他對薰香的珍視。

在古代時,扇子在炎熱的生活中扮演著不可或缺的角色,黃庭堅

〔註160〕《黃庭堅詩集注》內集第三卷,頁120。

〔註161〕宋·洪芻:《香譜》卷下(景印文淵閣四庫全書,第八四四冊,子部,譜錄類),頁11。

〔註162〕宋·洪芻:《香譜》卷上(景印文淵閣四庫全書,第八四四冊,子部,譜錄類),頁2。

〔註163〕山谷在〈賈天錫惠寶薰乞詩予以兵衛森畫戟燕寢凝清香十字作詩報之〉之五中云:「天資喜文事,如我有香癖。」見《黃庭堅詩集注》內集第五卷,頁206。

〔註164〕《黃庭堅詩集注》內集第三卷,頁122~123。

即有兩首詠自高麗來的松扇〔註165〕之詩：

> 銀鉤玉唾明繭紙，松箑輕涼并送似。可憐遠度幘溝婁，適
> 堪今時襪襤子。丈人玉立氣高寒，三韓持節見神山。合得
> 安期不死藥，使我蟬蛻塵埃間。〈次韻錢穆父贈松扇〉
> 〔註166〕

> 腥毛束筆魚網紙，松栶織善清相似。動搖懷袖風雨來，想
> 見僧前落松子。張侯哦詩松韻寒，六月火雲蒸肉山。持贈
> 小君聊一笑，不須射雉觳黃間。〈戲和文潛謝穆父松扇〉
> 〔註167〕

松扇乃是錢穆父於元豐七年時奉使高麗所得，此扇子是用松枝的柔嫩部分編成〔註168〕。在第一首詩裡，山谷讚美了扇面的書法以及能搧風招涼的功效，並言錢穆父千里迢迢從高麗將松扇帶過來送給自己，好比遇到了不通事理的「襪襤子」；在最後兩句詩句中，彷彿將詩意帶入道家的境界，求得能在紛擾的俗世中超脫出來。第二首詩裡，山谷再度稱讚錢勰所贈的高麗扇。頷聯運用了班婕妤〈怨歌行〉：「出入君懷袖，動搖微風發」之典故，說明在炎熱的夏天裡拿著松扇搧風，彷彿如風雨來襲時般的清涼，眼前所浮現的是松子飄落之景象，頗有禪意。緊接著話鋒一轉，山谷言張耒的詩清瘦，如松風之韻；而體型屬肥熱，如肉山之蒸。因此末聯兩句以玩笑口吻說道，不需要大費周章、費盡心力，像賈大夫射雉博妻之笑〔註169〕，只要贈予此詩給張耒的妻子，即可博君一笑。詩人藉機表達了扇子的實用性極高，因為

〔註165〕王雲：《雞林志》：「高麗松扇，揭松膚柔者緝成，文如枚心，亦染紅間之，或言水柳皮也。」

〔註166〕《黃庭堅詩集注》第七卷，頁282～283。

〔註167〕《黃庭堅詩集注》第七卷，頁284。

〔註168〕松扇是把松枝的柔嫩部分，編成一條條的繩子，再把松繩搥壓成線，最後才用這些松線編織成附有圖案的手搖扇。莊申：《扇子與中國文化》（台北：東大圖書股份有限公司，1992年4月），頁96。

〔註169〕《左傳》昭公二十八年：「昔賈大夫惡，娶妻而美，三年不言不笑，御以如皋，射雉，獲之。妻始笑而言。」見周・左丘明撰，袁少谷註解：《左傳詳釋》（台北：五州出版社，1971年4月），頁705。

外型美觀以及搧風輕涼，而能使人心情愉悅。

　　山谷亦曾以天壇靈壽杖送給孫覺。孫覺，字莘老，其女爲山谷之妻，山谷和孫覺一直保持著深厚良好的情誼。在〈以天壇靈壽杖送莘老〉中寫道：

> 王屋千霜老紫藤，扶公休沐對親朋。異時駟馬安車去，拄
> 到天壇願力能。〔註170〕

詩人藉由贈送靈壽杖，表達出自己對於岳父之關懷，希望孫覺老而亦壯，並能拄此杖隨心所欲的行方外之遊。從此詩不僅可一窺他兩的翁婿情誼，也能感受到孫莘老的清高樸實以及那份寄情於山水間的自由自在。除了用器物以示親情或友情外，山谷也將「珠玉」入詩，表達自己懷才不遇的感嘆，如〈被褐懷珠玉〉：

> 國士懷珠玉，通津不易扛。櫝藏心有待，褐短義難降。寶
> 唾歸青簡，晴虹貫夜窗。直言方按劍，啓是故迷邦。彈雀
> 輕千仞，連城買一雙。安知藍縷底，明月弄寒江。〔註171〕

山谷借用了孔子在《論語》裡的典故，孔子認爲國無道，則「被褐懷珠玉」，若是國有道，則能「袞冕而執玉」。山谷在此詩說明雖韞櫝藏諸，仍能不屈於貧賤，期待有人能發掘一己之才能。

　　黃庭堅將詠物的對像擴及到日常生活中的各種事物，藉著題詠生活平凡之物，感受生活中的趣味，在和朋友聯絡交流情感之餘，亦化用典故、引發聯想，賦予它們人生哲理。

第三節　金石之交的蘇黃唱和詩

　　蘇軾和黃庭堅既是師生，也是惺惺相惜的好友。神宗元豐元年的春末夏初，蘇軾接到黃庭堅的書信與贈詩〈古風〉二首，並在秋初作答，但在元豐八年止，他兩皆無機會見面，此期間也少有唱和之詩作。直到哲宗元祐元年初，兩人初晤，黃庭堅正式拜於蘇軾門下，自此唱

〔註170〕《黃庭堅詩集注》內集第十卷，頁367。
〔註171〕《黃庭堅詩集注》內集第十卷，頁374～375。

和頻繁。他們在文學上相互欣賞及往來唱和，在書畫方面也是彼此切磋，交換意見。兩人的交遊除了因為政治立場相同而關係密切外，也時常利用酬唱贈答的詩作，讓彼此相互砥礪慰藉。從黃庭堅的詩作中，可以感受出他對蘇軾一片尊敬的孺慕之情以及相知相惜的友情。

　　元豐元年是蘇黃友誼的確立，黃庭堅先投書贈詩予蘇軾。在〈上蘇子瞻書〉一文中，黃庭堅首先說明對於蘇軾是「嘗望見眉宇於眾人之中，而終不得使令於前後」〔註172〕，表達仰慕已久卻無法隨侍左右的心情；並且又提及「早歲聞於父兄師友」，信中洋溢著對蘇軾的敬仰之情以及師事之意。在書信外，黃庭堅亦寫了兩首詩贈予蘇軾，蘇軾在〈答黃魯直書〉曾提及：「古風二首，託物引類，真得古詩人之風。」〔註173〕這兩首詩的特點即是利用「託物引類」的方式，透過詠物來詠人：

> 江梅有佳實，託根桃李場。桃李終不言，朝露借恩光。孤芳忌皎潔，冰雪空自春。古來和鼎實，此物升廟廊。歲月坐成晚，烟雨青已黃。得升桃李盤，以遠初見嘗。終然不可口，擲置官道傍。但使本根在，棄捐果何傷。〔註174〕（〈古詩兩首上蘇子瞻〉其一）

> 青松出澗壑，十里聞風聲。上有百尺絲，下有千歲苓。自性得久要，為人制頹齡。小草有遠志，相依在平生。醫和不並世，深根且固蒂。人言可醫國，何用太早計。小大材則殊，氣味固相似。〔註175〕（其二）

在第一首詩裡，詩人將清新高潔的江梅比作蘇軾，桃李則暗喻著時俗一般的人。而「桃李終不言，朝露借恩光」，仁淵注謂：「此借用，言江梅為桃李所忌。謂東坡見嫉於當世，獨為人主所知耳。」〔註176〕婉轉的表達了蘇軾雖遭到眾人的排擠，但是仍然為人主所知，絲毫

〔註172〕《黃庭堅全集》第二冊，頁457。
〔註173〕《蘇軾文集》，頁1532。
〔註174〕《黃庭堅詩集注》內集第一卷，頁47～48。
〔註175〕《黃庭堅詩集注》內集第一卷，頁49～50。
〔註176〕《黃庭堅詩集注》內集第一卷，頁48。

沒有掩蓋其兀自燦爛的光芒。前六句將蘇軾的品格和才華比作江
梅,雖然見嫉於當世,但仍然堅持著自己操守的高潔。緊接著詩人
語鋒一轉,援引《尚書》說明鹽梅有和羹之用,並且運用「桃李不
言,下自成蹊」之典,感嘆蘇軾為和鼎之材,但是卻未升廟廊,意
謂蘇軾未獲重用,壯志未酬。黃庭堅認為只要能夠維持江梅高潔之
本性,即使被棄置不用,又何妨?意謂著君子之於世,不在遇或不
遇,只要本根存在,終能有一番做為。〔註177〕通過這首詩,表達了
對蘇軾的寬慰之情以及不為世俗所移之節操的敬仰。在第二首詩
中,山谷以青松比喻蘇軾,茯苓和小草分別比作蘇軾門下士以及自
己,說明蘇軾雖處卑位,但是聲名遠播無法掩蓋,仍受許多人追隨
和擁戴。而自己雖然和「青松」相差懸殊,可是卻擁有相同的品格
和生命情操,皆不會隨世浮沉、隨波逐流,即使不被當今朝廷所知,
仍會潔身自愛,不為汲汲營營於功名利祿而失去該有的操守,意同
於孔子所言:「君子固窮,小人窮斯濫矣。」〔註178〕表現了兩人志
同道合、患難與共的心志。在收到黃庭堅的詩文後,蘇軾亦回信給
黃庭堅,並附上兩首詩作〔註179〕以感謝黃庭堅的心意。他在詩中以
「蟠桃」屬黃庭堅,以「苦李」自況,表達當今充斥於朝政的乃姦
佞小人,並且在詩其二中讚賞黃庭堅的遺世脫俗,不僅充滿對現實
的不滿,也寄予了對山谷的理解和期許。

　　這一來一往的書信與次韻贈答的詩作開啓了兩人在元祐館閣期

〔註177〕《黃庭堅詩集注》內集第一卷,頁48。

〔註178〕《四書章句集註》,頁161。

〔註179〕蘇軾回贈黃庭堅兩首詩〈次韻黃魯直見贈古風二首〉,其一:「嘉穀
　　　　臥風雨,稂莠登我場。陳前漫方丈,玉食慘無光。大哉天宇間,美
　　　　惡更臭香。君看五六月,飛蚊股回廊。茲時不少假,俯仰霜葉黃。
　　　　期君蟠桃枝,千歲終一嘗。顧我如苦李,全生依路傍。紛紛不足慍,
　　　　悄悄徒自傷。」其二為:「空山學仙子,妄意笙簫聲。千金得奇樂,
　　　　開視皆稈茶。不知市人中,自有安期生。今君已度世,坐閱霜中帶。
　　　　摩挲古銅人,歲月不可計。閬風安在哉,要君相指似。」見《蘇軾
　　　　詩集》,頁835～837。

間的唱和。蘇軾和黃庭堅在元豐八年時相繼入京，之後入館職。在元祐元年至元祐四年蘇軾離京赴杭州任這段期間，黃庭堅和蘇軾彼此切磋詩文、欣賞書畫和酬唱贈答，內容舉凡對彼此的欣賞和慰藉、交遊送人，亦或是詠物題畫，大都圍繞著朋友情誼和抒發個人性情為主。由於詠物題畫的內容，例如：〈次韻子瞻和子由官韓幹馬因論伯時畫天馬〉、〈次韻子瞻題郭熙畫秋山〉、〈觀伯時畫馬禮部試院作〉等，在前面兩節已將其歸類為題畫詩的部分，因此筆者不在唱和詩作專文討論中。

一、贈友送人之作

在館閣任職期間，蘇軾作了不少贈予朋友的詩作，身為蘇軾門士兼好友的黃庭堅，亦會次韻蘇軾之作，他倆在詩中不僅表達了對朋友的鼓勵和寬慰，也呈現了自己的心志和人生觀點。

蘇軾有和同僚朋友間的酬唱詩，如〈次韻和王鞏〉〔註180〕一詩。王鞏，字定國，與蘇軾友好。元豐二年在烏臺詩案中，因東坡而受連累，被貶至賓州去監鹽酒稅務，蘇軾為此感到很內疚，但是王鞏不以為意，並無因此面容枯槁、頹廢喪志，反而神色煥發，性情更加豁達。在蘇軾寫了此詩後，黃庭堅作〈次韻子瞻贈王定國〉：

> 遠志作小草，蛙衣生陵屯。但為居移氣，其實何足言。名下難為久，醜好隨手翻。百年炊未熟，一垤蟻追奔。夏日蓬山永，戎葵茂牆藩。王子吐佳句，如繭絲出盆。風姿極瀟落，雲氣晝曇樽。屬有補袞章，自當寵頻煩。鄙夫無他能，上車問寒溫。惟思窮山去，抱犢長兒孫。〔註181〕

詩中首先說明作為士人應當特立獨行，不以顯達或窮困而改變自己的

〔註180〕〈次韻和王鞏〉：「謫仙竄夜郎，子美耕東屯。造物豈不惜，要令工語言。王郎年少日，文如瓶水翻。爭鋒雖剿甚，聞鼓或驚奔。天欲成就之，使觸羝羊翻。孤光照微陋，耿如月在盆。歸來千首詩，傾瀉五石樽。卻疑彭澤在，頗覺蘇州頌。君看騶忌子，廉折配春溫。知音必無人，壞壁挂桐孫。」見《蘇軾詩集》，頁 1441～1442。
〔註181〕《黃庭堅詩集注》內集第三卷，頁 130～132。

節操。一般所謂的名士未必名副其實，往往與世俯仰、隨波逐流。山
谷在此引用了淳于棼〈南柯太守傳〉〔註182〕之「南柯一夢」的典故，
點明即使汲汲營營的追逐名利，但在化為一堆白骨後，一切終將只是
一場虛幻。詩人藉著警語暗喻王鞏雖然遭受貶謫之冤，仍能自處。在
詩的後半段，山谷自謙自己無才能，因此寫道「鄙夫無他能，上車問
寒溫。」，並且於詩末透露出嚮往王維〈送友人歸山歌〉：「入雲中兮
養雞，上山頭兮抱犢。」〔註183〕的愜意境界，假使能夠遠離政治中
的紛擾，與山水田園為伍，亦能自在快活。山谷藉此詩安慰王鞏不要
因為被貶而灰心喪志，只要堅守志節、問心無愧，依然能無入而不自
得；除了在勸勉慰藉王鞏外，也是勉勵自己內心必須洞明世事、辨別
是非善惡，即使處在險惡的政治風波裡，也能安定自處，不為所動。
《黃庭堅詩集注》云：「東坡以十科薦定國，其後言者，謂定國誚事
東坡，遂自宗正丞出倅揚州。」元祐年間有所謂的「元祐更化」，原
有的新舊黨爭轉為舊黨內部的戰爭，以蘇軾兄弟為主的蜀黨不斷遭受
到洛黨和朔黨的攻訐。由於王鞏與蘇軾的政治態度相同，因此不免遭
受到池魚之殃，蘇軾原薦舉他為宗正丞，後來由宗正丞出任揚州通
判。蘇軾作了〈次韻王定國倅揚州〉：

> 此身江海寄天遊，一落紅塵不易收。未許相如還蜀道，空
> 教何遜在揚州。又驚白酒催黃菊，尚喜朱顏映黑頭。火急
> 著書千古事，虞卿應未厭窮愁。〔註184〕

詩人在此先用何遜的典故，王文誥注曰：「何遜作揚州法曹，廨舍有
梅花盛開，吟詠其下。後居洛，思梅花，再請其任，從之。抵揚州，
花正盛，遜對花彷徨終日。」〔註185〕何遜曾於揚州，如今王鞏卻是

〔註182〕汪辟疆主編：《唐人傳奇小說》（台北：文史哲出版社，1999 年 10
月），頁85～92。

〔註183〕清・聖祖：《全唐詩》上冊，第二函（上海：上海古籍出版社，1986
年 10 月），頁291。

〔註184〕《蘇軾詩集》，頁1535～1536。

〔註185〕《蘇軾詩集》，頁1535。

以鬱鬱不得志的景況倅揚州，因此蘇軾在詩作中流露出王鞏須放寬心胸，屏除俗世間的種種紛擾，讓自己寄身於煙波浩渺的江海和天地中，並於詩末再用虞卿〔註186〕之典故，勸王鞏可藉著作詩寫文來紓解心情。黃庭堅同樣也作了〈次韻王定國揚州見寄〉表達相思之情：

> 清洛思君晝夜流，北歸何日片帆收。未生白髮猶堪酒，垂
> 上青雲卻佐州。
> 飛雪堆盤膾魚腹，明珠論斗煮雞頭。平生行樂自不惡，豈
> 有竹西歌吹愁。〔註187〕

此詩在首句即開門見山的點明詩人思念之深厚情感，此時詩人在汴京，洛汴水合流是否也會流到揚州？任注曰：「神廟元豐中，導洛水入汴河，謂之清汴。」〔註188〕黃庭堅在詩中藉著晝夜不息的水流表達了深刻思念故友的心情，盼望著王定國北歸汴京的時日。頸聯用飛雪般的魚膾和明珠似的雞頭來寬慰朋友，別因仕宦憂愁；末聯借用杜牧的〈題揚州禪智寺〉：「斜陽竹西路，歌吹是揚州。」說明平生中有樂事也不錯，哪裡會因為歌樂聲而引動哀愁？藉此安慰王定國別因為仕途受挫而感到沮喪。全詩表達朋友的思念之情外，也流露出代抱不平和勸慰之語。

在贈友送人的唱和詩中，除了流露出對於朋友的安慰和關心，也能看出黃庭堅和蘇軾積極想要為國家人民奉獻的想法。蘇軾作〈諸公餞子敦〔註189〕，軾以病不往，復次前韻〉：

> 君為江南英，面作何朔偉。人間一好漢，誰似張長史。置
> 之勿復道，出處俱可喜。攀輿共六尺，食肉飛萬里。誰言

〔註186〕王文誥注曰：「《史記》言虞卿不得意，乃著書，上採春秋，下觀近世，曰《節義》、《稱號》、《揣摩》、《政謀》，凡八篇，以刺譏國家得失。世傳之，曰《虞氏春秋》。」見《蘇軾詩集》，頁1536。
〔註187〕《黃庭堅詩集注》內集第七卷，頁280。
〔註188〕《黃庭堅詩集注》內集第七卷，頁280。
〔註189〕顧臨，字子敦。元祐二年，自給事中除天章閣待制，出為河北都轉運史。

遠近殊，等是朝廷美。遙知送別處，醉墨爭淋紙。我以病
杜門，商頌空振履。後會知何日，一歡如覆水。善保千金
驅，前言戲之耳。〔註190〕

《王直方詩話》裡云：「顧子敦有顧屠之號，以其肥偉也。故東坡〈送
子敦奉使河朔〉詩云：『我友顧子敦，軀膽多雄偉，便便十圍腹，不
但貯書史。』又云：『磨刀向豬羊，釃酒會鄰里。』至於云『平生批
敕手』，亦皆用屠家語也。子敦讀之頗不樂。」〔註191〕由於蘇軾曾在
〈送子敦奉使河朔〉〔註192〕一詩用戲謔的口吻於顧子敦的身材開玩
笑，引起顧子敦的不悅，後來又作了〈諸公餞子敦，軾以病不往，復
次前韻〉。此詩一改之前玩笑的態度，先是稱讚顧子敦有如唐代盡節
於國家的張柬之，並說明自己曾上書〈乞留顧臨狀〉〔註193〕，希望
能留顧子敦於朝廷，以盡忠亮之節，但是此事卻石沉大海。因此蘇軾
在詩中提醒顧子敦必須以人民福祉為優先，別因官位之高低而怠慢；
並且於詩末言不知相會是何日，但是還請顧子敦照顧自己，別將日前
的戲言放在心上。黃庭堅亦作〈次韻子瞻送顧子敦河北運都二首〉：

〔註190〕 《蘇軾詩集》，頁 1497～1498。
〔註191〕 見郭紹虞輯：《宋詩話輯佚・王直方詩話》第三條（北京：中華書
局，1987 年 5 月），頁 2。
〔註192〕 蘇軾有〈送顧子敦奉使河朔〉一詩：「我友顧子敦，軀膽兩俊偉。
便便十圍腹，不但貯書史。容君數百人，一笑事萬已。十年臥江海，
了不見慍喜。磨刀向豬羊，釃酒會鄰里。歸來如一夢，豈煩愈茂美。
平生批敕手，濃墨寫黃紙。會當勒燕然，廊廟登劍履。翻然像河朔，
坐念東郡水。河來屹不去，如尊乃勇耳。」見《蘇軾詩集》，頁 1494
～1495。
〔註193〕 〈乞留顧臨狀〉：「元祐二年四月二十日，翰林學士朝奉郎知制誥蘇
軾，同李常、王存、鄧溫伯、孫覺、胡宗愈狀奏。右臣等竊見給事
中顧臨，資性方正，學有根本，慷慨中立，無所阿撓。自供職以來，
封駁論議，凜然有古人之風，僥幸之流，側目畏憚。近聞除天章閣
待制充河北都轉運使，遠去朝廷，眾所嗟惜。方今二聖臨禦，肅正
紀綱，如臨等輩，正當置之左右，以輔闕遺。或者謂緣黃河輒臨幹
治。臨之所學，實有大於治河，治河之才，固有出臨之上者。欲望
朝廷別選深知河事者以使河北，且留臨在朝廷，以盡忠亮補益之
節。臣等備位侍從，懷有所見，不敢不盡。謹錄奏聞，伏候敕旨。」
見《蘇軾文集》第 27 卷，頁 796。

儒者給事中，顧公甚魁偉。經明往行河，商略頗應史。勞
人又費乏，國計安能已。成功渠有命，得人斯可喜。似聞
阻飢餘，惡少驚邑里。啓鑰探珠金，奪懷取姝美。部中十
盜發，一二書奏紙。西連魏三河，東盡齊四履。此豈小事
哉，何但行治水。使民皆農桑，乃是眞儒耳。

今代顧虎頭，骨相自雄偉。不令長天官，亦合丞御史。能
貧安四壁，無慍可三已。昨來立清班，國士相顧喜。何因
將使節，風日按千里。汲黯不居中，似非朝廷美。太任錄
萬事，御坐留諫紙。發政恐傷民，天步薄冰履。蒼生憂其
魚，南畝多被水。公行圖安集，信目勿信耳。〔註194〕

《黃山谷年譜》云：「按《實錄》，元祐二年四月癸巳，給事中顧臨爲
河北路都轉運史。以東坡詩爲次。」〔註195〕此詩乃黃庭堅次韻蘇軾
之詩，送給顧臨。詩人在詩中提到顧子敦安貧樂道，並未將升遷貶謫
之事記掛在心；兩首詩在末尾分別提到「西連魏三河，東盡齊四履。
此豈小事哉，何但行治水。使民皆農桑，乃是眞儒耳。」和「發政恐
傷民，天步薄冰履。蒼生憂其魚，南畝多被水。公行圖安集，信目勿
信耳。」同時也勸勉顧子敦要以人民的生活爲重，「使民皆農桑，乃
是眞儒耳。」在論語雍也篇：「子謂子夏曰：『女爲君子儒，無爲小人
儒。』」〔註196〕孔子告訴子夏要成爲明辨事理、高遠志節的人，莫變
成只顧私利、眼光短淺的小人。黃庭堅特以「眞儒」告訴顧子敦必須
視民如傷，使人民能夠安心務農且豐衣足食。詩中不僅流露出關懷蒼
生百姓之情，也可知黃庭堅爲政並非著眼於官位本身可以帶給自己多
少利益，而是想藉由此來造福更多百姓，充分體現了關心國事民生的
責任感。

　　在贈予王宣義的詩裡，蘇軾和黃庭堅皆流露了王宣義雖然家徒
四壁，但是卻悠閒自得，並且痌瘝在抱，是造福人民的好官。黃庭

〔註194〕見《黃庭堅詩集注》內集第六卷，244～247。
〔註195〕《黃山谷年譜》，頁236。
〔註196〕《四書章句集註》，頁88。

堅〈題子瞻與王宣義書後〉:「慶源初名群,字子眾,後改名淮奇,
又易今字,其馭吏威愛如家人法,洪雅之人皆號稱『王五三伯云』。」
〔註197〕王宣義曾向蘇軾索取紅衣帶,於是蘇軾送衣帶且贈詩,黃庭
堅亦作一詩:

> 青衫半作霜葉枯,遇民如兒吏如奴。吏民莫作官長看,我
> 是識字耕田夫。妻啼兒號刺史怒,時有野人來挽鬚。拂衣
> 自注下下考,芋魁飯豆吾豈無。歸來瑞草橋邊路,獨遊還
> 佩平生壺。慈姥巖前自喚渡,青衣江畔人爭扶。今年蠶市
> 數州集,中有遺民懷袴襦。邑中之黔相指似,白鬚紅帶老
> 不癃。我欲西歸卜鄰舍,隔牆拊掌容歌呼。不學山王乘駟
> 馬,回頭空指黃公壚。(蘇軾〈慶源宣義王丈,以累舉得官,為
> 洪雅主簿,雅州戶掾。遇吏民如家人,人安樂之。既謝事,居眉之青
> 神瑞草橋,放懷自得。有書來求紅帶,既以遺之,且作詩為戲,請黃
> 魯直、秦少游各為賦一首,為老人光華。〉)〔註198〕

> 參軍但有四立壁,初無臨江千木奴。白頭不是折腰具,桐
> 帽棕鞵稱老夫。滄江鷗鷺野心性,陰壑虎豹雄牙須。鶺鴒
> 作裘初服在,狸血染帶鄰翁無。昨來杜鵑勸歸去,更待把
> 酒聽提壺。當今人材不乏使,天上二老須人扶。兒無飽飯
> 尚勤書,婦無複褌且著襦。社甕可漉溪可漁,更問黃雞肥
> 與癯。林間醉著人伐木,猶夢官下聞追呼。萬釘圍腰莫愛
> 渠,富貴安能潤黃壚。(黃庭堅〈次韻子瞻以紅帶寄王宣義〉)

> 〔註199〕

蘇軾於詩中描述王宣義是個視民如子的好官,人民在他的治理之
下,皆能安和樂利的生活,「中有遺民懷袴襦〔註200〕」便是說明人

〔註197〕 劉琳、李勇先、王蓉貴校點:《黃庭堅全集》(成都:四川大學出版
　　　　社,2001年5月),頁1404。
〔註198〕《蘇軾詩集》,頁1580～1582。
〔註199〕《黃庭堅詩集注》內集第九卷,頁342～343。
〔註200〕《後漢書‧廉范傳》:「遷蜀郡太守……百姓為便,乃歌之曰:『廉
　　　　叔度,來何暮,不禁火,民安作,平生無襦今五袴。』」於是之後
　　　　便以「袴襦」指地方官吏的善政。見南朝宋‧范曄:《後漢書》收

們懷念王宣義所實施過的善政。「歸來瑞草橋邊路，獨遊還佩平生壺。」寫出王宣義怡然自得，他並非過著肥馬輕裘的生活，但是不以己身利益爲第一考量，依然心繫人民，展現出人己飢己溺的態度。黃庭堅在詩裡的開頭四句即點出王宣義不願意對長官阿諛奉承的性格，即使家中是「四立壁」，但是「白頭不是折腰具」，詩人利用陶淵明不爲五斗米折腰的典故，說明王宣義決定退隱回鄉的心志。詩人以鷗鷺和虎豹比喻王宣義脫離官場、回歸自然，他的心性超然自得，不受制於紛擾的官場和複雜的人事；「兒無飽飯尚勤書……更問黃雞肥與癯」描繪出一幅恬淡閒適的鄉村景象。由這兩首寫給王宣義的詩，不僅了解王宣義不醉心於榮華富貴的淡泊心志，也體現出蘇軾和黃庭堅對於平淡生活的憧憬。

二、交流情感之作

　　黃庭堅和蘇軾的唱和詩並非只是應景酬答而已，即使詩中只是贈送東西、相互期許，還是可以看出他們藉由唱和詩交流情感和心志，並且與社會政治環境以及與他們相好的朋友之間有緊密的連結。黃庭堅對於蘇軾的崇仰之情、知遇之感，蘇軾與他的情意相契、坦誠相待，讓人感受到他們之間惺惺相惜的情誼。即使新舊黨爭到後來的元祐更化，黃庭堅仍然堅持追隨蘇軾，不僅學習蘇軾的才學，也崇尚那豁達超脫的人品。蘇軾尚未識得黃庭堅之前，經由孫覺、李常的引薦以及從黃庭堅的詩文中〔註201〕，對其讚賞有佳，認爲此人如精金美玉，絕非俗輩。蘇軾在〈答黃魯直書〉云：「然觀其文以求其爲人，必輕外物而自重者，今之君子莫能用也……意其超逸絕

錄於《景印文淵閣四庫全書・史部・正史類》第 252 冊（台北：台灣商務印書館，1983 年），頁 739～740。

〔註201〕熙寧五年（1072），孫覺爲湖州太守，在宴會中，將女婿黃庭堅的詩文出以示蘇軾，蘇軾讀完後則有「聳然異之，以爲非今世之人」之誇讚之語。熙寧十年（1077），蘇軾至濟南，太守李常與之會面，亦將黃庭堅之詩文求正蘇軾，蘇軾對黃庭堅仍是讚賞不絕。

塵，獨立萬物之表，馭風騎氣，以與造物者遊，非獨今世之君子不能用。」〔註202〕又於〈書黃魯直詩後二首〉言：「魯直詩文如蝤蛑，江瑤柱，格韻高絕，盤飧盡廢。」〔註203〕而黃庭堅對於蘇軾的文才和人品更是多所稱頌，如〈雙井茶送子瞻〉：「想見東坡舊居士，揮毫百斛瀉明珠。」〔註204〕讚賞蘇軾洋洋灑灑的文采；在〈跋子瞻送二姪歸眉詩〉：「觀東坡二丈詩，想見風骨巉巖，而接人仁氣粹溫也。」〔註205〕山谷認為「文如其人」，從作品內容可窺其風骨，表現對蘇軾人品的推崇和敬仰。無論是豐富的人生智慧、戲謔幽默的性格，或是尊重珍惜的情意，皆從他們往返的詩作中流露出來。

蘇軾有詩為〈送楊孟容〉，自謂效黃魯直體〔註206〕，詩中提到「後生多高才，名與黃童雙。」此指黃庭堅，並且稱許黃庭堅的才氣。黃庭堅也寫了〈子瞻詩句妙一世，乃云效庭堅體，蓋退之戲效孟郊、樊宗師之比，以文滑稽耳。恐後生不解，故次韻道之。〉表示對於老師蘇軾的尊敬和景仰：

> 我詩如曹鄶，淺陋不成邦。公如大國楚，吞五湖三江。赤壁風月笛，玉堂雲霧窗。句法提一律，堅城受我降。枯松倒澗壑，波濤所舂撞。萬牛挽不前，公乃獨力扛。諸人方嗤點，渠非晁張雙。但懷相識察，床下拜老龐。小兒未可知，客或許敦厖。誠堪婿阿巽，買紅纏酒缸。〔註207〕

詩人於開頭用泱泱大國和小國作對比，表現蘇軾的文采洋溢和磅礴氣

〔註202〕《蘇軾文集》，頁1532。

〔註203〕《蘇軾文集》，頁2122。

〔註204〕《黃庭堅詩集注》內集第六卷，頁219。

〔註205〕《黃庭堅全集》，頁659。

〔註206〕原詩為「我家峨眉陰，與子同一邦。相望六十里，共飲玻璃江。江山不違人，遍滿千家窗。但苦窗中人，寸心不自降。子歸治小國，洪鐘噎微撞。我留侍玉坐，弱步欹豐扛。後生多高才，名與黃童雙。不肯入州府，故人餘老龐。殷勤與問訊，愛惜霜眉厖。何以待我歸，寒醅發春缸。」王註次公曰：「先生自謂效黃魯直體。」見《蘇軾詩集》，頁1479～1480。

〔註207〕《黃庭堅詩集注》內集第五卷，頁191～192

勢，也讚譽蘇軾寬闊的胸襟。「枯松倒澗壑，波濤所舂撞。萬牛挽不前，公乃獨力扛。」山谷對於蘇軾的「效黃魯直體」，謙虛的表達自己只是倒在幽澗深壑裡的枯松，任憑萬頭牛也無力挽起，只有蘇軾有著渾厚的氣魄可以扛之。山谷在此無非是要表示能有今天乃是因為蘇軾的教導和提攜，也傳達出蘇軾的學識和人品首屈一指，為人所欽佩。最後在末聯話鋒一轉，又提及或許自己的兒子可以和蘇軾的孫女結婚，最後四句看似與詩作前面所言毫無關聯，實則不然。拿自己的兒子與蘇軾的孫女相配，謙虛的表明了自己的文才要能和蘇軾匹敵，仍是望塵莫及，這樣的寫法不僅與前面的詩意相呼應，也流露出了黃庭堅對於蘇軾的敬佩。他們在詩中交換情感、相示情意，經由他們的唱和詩作，了解他們並不因為宦海的浮沉以及政治路途上的互相牽連而稍減情誼。詩末之「小兒」為山谷的兒子黃相，小名小德，仁淵注：「終上句相知之意，且欲為其子求婚於蘇氏，抑東坡或嘗以此許枝也。……阿巽蓋蘇邁伯達之女，東坡之孫。山谷雖有此言，其後契闊，竟不成婚。」〔註 208〕蘇軾曾經有意將孫女阿巽許配給山谷的兒子小德，小德容貌好看且聰慧有才，黃庭堅曾經為其寫過一詩〈嘲小德〉，蘇軾亦和此詩作〈次韻黃魯直嘲小德。小德，魯直子，其母微，故其詩云：解著《潛夫論》，不妨無外家〉，看出他們對小德的疼愛：

> 中年舉兒子，漫種老生涯。學語囀春鳥，塗窗行暮鴉。欲嗔王母惜，稍慧女兄誇。解著《潛夫論》，不妨無外家。（黃庭堅〈嘲小德〉）〔註209〕

> 進饌客爭起，小兒那可涯。莫欺東方星，三五自橫斜。名駒已汗血，老蚌空泥沙。但使伯仁長，還與絡秀〔註210〕家。

〔註208〕《黃庭堅詩集注》內集第五卷，頁 192。

〔註209〕《黃庭堅詩集注》內集第十卷，頁 360～361。

〔註210〕《晉書・列女傳》：「周顗母，李氏，字絡秀，少時在室。顗父浚為安東將軍，嘗出獵遇雨，過止絡秀之家。會其父兄不在，絡秀聞浚至，與一婢內宰豬羊，具數十人之饌，甚精辦，而不聞人聲。浚怪使覘見之，獨見一女子，甚美，浚因求為妾，其父兄不許。絡秀曰：『門戶殄瘁，何惜一女，若連姻貴族，將來庶有大益矣。』父兄許

（蘇軾〈次韻黃魯直嘲小德。小德，魯直子，其母微，故其詩云：解
著《潛夫論》，不妨無外家〉）〔註211〕

黃庭堅中年得子小德，自然是欣喜萬分，尤其小德聰明可人，惹人
憐愛。山谷在詩中寫出小德學習說話和寫字塗鴉的可愛模樣，他的
可愛讓山谷的母親十分憐惜，他的聰慧也讓姐姐誇獎有加。山谷在
詩末用《後漢‧王符傳》：「安定俗比庶孽，而符無外家，為鄉人所
賤。……隱居著書三十餘篇，以譏當世失得，不欲彰顯其名，故號
曰《潛夫論》。」〔註212〕此意與蘇軾「但使伯仁長，還與絡秀家。」
同，蘇軾於詩裡先以名駒和珍珠比喻小德，所謂金生砂礫，珠出蚌
泥，小德為庶出，又其母大概出身卑微，所以蘇軾有此言。但是黃
庭堅不引以為意，反而藉詩末二句流露出對小德的期許，期盼聰敏
的小德日後有一番作為。由黃庭堅為小兒寫詩，蘇軾再描寫小德的
舉動，可知他們兩不但喜愛這小孩，也間接反映了兩人之間的密切
交流和深厚情意。

此外，黃庭堅於元祐二年寫〈雙井茶送子瞻〉給蘇軾，雙井茶
為山谷故鄉之茶，山谷常以此茶贈送給關係較為親近的親朋好友。
此詩結合了當時的政治背景，蘇軾從元豐年間「烏臺詩案」後於元
祐元年再度被重用，升為翰林學士。此時司馬光被任命為宰相，但
由於蘇軾對於新法的態度已和當年不同，他認為不應全盤屏棄，所
以為了「免役法」和「差役法」的實施和司馬光起爭執。在司馬光
去世後，蘇軾與保守派的舊黨人士之戰爭越演越烈，當時分裂成蜀
黨、洛黨和朔黨，在黨同伐異之下，劇烈的政治風波似乎一觸即發，

之，遂生顓及嵩、謨。而等顓既長，絡秀謂之曰：『我屈節為汝家
作妾，門戶計耳。汝不與我家為親親者，吾亦何惜餘年。』顓等從
命，由此李氏遂得為方雅之族。」見唐‧房玄齡：《晉書》卷96 收
錄於《景印文淵閣四庫全書‧史部‧正史類》第 256 冊（台北：台
灣商務印書館，1983 年），頁 572。

〔註211〕《蘇軾詩集》，頁 1595～1596。

〔註212〕見劉宋‧范曄：《後漢書》卷 79 收錄於《景印文淵閣四庫全書‧史
部‧正史類》第 253 冊（台北：台灣商務印書館，1983 年），頁 110。

因此山谷寫了此詩，並在詩中委婉而深切的勸誡蘇軾能及早離開官場紛擾。山谷對蘇軾的師生之情寄託於茶詩之中，而蘇軾對於山谷的贈茶，也有所感念和珍惜，因此回贈〈黃魯直以詩餽雙井茶，次韻爲謝〉：

> 江夏無雙種奇茗，汝陰六一誇新書。磨成不敢付僮僕，自看雪湯生璣珠。
>
> 列仙之儒瘠不腴，只有病渴同相如。明年我欲東南去，畫舫何妨宿太湖〔註213〕

詩中稱許黃庭堅家鄉的好茶，難怪歐陽修也有誇讚之意，曾在《歸田錄》言：「草茶以雙井爲第一。畫舫宿太湖。」也因爲雙井茶的珍貴，蘇軾親自煎茶，表現對茶茗的喜愛，並在末聯提到「明年我欲東南去，畫舫何妨宿太湖。」黃庭堅以〈和答子瞻〉作爲回應：

> 一月空迴長者車，報人問疾遣兒書。翰林貽我東南句，窗間默坐得玄珠。
>
> 故園溪友膾腹腴，遠包春茗問何如。玉堂下直長廊靜，爲君滿意說江湖。〔註214〕

詩中末聯回答蘇軾的問題，若是蘇軾到雙井去，必會竭誠招待，請他品嘗春茗，並且爲蘇軾訴說家鄉的事情。他們藉由喝茶的興趣聯絡感情，讓人體會到和樂融融的氣氛。除了餽贈物品以表情意，蘇黃二人於館閣期間，也同遊一地或是和三五好友聚集在一起而寫唱和詩。蘇軾作〈和宋肇遊西池〔註215〕次韻〉：

> 漢皇慈儉不開邊，尚教千艘下瀨船。貪看朦朧飛鬪艦，不知黿鼉舞鈞天。故山西望三千里，往事回思二十年。自笑

〔註213〕《蘇軾詩集》，頁1482。

〔註214〕《黃庭堅詩集注》內集第六卷，頁220。

〔註215〕西池即金明池。葉夢得：《石林燕語》：「瓊林苑，乾德中主。太平興國中，復鑿金明池於苑北，導金水河水注之……歲以二月開，命士庶縱觀，謂之『開池』。至上巳車駕臨幸畢，即閉。歲賜二府從官燕及進士聞喜宴，皆在其間。」見朱易安、傅璇琮主編：《全宋筆記》第二編（鄭州：大象出版社，2006年1月），頁9～10。

區區足官府，不如公子散神仙。〔註216〕

宋楙，字楙宗，三月十四日隨蘇軾遊西池。詩人於詩裡先描繪西池的盛大場面，池上的千百艘戰船聚集，令人嘆爲觀止；池旁用石頭刻成的贔屭彷彿活靈活現的在空中飛舞。前面雖然刻畫著熱鬧的景象，但於詩末語意一轉，詩人說明自從出蜀後至今，已有二十年，有自笑貪祿忘歸之意。詩中前面震撼人心的浩大景況更加凸顯了詩末的絲絲惆悵，並且流露出懷念故鄉的情感。黃庭堅在〈次韻宋楙宗三月十四日到西池都人盛觀翰林公出遨〉云：

金狨繫馬曉鶯邊，不比春江上水船。人語車聲喧法曲，花光樓影倒晴天。人間化鶴三千歲，海上看羊十九年。還作遨頭驚俗眼，風流文物屬蘇仙。〔註217〕

前兩聯詩人道出車聲人語的喧嘩以及花光樓影的景象，顯現繁華熱鬧的盛況。在頸聯引用蘇武牧羊北海十九年，以言蘇軾貶謫黃州之事。蘇軾雖然遭貶謫之事，但他不引以爲意，反而更加高曠灑脫、超越人生悲喜，文學造詣也達到頂峰、風采依舊，宛如神仙中人。末聯又再次言「風流文物屬蘇仙」，即使詩中描寫的是館閣院士遊樂聚會的情景，但是山谷仍不忘在詩裡提及蘇軾，洋溢著對蘇軾瑰瑋文采的傾慕，以及其人格節操的青睞。蘇軾有一詩爲〈見子由與孔常父唱和詩，輒次其韻。余昔在館中，同舍出入，輒相聚飲酒賦詩。近歲不復講，故終篇及之，庶幾諸公稍復其舊，亦太平盛事也〉〔註218〕，當時蘇軾任翰林學士，與友人間不僅唱和酬答之頻，游賞雅集亦盛。詩題所提孔常父，名武仲，在元祐初年爲秘書省正字遷著作郎，後來爲中書

〔註216〕 《蘇軾詩集》，頁 1570～1571。
〔註217〕 《黃庭堅詩集注》內集第六卷，頁 337～338。
〔註218〕 其詩爲：「君先魯東家，門戶照千古。文章顧應爾，夔䕫餘似處。雖非蒙供狀，尚肖歷國苦。誦書口瀾翻，布穀雜杜宇。十年困奔走，櫛沐飽風雨。吾道其非邪，野處豈兕虎。灞陵閒老將，柏直口尚乳。自君兄弟還，鼎立知有補。蓬山者舊散，故事誰刪去。來迎馮翊傳，出餞會稽組。吾猶及前輩，詩酒盛冊府。願君倡此風，揚觶斯杜舉。」見《蘇軾詩集》，頁 1480～1482。

舍人直學士院〔註219〕，蘇軾在詩中言雖然孔常父櫛風沐雨，經歷過許多痛苦，依然無堅不摧；並在詩末寫道「願君倡此風，揚觶斯杜舉。」以呼應詩題，期待能同享飲酒賦詩的歡樂，並且交流彼此之情感。黃庭堅作〈和答子瞻和子由常父憶館中故事〉：

> 二蘇上連璧，三孔立分鼎。少小看飛騰，中年嗟遠屏。風撼鶺鴒枝，波寒鴻雁影。天不柞斯文，俱來集臺省。日月黃道明，桃李春晝永。時平少犴獄，地禁絕蛙黽。頗懷修故事，文會陳果茗。當時群玉府，人物殊秀整。下直馬闌闠，杯盤具俄頃。共醉凌波襪，誰窺投轄井。天網極恢疏，道山非薄領。何曾歸閉門，燈火坐寒冷。欲觀太平象，復古望公等。賤子託後車，當煩煮湯餅。〔註220〕

當時蘇軾、蘇轍、黃庭堅、孔文仲、孔武仲和孔平仲彼此交遊密切，經常以唱和爲樂。從詩中可以看出他們飲酒賦詩、齊聚一堂的景象，詩句「下直馬闌闠，杯盤具俄頃。共醉凌波襪，誰窺投轄井。」裡的「投轄」，是指將賓客的車轄取下，投入井中，這裡意謂著留客情切，顯現出文人們飲酒作樂且酣暢作詩的情景，即使桌面杯盤狼藉，但是大家仍興致高昂，流連忘返。末句提到「當煩煮湯餅」可看出他們約定日後再齊聚同樂，從詩中看出黃庭堅和蘇軾以及其他好友們以詩喻志言情，相互交流思想以互相啓發，甚至用詩邀約，展現了和諧歡喜、凝聚心力情感的作用。

《苕溪漁隱叢話》云：「元祐文章，世稱蘇黃。」〔註221〕蘇黃在館閣時期的唱和詩，不但體現了詩歌的交際功能、深化了他倆的友誼，更呈現出多樣的詩作特色，無論是贈友送人或是交流情意，皆能反映他們當時的思想情感或人生態度。蘇軾與黃庭堅之間亦師亦友的情誼，在政治險峻的環境抑或是時空遷移下絲毫不減，而黃庭堅的政

〔註219〕見景印文淵閣四庫全書，第二八六冊，史部，正史類，頁11。

〔註220〕《黃庭堅詩集注》內集第六卷，頁217～218。

〔註221〕宋・胡仔：《苕溪漁隱叢話前集・卷49》（台北：長安出版社，1978年12月），頁334。

治生涯隨著蘇軾的宦途升降浮沉，但是他們兩人不引以爲意，黃庭堅
還經常於次韻蘇軾的詩作中流露出對於蘇軾的不捨、不平和鼓勵，也
委婉勸誡蘇軾別忘記因詩獲罪的「烏臺詩案」。因此唱和詩中除可見
名人萃集京師，更涵納著眞情流露的深厚友誼。

第四節　心繫蒼生的政治社會詩

　　不同於題畫詩、詠物詩和蘇黃唱和詩，黃庭堅還有另一類的詩
歌爲政治社會詩，主要抒發對於北宋黨爭政治紛擾的不滿和對人民
生活的關懷。館閣期雖然爲黃庭堅一生中最爲平順的時光，但在之
前王安石「熙寧變法」的餘波蕩漾下，革新派和守舊派的政見分歧
日益嚴重，政治的波詭雲譎潛藏在看似平靜的館閣時期。元祐年間，
新黨人士被黜，舊黨中人回歸朝廷掌權，黃庭堅身爲「蘇門四學士」
之一，自然被列爲舊黨中人，但是他屛除門戶之見，不「因人廢言」，
與蘇軾秉持著公允的態度看待新法的主張，也因此常遭受到舊黨人
士的攻擊。黃庭堅對於黨爭始終持著「如臨深淵，如履薄冰」的心
情，表現出自己與現實社會的格格不入而欲超脫的矛盾心態；他亦
不因爲生活的安然和官位的擢升而與世浮沉、隨波逐流，反而能保
有自己的初衷和原則，表現出獨立清明的思考和判斷力。另外，黃
庭堅此時期雖在京師擔任館職，與人民直接接觸的機會減少，但在
所作詩歌裡，體恤民瘼以及對現實關注的情懷卻沒有減弱。

一、政治黨爭之作

　　熙豐年間，黃庭堅所屬的舊黨人士與王安石所屬之新黨格格不
入，對於變法基本上持著否定態度。但隨著時間的移轉，元祐年間
新法廢止後，舊黨同僚對於新法的攻擊不遺餘力，許多與新黨相關
的人士皆獲罪貶謫，但是黃庭堅卻不因此拘囿於舊黨的思維模式，
他認爲新法不該全盤否定，而須擇善而行；對於王安石的評價亦能

持予較爲公正的態度。〔註222〕在〈次韻王荊公題西太一宮壁二首〉（其一）〔註223〕中，山谷說道：「眞是眞非安在，人間北看成南。」認爲人世間所謂的是非對錯以及對於一個人的評價，也是隨著歷史的洪流和時間的推移而有所改變，「在熙豐年間則荊公爲是，元祐年間則荊公爲非。」〔註224〕當初那些對王安石的新法阿諛逢迎的人，在政治天空的風雲變色下，也隨即改變自己的立場，北宋的政治「一波未平，一波又起」，也是因人有心操弄、是非不分的結果。因此當大家攻訐王安石時，山谷有感而發的再寫了〈有懷半山老人再次韻二首〉：

> 短世風驚雨過，成功夢迷酒酣。草玄〔註225〕不妨準《易》，
> 論詩終近《江南》。（其一）〔註226〕

山谷藉此詩緬懷王安石，熙寧年間建立的新法制度彷彿急風驟雨般，在當時造成極大的影響，但是時間過了，那些昔日功業渺茫得如醉香夢境，彷彿黃梁一夢眨眼間消逝，山谷對於新法在元祐年間的全面廢棄感到惋惜。詩末山谷用《周易》和《詩經・周南》讚美王安石的文章和詩歌。在〈奉和文潛贈無咎篇末多以見及以既見君子云胡不喜爲韻〉（其七）寫道：

> 荊公六藝學，妙處端不朽。諸生用其短，頗復鑿戶牖。譬
> 如學捧心，初不悟己醜。玉石恐俱焚，公爲區別不。〔註227〕

黃庭堅在熙寧年間對於王安石的新學存著質疑和批評，當時王安石推行新法，以經義策論試士。雖然山谷曾言「談經用燕說，束棄諸儒傳」

〔註222〕詳參本論文第二章第二節〈黃庭堅個人的政治生涯〉。
〔註223〕原詩爲：「風急啼鳥未了，雨來戰蟻方酣。眞是眞非安在，人間北看成南。」《黃庭堅詩集注》內集第三卷，頁146。
〔註224〕見任淵注。《黃庭堅詩集注》內集第三卷，頁146。
〔註225〕任淵注：「《漢書・揚雄傳》曰：雄方草創《太玄》，有以自守。贊曰：以爲經莫大於《易》，故作《太玄》。」在此說明王安石的文章可以與易經相比。
〔註226〕《黃庭堅詩集注》內集第三卷，頁147～148。
〔註227〕《黃庭堅詩集注》內集第四卷，頁158。

〔註228〕，指出熙寧年間的經學有牽強附會的穿鑿之弊，但是後來他卻改變了看法，認為其中的高妙之處其實為不朽，只是擔心王安石的後輩取其短處並加以穿鑿附會，產生不良影響。由此可看出山谷胸襟開闊，能跳出門戶之見給予王安石較公允的評價。山谷對於身處激烈黨爭的北宋中後期，他並不想與之浮沉，仍有自己獨到的想法和識見；他反對黨派傾軋、朋黨之爭，呼籲必須廣納人才，因此寫了〈和刑惇夫秋懷十首〉（其四）：

> 王度無畦珍，包荒用馮河。秦收鄭渠成，晉得楚材多。用
> 人當其物，不但軸與轃。六通而四闢，玉燭四時和。〔註229〕

詩中開門見山即指出身為君王統治天下，必須有著「泰山不讓土壤，河海不擇細流」〔註230〕的開闊心胸，並以《漢書‧溝恤志》和《左傳》裡「楚材晉用」的歷史典故佐證，說名廣致重賢的重要性。他在其他詩篇也提出此想法，比如「人材如美玉，同美異剛柔。政須眾賢和，乃可疏共」〔註231〕、「人材包新舊，王度濟寬猛」〔註232〕，皆說明惟有消除門戶之見，才能敉平黨派之爭，讓國家政治踏上祥和之路。只可惜山谷的意見和心願敵不過愈發激化的黨爭，因此他只能求人格的完善，尋求自我的價值。在〈同元明過洪福寺戲題〉中，可一窺山谷藉由暗喻的手法表達對於黨爭的不滿：

> 洪福僧園拂紺紗，舊題塵壁似昏鴉。春殘已是風和雨，更
> 著游人撼落花。〔註233〕

任淵注：「舊本有山谷序云：『三月中，同呂元明、畢公叔至洪福寺，

〔註228〕《黃庭堅詩集注》內集第四卷，頁153。
〔註229〕《黃庭堅詩集注》內集第四卷，頁165。
〔註230〕出自《史記‧李斯無傳》：「是以泰山不讓土壤，故能成其大；江海不擇細流，故能就其深。」
〔註231〕見〈常父惠示丁卯雪十四韻謹同韻賦之〉一詩。《黃庭堅詩集注》內集第六卷，頁213。
〔註232〕見〈次韻子由績溪病起被召寄王定國〉一詩。《黃庭堅詩集注》內集第二卷，頁105。
〔註233〕《黃庭堅詩集注》內集第十一卷，頁388。

見元明壁間舊題云：與晉之醉後，使騎升木撼花，以為笑樂，戲題樂天詩，颯颯風和雨。』」黃庭堅有感而發，因此寫下了這首詩。在詩末二句，黃庭堅借用元明寫的「風和雨」，將其比作政治的「風雨」，「撼落花」則暗喻著有心人士的分化和攪亂。館閣期間，黨同伐異的情形愈加嚴重，舊黨內部更是互傾軋和分裂，黃庭堅以含蓄委婉的詩句諷刺在國家危難重重之時，那些為一己之利勾心鬥角的人士，揭示出黨爭的可怖。

二、關懷民生之作

　　黃庭堅雖然在詩歌裡透露出欲歸隱之志，但是他也表現出儒者的胸懷。他曾在〈戲呈孔毅父〉言：「文章功用不經世，何異絲窠綴露珠。校書著作頻詔除，猶能上車問何如。」〔註 234〕黃庭堅認為文章若無法經邦濟世，何異於蜘蛛網上的露珠，徒具光彩的外表，卻無實際效用。他亦引用顏之推《顏氏家訓・勉學》中所載：「梁朝全盛之時，貴遊子弟，多無學術，至於諺云；『上車不落則著作，體中何如則秘書。』」〔註 235〕梁朝時，一般的貴家子弟即使無才學，也能當上秘書郎、著作郎之類的官，言下之意看似嘲諷自己不能為世所用，但展現出欲經世致用的嚮往。莫礪鋒曾言：「黃庭堅並不是一個有遠大的政治抱負和強烈政治主張的人，雖說他在任太和縣令時曾有抵制新法的鹽政，任德平監鎮時又抵制推行市易法，但那僅僅是從實際出發，反對擾民過甚，並未有意識地介入新舊黨爭。」〔註 236〕黃庭堅在館閣時期，雖然不滿現實政治的紛擾，但對於國家政事和人民仍保持高度的關懷。例如在〈戲答仇夢得承制〉：「仇侯能騎矍鑠馬，席上亦賦競病詩。……何如萬騎出河西，捕取弄兵黃口兒。」〔註 237〕黃

〔註 234〕《黃庭堅詩集注》內集第六卷，頁 225。
〔註 235〕北齊・顏之推撰，民國・王利器注：《顏氏家訓集解》（台北：頂淵文化事業有限公司，2004 年 1 月），頁 145。
〔註 236〕見莫礪鋒：〈論黃庭堅詩歌創作的三個階段〉，頁 71。
〔註 237〕《黃庭堅詩集注》外集第十五卷，頁 1310。

庭堅在詩中不僅誇讚仇夢得文武雙全，亦希望他能凱旋而歸，擒拿西夏乾順。另外，他在〈和游景叔月報三捷〉寫道：

> 漢家飛將用廟謀，復我匹夫匹婦讎。真成折箠禽胡月，不是黃榆牧馬秋。幄中已斷匈奴臂，軍前可飲月氏頭。願見呼韓朝渭上，諸將不用萬户侯。〔註238〕

黃庭堅在詩中描寫游景叔有如漢朝李廣一樣英勇驍戰，運籌帷幄、攻破敵軍，為百姓蒼生復仇雪恥。元祐二年時，鬼章青宜結〔註239〕有覬覦故土之心，勾結西夏，並試圖結合羌人做內應〔註240〕，因此游景叔帶兵討伐鬼章。此詩的頸聯中，詩人將匈奴比喻為西夏，以誇飾的筆法描寫我軍戰勝西夏的恢弘士氣和歡欣鼓舞；末聯藉著漢宣帝甘露三年，呼韓單于來朝之史實，希望西夏能臣服宋朝。全詩藉由讚揚游景叔的戰功，展現了黃庭堅對於安定邊塞的渴望以及關懷國事的愛國精神。在憂心邊事外，黃庭堅念茲在茲的即為人民的生活。黃庭堅在入京前擔任地方官員，他目睹天災造成百姓的流離失所、部分新法的推行帶給人民的苦難，作品中不乏體恤民情的詩句。即使擔任館職後，仍時常在詩中寫下許多心繫人民的詩歌，例如在〈送鄭彥能宣德知福昌縣〉言：

> 往時河北盜橫行，白晝驅人取城郭。唯聞不犯鄭冠氏，犬臥不驚民氣樂。秖今化民作鋤耰，田舍老翁百不憂。銅章去作福昌縣，山中讀書民有秋。福昌愛民如父母，當官不擾萬事舉。用才之地要得人，眼中虛席十四五。不知諸公用心許，魯恭卓茂可人否。〔註241〕

黃庭堅明白苛政對於百姓所造成的影響非同小可，因此他主張以德政

〔註238〕《黃庭堅詩集注》內集第八卷，頁308。

〔註239〕《宋史》列傳九十一卷記載：「吐蕃寇邊，其酋鬼章青宜結乘間脅屬羌構夏人為亂，謀分據熙河。朝廷擇可使者與邊臣措置，詔師雄行，聽便宜從事。」見《宋史》收錄於《文津閣四庫全書·史部·正史類，第280冊》（北京：商務印書館，2006年出版）。

〔註240〕在〈次韻游景叔聞洮河捷報寄諸將四首〉其四：「遙知一炬絕河津，生縛青宜不動塵。付與山河印如斗，忍為鼠子腹心人。」

〔註241〕《黃庭堅詩集注》內集第三卷，頁127～128。

治民，對於自己的好友即將成為上任的官員，總是殷殷叮囑，期盼他們造福人民。對於那些能實施仁政的官吏，總是加以表揚。在此詩裡，黃庭堅首先點出在鄭彥能的治理下，原本橫行的盜賊銷聲匿跡，百姓過著安和樂利的日子。鄭彥能不僅體恤人民，且不為擾民之舉，使百姓安於田里，無飢寒之戚。黃庭堅於其他多首詩篇也流露出以天下為己任的深情：

> 庖丁解牛妙世故，監市履豨〔註242〕知民心。〈寄上叔父夷仲三首〉（其一）
>
> 三晉山河數十州，頻年水旱不能秋。我公出把司農節，粟麥還於地上流。〈叔父給事挽詞十首〉（其三）
>
> 勸客農桑誠有道，折衝樽俎不臨邊。要知使者功多少，看取春郊處處田。〈送顧子敦赴河東三首〉（其一）

在前面兩首詩裡，詩人描寫的是叔父黃廉。黃庭堅曾在〈叔父給事行狀〉言：

> 移虔州會昌令，治公家如營私，視民病如在己。會昌民健訟，善匿情成獄，戶婚事多久不決。公開導教勸之，待以恩惠，因鉤索其曲直，久乃皆服。其治大獄，多可傳道。蓋世稱仁厚吏者，徒苟欲生之，公則不然，曲折務盡其情，要使不冤然後已。〔註243〕

黃廉為人正直、視民如傷的形象躍然紙上。在第一首詩裡，寫的是黃庭堅對叔父的評價，他運用了莊子〈養生主〉之典故，說明叔父在黨爭險惡的政治環境裡能夠逃開爾虞我詐的鬥爭，應時處順的面對人事物。「監市履豨」和第二首詩的「我公出把司農節，粟麥還於地上流」，寫的是叔父體察民情，為重視農業生產的好官。〔註244〕雖說是讚譽

〔註242〕 出自《莊子・知北遊》：「正獲之問於監市履豨也，每下愈況。」見戰國・莊子，清・郭慶藩編：《莊子集解》（台北：萬卷樓圖書股份有限公司，2007年7月），頁821。「履踐豕之股腳之間，難肥之處，愈知豕之肥履之意況也，何者？近大難肥處，故知豕肥耳。問道亦況下賤知道也。」後以「監市履豨」表善於體察事物。

〔註243〕 《黃庭堅全集》第三冊，頁1684～1685。

〔註244〕 黃廉對於神宗皇帝亦能直陳民情，〈叔父給事行狀〉寫道：「黃廉曾

叔父，但實則爲黃庭堅對自己的期許，以及貫注著自己對於社會民生的重視和關心。在〈送顧子敦赴河東〉一詩裡，黃庭堅亦藉著送顧子敦赴河東一事，叮嚀朋友必須勸課農桑，務本業以厚民，深刻展現了黃庭堅憂國愛民的情懷。

館閣期間，黃庭堅不因爲深處優渥平順的生活而迷失自我，始終如一的秉持著不隨俗從眾的處事原則、懷著關懷國家社稷的心情，寫下了許多對於政治社會見解的詩篇，充分體現他一面欲超脫俗世紛擾，一面又懷有經世熱情的矛盾心理。

第五節　交流情意的贈答詩

元豐八年到元祐年間這段於京師修史的時光，是山谷生命中最光輝平順的一段時期，無論是師長先賢、同輩摯友或是晚生後學，大家聚集在京師，時常一起賦詩論文、品茶談天，因此此時期山谷寫了不少朋友間贈答、酬唱之詩篇，有時透過對他們形象的刻劃描繪，呈現自己的理想人格；有時藉著表達對師長朋友的敬仰關切，流露出濃厚眞摯的情誼。所謂的「贈答詩」，應爲以詩相互來往，有贈有答，贈詩者向受贈者傳達情意，受贈者在接受贈詩者的情意投射之後，自然也會激起心靈中的漣漪，進而思有所回應。〔註245〕「一贈一答」雖爲贈答詩的形式，但卻非爲絕對，但需要有明確的接受者〔註246〕，黃庭堅的許多贈答詩即爲此類。黃庭堅有以「寄」、「贈」、

言：『陛下意在惠民，法非不良，而患在奉法之吏多非其人。朝廷立法之意則一，而四方奉法之意紛然不同，所以法行而民病，恐陛下不盡察也。河北郡縣被水，河東、河南、京東西皆旱，淮浙飛蝗蔽野，江南疫癘，恐陛下不盡知也。』遂命公同司農寺丞之才體量河北、河東災傷賑濟，道除知司農寺丞。」見《黃庭堅全集》第三冊，頁1685。

〔註245〕梅家玲：《漢魏六朝文學新論——擬代與贈答篇》（北京：北京大學出版社，2004年）。

〔註246〕程小娟認爲：贈答詩是有明確的接受者，可以是任何階層的任何人物。贈答詩從外在的形式而言，是一贈一答的（但不是絕對的）；

「答」爲題名的詩篇，透過吟誦、寄贈給朋友，也有許多未冠以「寄」、「贈」等字眼，但是仍爲送給朋友之作。筆者將黃庭堅館閣期這類的詩歌歸類爲「贈答詩」。

一、自身情意的抒發

　　黃庭堅在館閣期所寫贈答詩中，有少部分爲抒發自己的情意，不僅展現一己之溫柔敦厚的性情，也流露出對於理想生活的嚮往。在〈次韻答張文潛惠寄〉裡，山谷寫道：

> 短褐不磷緇，文章近楚辭。未識想風采，別去令人思。斯文已戰勝，凱歌倡旐旟。君行魚上冰，忽復燕哺兒。學省得佳士，崔萊費符移。方觀追金玉，如許遽言歸。南山有君子，握蘭懷令姿。但應潔齋俟，忽詠無生詩。〔註247〕

黃庭堅在詩中先稱讚張耒的品德和文章，使人想一睹其才華和風采，並祝賀張耒試中學官，爲太學博士。在讚許張耒的同時，山谷亦在詩末引用宋玉〈登徒子好色賦〉之典，意謂芍藥凡草比不上蘭草之芳馨，個人必須修養自己的德行和才華，等待被薦用的時機。山谷藉著描繪好友的形象，表露希望上位者能挖掘一己之才能的心志。黃庭堅另作一首詩〈謝公定和二范秋懷五首邀予同作〉，謝景初字師厚，爲山谷第二任妻子的父親；謝公定則爲山谷之妻舅。當謝師厚去世後，山谷寫了組詩贈給公定，表達對岳父濃厚的懷念情感：

> 采蓮涉江湖，采菊度林藪。插鬢不成妍，誰憐飛蓬首。平生耦耕地，風雨深稂莠。謝公遽如此，永袖絕絃手。（〈謝公定和二范秋懷五首邀予同作〉其五）〔註248〕

詩人藉著杜甫〈佳人〉〔註249〕以及《詩經・衛風・伯兮》〔註250〕之

　　從內容上看，主題相同或大致是相同的；從功用而言，則是情感交流、精神慰藉的工具。見程小娟：《文選・贈答詩》研究，中國古代文學碩士學位論文，2011年。

〔註247〕《黃庭堅詩集注》內集第三卷，頁135～137。

〔註248〕《黃庭堅詩集注》內集第四卷，頁173。

〔註249〕杜甫〈佳人〉：「插花不摘鬢，采柏動盈掬。」見唐・杜甫，清・楊

典故，言由於沒有人欣賞自己，所以即使把花朵插在髮鬢上也缺少了嬌豔美麗，言下之意說明自己受知於師厚，從之學詩，師厚的去世讓他深覺少了能夠惺惺相惜的知音，詩末的「永袖絕絃手」將山谷的哀慟淒惋之情深刻的表達出來。

在〈呈外舅孫莘老二首〉（其一）中，雖然名爲送別孫莘老之作，但實則流露出自己的意趣：

> 九陌黃塵烏帽底，五湖春水白鷗前。扁舟不爲鱸魚〔註251〕
> 去，收取聲名四十年。〔註252〕

詩中首句將「黃塵」比喻爲塵俗之氣息，指出孫莘老然爲官，但是圍繞於紛擾的世俗之氣中，因此詩人以范蠡不願接受官職、遊於五湖之故事，點出嚮往與自由自在的白鷗同遊春水之事。接著黃庭堅說孫莘老辭官並非爲了家鄉的鱸魚鱠，而是欲遨遊江湖，不受世事羈絆。此詩不僅展現了孫莘老不眷戀官場的形象，亦反映出黃庭堅的個人想法，雖然於館閣之中擔任要職，但是心中還是渴望歸隱，體現出身在廊廟而心於山林的心境。黃庭堅的作品裡，時常雜揉著儒道思想。雖然位居館閣爲黃庭堅一生中最爲優裕的時光，但是他的政治生命和舊黨人士緊密相關，處在時局倉皇的潮流中，必然與黨爭有所牽連，因此這時期的詩作裡，隱隱流露嚮往歸隱的心志。他關心國家人民和現實生活，但是又鄙棄同黨傾軋和混亂的價值觀，因此在詩中常常呈現出自我和現實社會的矛盾以及想要超脫的心態。試看〈次韻張詢齋中晚春〉一詩：

> 學古編簡殘，懷人江湖水。非無車馬客，心遠境亦靜。挽
> 蔬夜雨畦，煮茗寒泉井。春去不窺園，黃鸝頗三請。立朝

倫箋注：《杜詩鏡銓》（台北：華正書局，2003年10月），頁230。

〔註250〕 《詩經·衛風·伯兮》第二章：「自伯之東，首如飛蓬。豈無膏沐，誰適爲容？」見《詩經》，頁28。

〔註251〕 任淵注：「《晉書·張翰傳》：齊王冏辟爲掾，因見秋風起，乃思吳中菰菜蓴羹鱸魚鱠，曰：『人生貴得適志，何能羈官數千里，以要名爵乎？』遂命駕而歸。」見《黃庭堅詩集注》，頁366。

〔註252〕 《黃庭堅詩集注》內集第十卷，頁365～366。

> 無物望，補外儻天幸。想乘滄浪舡，濯髮晞翠嶺。〔註253〕

　　詩人認為在朝為官無須過於追求名利和聲望，即使被調任外地，也說不定是天降的好運。遠離京師的鬥爭和塵囂，享受「挽蔬夜雨畦，煮茗寒泉井」的閒適生活，並且可以乘著船行駛於江水上，在翠綠山巒環繞中，任憑洗滌過的頭髮自然乾爽、飄散飛舞。詩裡所描述的景象不啻是詩人所追求的理想生活。

二、親朋友誼的眞摯

　　在〈次韻柳通叟寄王文通〉裡，黃庭堅寫出了對於友人柳通叟久居卑位的理解和同情：

> 故人昔有凌雲賦，何意陸沉黃綬間。頭白眼花行作吏，兒婚女嫁望還山。心猶未死杯中物，春不能朱鏡裏顏。寄語諸公肯湔祓，割雞令得近鄉關。〔註254〕

黃庭堅以司馬相如之文才比喻柳通叟，以此反襯柳通叟沉居下僚的不得志。柳通叟雖然頭白眼花，但仍只是奔走官場的小小官吏，詩人在此不僅表現一己喟嘆惋惜的心情，「兒婚女嫁望還山」也透露出柳通叟不汲汲於名利的品格，一旦兒婚女嫁，即可歸隱。末聯裡，黃庭堅期盼在朝諸公能薦舉柳通叟尋覓近鄉的官位，表露了對友人的誠摯關心。

　　山谷與張耒和晁補之同為「蘇門四學士」，他們友誼甚篤，山谷常於詩篇中稱讚他們的才氣，在〈奉和文潛贈無咎篇末多以見及以既見君子云胡不喜為韻〉（之五）曾云：「晁張班馬手，崔蔡不足云。當令橫筆陣，一戰靜楚氛。」〔註255〕山谷認為晁補之和張耒就像司馬遷和班固，筆力雄健、才氣縱橫，崔瑗和蔡邕也只能望塵莫及。他曾寫〈臥陶軒〉：

> 陶公白頭臥，宇宙一北窗。但聞窗風雨，平陸漫成江。卯

〔註253〕《黃庭堅詩集注》內集第三卷，頁132～133。
〔註254〕《黃庭堅詩集注》內集第八卷，頁290。
〔註255〕《黃庭堅詩集注》內集第四卷，頁156。

> 金扛九鼎，把菊罪胡床，城南晁正宇，國器無等雙。日月
> 麗宸極，大明朝萬邦。假版未通班，曉巖夢逢逢。萬卷曲
> 肱裏，胸中湛秋霜。亦有好事人，叩門提酒缸。欲眠不遣
> 客，佳處更難忘。〔註256〕

黃庭堅崇尚陶淵明怡然自得，不暮榮利的性格，以〈臥陶軒〉爲題，
將此詩贈給晁補之。元祐元年時，晁補之和張耒、畢仲游等人爲皆
召試學試院，除秘書省正字。補之生活雖貧苦，但是他安貧樂道，
因此山谷將他比做陶淵明。詩中言「國器等無雙」，稱許晁補之的才
能卓然出眾；「胸中湛秋霜」說明他胸懷遠大，志節高超。詩末的「欲
眠不遣客」帶有玩笑之語氣，言晁補之喜好飲酒，但醉後欲眠卻不
像陶淵明遣客去〔註257〕，此處呼應開頭，再次點明晁補之和陶淵明
同屬品行高潔之人。對於好友張耒，山谷同樣以詼諧的口吻對其描
寫：

> 張侯窖炊玉，僦屋得空壚。但見索酒郎，不見酒家胡。雖
> 肥如瓠壺，胸中殊不粗。何用知如此，文采似於菟〔註258〕。
> （〈奉和文潛贈無咎篇末多以見及以既見君子云胡不喜為韻〉其六）
> 〔註259〕

詩中飲用索酒郎和酒家胡〔註260〕的典故戲笑張耒。張耒生活窮困，
當初只能住在破舊的酒家樓。山谷語鋒一轉提及張耒的身材，由於
張耒身體肥碩，因此詩人幽默的用「肥如瓠壺」調侃張耒，但是卻
不忘誇讚張耒的文采。詩人用調笑的方式與朋友消遣，不但體現出
以遊戲爲詩的特點〔註261〕，更反映了他們友情的深厚，彼此以詩作

〔註256〕《黃庭堅詩集注》內集第六卷，頁239～240。

〔註257〕任淵注：「《南史》：淵明曰：『我醉欲眠，傾可去。』」

〔註258〕任淵注：「《左傳》曰：楚人謂虎於菟。」

〔註259〕《黃庭堅詩集注》內集第四卷，頁157。

〔註260〕任淵注：「《玉臺新詠》載辛延年〈羽林詩〉：『昔有霍家姝，姓馮名
子都。依倚將軍勢，調笑酒家胡。胡姬年十五，春日獨當壚。』」
酒家胡在此指酒家侍者或賣酒婦女。見《黃庭堅詩集注》內集第四
卷，頁157。

〔註261〕在《北宋館閣與文學研究》中的〈第八章：館職經歷對文人的影響〉

的方式表達對朋友的關切，也反映了內心的情懷。在〈送謝公定作竟陵主簿〉一詩裡，山谷藉著詩的開頭讚揚師厚的文采和學識，給予謝公定殷切的關懷和鼓勵：

> 謝公文章如虎豹，至今斑斑在兒孫。竟陵主簿極多聞，萬事不理專討論。澗松無心古須鬣，天球不琢中粹溫。落筆塵沙百馬奔，劇談風霆九河翻。胸中恢疏無怨恩，當官持廉且不煩。吏民欺公亦可忍，慎勿驚魚使水渾。漢濱耆舊今誰存，駟馬高蓋徒紛紛。安知四海習鑿齒，拄笏看度南山雲。〔註262〕

詩人於首句點出謝師厚的文采斑爛，謝公定繼承了父親和先輩的深厚學養。接著詩人從學問和品行上讚許謝公定，認為公定學識廣博、專心致志，文筆豪邁且談吐不俗，品格高潔如生長在溪邊的松樹，溫潤純良如毫無雕琢的美玉。在讚許謝公定的同時，山谷不忘給予他勉勵。公定將赴竟陵任主簿，山谷提醒公定凡事必須胸襟開闊，不計較個人恩怨得失；必須清廉開明，不以繁雜的政令生事擾民。整首詩情深意長，不僅看出山谷對於公定的肯定，更多的是流露出殷殷懇切的勸勉，期盼公定發揮所長，治理竟陵。山谷無論是和友人間的調侃、對親友的思念或是親切的勸勉，皆表現了濃厚的人情味和豐富的內心情感。

　　黃庭堅館閣期的詩歌，承繼了前期的創作精神，在詩中繼續展現對官員的期望與關懷人民的心情。但在以前期為基礎時，又開拓出獨特的風格。不同於前期偏重現實性的詩作，黃庭堅由於擔任館職，仕途平順，無須為冗事煩心，因此有閒情雅致將日常的瑣碎之物發而為詩，展現人文意趣。他亦和文人朋友品茗談天，沉浸於藝

一文裡，提到黃庭堅元祐年間的詩歌特色為「遊戲性」，有藝術上的插科打諢、不滿現實的自嘲自解，也有文人間的戲謔調侃，顯現出元祐年間蘇門文人遊戲心態的反應。見成明明：《北宋館閣與文學研究》（北京：中國社會科學出版社，2007年12月），頁383～388。

〔註262〕《黃庭堅詩集注》內集第四卷，頁175～176。

術薰陶的環境中，彼此次韻唱和、作畫題詩，並且寫出關懷友人的
贈答詩作。整體來說，元祐館閣期呈現了黃庭堅豐富的人文生活和
雅興。

第四章　館閣期詩之創作特色

　　黃庭堅在館閣期的詩歌創作無論是內在風格或是外在形式，皆能體現他獨樹一幟的特點。本章將從內容和藝術形象方面，歸納出山谷詩作在館閣期間的特色。

第一節　內容意蘊

　　任職於京師的館閣期間，雖然黨爭的風暴潛藏於看似平靜的外表下，讓人無法完全忽略，但是山谷仍自得其樂，在眾多文人和好友的彼此薰陶中，共同賦詩品茗。在相互切磋文藝的環境下，山谷更是精心鍛鍊詩作的內容形式，在追尋作品的新穎奇特中，保有幽默詼諧的韻味，並且將俗典融入典雅詩歌，讓我們在奇崛風格中發現詩人的真趣情感。筆者將分成「詼諧幽默」、「化俗為雅」兩部分來探討。

一、調笑之作，胸次釋然

　　黃庭堅詩中詼諧的筆法和宋代的環境背景息息相關。宋詩為宋文化之反映，由於宋代初、中期經濟日趨繁榮、工商業發達，勾欄、瓦舍相繼出現，雜劇因而興起。宋代的雜劇承襲了唐代參軍戲的幽默滑稽，誠如黃庭堅所言：「作詩正如雜劇，初時布置，臨了須打諢，

方是出場。」〔註1〕顯示他注意到宋代戲劇和詩歌的相互貫通和昌盛，亦代表山谷以詩歌爲娛樂遊戲的觀點。再者，山谷自神宗元豐八年（1085）始召爲秘書郎直至哲宗元祐年間，在汴京度過了館閣生活，此期間文人們生活優裕，山谷與詩友們競逞詩藝、戲謔調侃，成爲忙錄公事之餘的一種樂趣。此外，造成山谷以調侃幽默的筆調，渲染出充滿妙趣的詩，也與北宋嚴峻的政壇有很大的關係。山谷在〈書王知載朐山雜詠後〉曾云：

> 詩者，人之情性也，非強諫爭於庭，怨忿詬於道，怒鄰罵座之爲也。其人忠信篤敬，抱道而居，與時乖逢，遇物悲喜，同床而不察，並世而不聞；情之所不能堪，因發於呻吟調笑之聲，胸次釋然，而聞者亦有所勸勉，比律呂而可歌，列干羽而可舞，是詩之美也。其發爲訕謗侵陵，引頸而承歌，披襟而受矢，以快一朝之忿者，人皆以爲詩之禍，是失詩之旨，非詩之禍也。〔註2〕

有鑑於蘇軾因詩作內容而遭致有心人士羅織罪名，導致「烏臺詩案」、新舊黨爭以及舊黨內部的相互傾軋和排擠，黃庭堅的館閣詩相較於前面時期的詩作，現實性減少許多，即使有牽扯到政治鬥爭面的問題，山谷亦以託物抒懷、戲謔幽默之方式隱約婉轉呈現。在此段文章裡，山谷認爲遇到「情之所不能堪」之事時，發於「呻吟調笑之聲」爲最好方法。詩歌的作用不應該是激烈的謾罵批評，而是遇到失意憤慨的事情，能夠透過道德的內省，委婉地透過詩作抒發情性、以樂觀幽默的方式傲睨於世，表現精神上的超越。山谷這種亦莊亦諧的寫作技巧，將自己對現實的失望和譏諷藏於詼諧的筆鋒下，達到妙趣橫生的效果。

　　山谷任職館閣期間的作品，以「戲」爲詩題的就多達有四十題五十八首，由此可知，無論是處在與友人贈答唱和的愉快時光，抑

〔註1〕見郭紹虞輯：《宋詩話輯佚》（台北：華正書局，1981年12月），頁14。
〔註2〕《黃庭堅全集》貳，頁666。

或是面對黨爭的紛擾不順，山谷多以調侃的筆調寫出幽默意境。這些在詩題上表明「戲」字，如「戲詠」、「戲詠」、「戲和」等詞語，即是有意為之的遊戲之作，充滿奇情諧趣，內容不同於一般傳統的抒情言志之作，多表現為幽默滑稽、插科打諢的調侃趣味。經筆者觀察，這些詩作所描述的主體不外乎是自己或是好友，所以在自嘲之餘亦調侃對方，更加顯得輕鬆幽默，別有一番意趣蘊含其中。筆者就題材而言將其分成下面幾類：

（一）爛漫情意

在這些遊戲的詩作中，無論是山谷的有意為之，抑或是以聊聊數筆即營造出打趣的情境，皆讓人眼睛一亮。他將自己真切的情意寓於詼諧幽默中，顯得親切有味。如〈戲答陳元輿〉一詩：

> 平生所聞陳汀州，蝗不入境年屢豐。東門拜書始識面，鬢髮幸未成老翁。官饔同盤厭腥膩，茶甌破睡秋堂空。自言不復蛾眉夢，枯淡頗與小人同。但憂迎笑花枝紅，夜窗冷雨打斜風。秋衣沉水換薰籠。銀屏宛轉復宛轉，意根難拔如薤本。〔註3〕

陳汀州為陳元輿，元祐二年時為主客郎中。詩人於開頭先寫陳元輿政績斐然，因此他所管轄的地方年年豐收。隨即在五六句描述陳元輿已厭倦了宴會賓客的大魚大肉，所以要喝杯濃茶去除肉的腥味，但又因此沒有了睡意而對坐秋夜的空堂。此句引領出下面的詩句，頗有嘲謔的意味，雖然陳元輿自言已不再有美人入夢的綺麗夢境，情欲枯淡得如同小孩兒，但是山谷在此作出反駁，「但憂」頗有畫龍點睛的意味，也展開調侃之戲筆，笑弄陳元輿：只怕回家時，迎向他的是笑靨迎人、花枝招展的美人以外，在「夜窗冷雨打斜風」的蕭瑟淒涼和窗裡濃情密意的綺麗之景亦形成反差，凸顯了山谷亦莊亦諧的巧妙筆法。末兩句寫道主人公在銀屏後面輾轉反側，山谷並且點出陳元輿情根深種且難以自持的澎湃心理！山谷一向予人詩風

〔註3〕《黃庭堅詩集注》內集第八卷，頁298。

的印象為奇拗枯澀，但是卻能寫出如此麗句，讓我們看見平時似乎嚴肅的論詩作文的山谷，潛藏著俏皮的一面。

　　山谷在館閣期間，常與親人好友互贈物品，並將此寫為詩作。既然為贈物，在詩中免不了對物品做詳盡的描述，寫下對物品的歌詠或讚嘆，在贈與物品和求索物品之間，也利用「物」牽起彼此的情感，表達出彼此深厚的情誼。但在〈戲答張祕監餉羊〉裡，卻看不見描述物品和交流情感的痕跡，引人發噱：

> 細肋柔毛〔註4〕飽臥沙，煩公遣騎送寒家。忍令無罪充庖宰，留與兒童駕小車。〔註5〕

古代的交通工具主要以馬拉車，耕田則為牛拉車，用羊拉車則讓人倍感新奇。《晉書》曾記載：「時帝多內寵，平吳之後復納孫皓宮人數千，自此掖庭殆將萬人。而並寵者甚，帝莫知所適，常乘羊車，恣其所之，至便宴寢。宮人乃取竹葉插戶，以鹽汁灑地，而引帝車。」〔註6〕晉代乃有以羊乘車，但必須是尊貴之人，一般人不可隨便乘坐羊車。本來張祕監贈送羊給黃庭堅，但是黃庭堅卻突發奇想，羊兒本身無罪卻要讓廚師宰殺，倒不如留給小孩做為娛樂的小羊車。詩中流露出來的是詩人對小羊的憐憫之情以及童心未泯，本來將要成為腹中食物的小羊，在詩人幽默的筆觸下，和孩童同樂，呈現歡娛的情景。在〈公擇用前韻嘲戲雙井〉和〈又戲為雙井解嘲〉裡，山谷雖然以戲嘲心態書寫，但在戲嘲外卻含有更深一層涵義，足以見他愛護家鄉雙井茶的心情：

> 萬仞峰前雙井塢，婆娑曾占早春來。如今摸索蒼龍璧，沉井銅缾漫學雷。〈公擇用前韻嘲戲雙井〉〔註7〕
>
> 山芽落磑風回雪，曾為尚書破睡來。勿以姬姜棄顦顇，逢

〔註4〕任淵注：「同州沙苑監有佳羊，俗謂之細肋臥沙。」

〔註5〕《黃庭堅詩集注》內集第十卷，頁361。

〔註6〕唐・房玄齡等撰：《晉書》卷三十一〈后妃列傳上・武悼楊皇后・胡貴嬪〉，收錄於新校本《二十五史》（台北：鼎文書局，1975年），頁962。

〔註7〕《黃庭堅詩集注》外集第十五卷，頁1301。

> 時瓦釜亦鳴雷。〈又戲爲雙井解嘲〉〔註8〕

山谷在〈謝公擇分賜茶三首〉曾云：「外家新賜蒼龍璧」，山谷的舅父李公擇曾獲朝廷賞賜北苑團茶，在以銅餅裝水煮茶並且欣賞那如雷般的聲音之時，別忘了滿山的雙井茶正等著採收。山谷在第二首詩裡，更是以戲謔的方式提醒李公擇別「有了新人忘舊人」，雙井茶在舊時的日子裡，曾讓你醒豁精神，雖然雙井茶之地位不比朝廷所賜貢茶高貴，但是應不忘曩時情分，珍惜家鄉特有的雙井茶。詩人以幽默之筆調，藉著「勿以姬姜棄顦顇」之典，輕輕帶出自己對雙井茶從一而終的感情，珍愛之情，溢於言表。

（二）調侃友人

　　黃庭堅在這些充滿謔浪游戲的作品中，最能博君一笑的即爲他常利用所言之事與詩中的主人公做巧妙的聯結和比喻，在〈戲答俞清老道人寒夜三首〉（其一）中，以特別的情境烘托出友人的形象：

> 索索葉自爾，月寒遙夜闌。馬嘶車鐸鳴，群動不遑安。有
> 人夢超俗，去髮脫儒冠。平明視清鏡，政爾良獨難。〔註9〕

詩人在詩的前面兩聯，藉著描寫景色進而帶出友人俞清老的心境。首聯之景爲月色清寒的夜晚中，葉子沙沙飄落，襯托出友人內心的孤寂；頷聯呈現的是一個動態的景象，和首聯爲明顯之對比，絡繹不絕的馬嘶聲和車鈴聲顯現熱鬧之景，卻也在「不遑安」三字中點出友人心裡浮躁不安的狀態。詩人在此筆鋒一轉，從景色跳躍至主人公，說明俞清老曾在夜裡夢見自己超凡脫俗，於是剃光了頭髮，但是其實心境尚未超俗，依然留戀塵世。「夢」只是夢，尚未實現。山谷以寥寥數語，深刻刻劃出好友的形象和心境，從「馬嘶車鐸鳴」至「政爾良獨難」可看出詩人的幽默詼諧，《王直方詩話》曾引一段山谷說法：

> 金華俞清老，字子中。二十年前，與余共學於淮南。元豐
> 甲子相見於廣陵，自云荊公欲使之脫逢掖，著僧伽黎，奉

〔註8〕《黃庭堅詩集注》外集第十五卷，頁1301。
〔註9〕《黃庭堅詩集注》內集第十卷，頁368。

> 香火於半山寺。予之僧名紫琳，字清老，無妻子之累云，
> 去作半山道人，似不爲難事。然生龜脫筒，亦難堪忍。後
> 數年，見之，儒冠自若也。〔註10〕

由此段可知，俞清老入山不久，便思念俗世，因此蓄長髮且戴上讀書人的帽子，跑下山去。山谷和俞清老畢竟爲相交的好友，所以明瞭俞清老躁動不安的情緒其實是尚未忘懷世俗，因此寫下此詩，整首詩謔而不虐，因此蘇軾「屢哦此詩，以爲妙。」〔註11〕

在〈常父答詩有煎點徑須煩綠珠之句復次韻戲答〉這首詩裡，原本是山谷贈送雙井茶給孔常父，孔常父答詩，之後山谷又回詩相贈，整首詩充滿有趣的基調，詩人以調笑的方式消遣友人，亦可看出兩人的深厚交情：

> 小鬟雖醜巧粧梳，掃地如鏡能檢書。欲買娉婷供煮茗，我
> 無一斛明月珠。知公家亦闕掃除，但有文君對相如。政當
> 爲公乞如願，用賤遠寄宮亭湖。〔註12〕

山谷先言雖然家中的婢女相貌不佳，但是懂得梳妝打扮，不但能將地板掃得如明鏡一般晶亮，亦能翻檢書冊，但是假使想要買個貌如天仙像綠珠般的侍女來煮茶侍奉，山谷卻買不起，此聯山谷先自嘲，接著話鋒一轉，開始調侃孔武仲。山谷說知道孔武仲家缺了一個侍女，只有他兩老夫老妻生活在一起，因此山谷說要到宮亭湖爲他乞求神明以如願以償。全詩不見緊張的氣氛，反倒是在山谷自嘲和戲謔友人之間諧趣橫生，令人玩味。

在〈以梅饋晁深道戲贈二首〉詩裡，黃庭堅一面戲嘲梅子之酸味，一面藉此誇讚晁深道的學識：

> 帶葉連枝摘未殘，依稀茶塢竹籬間。相如病渴應須此，莫
> 與文君蹙遠山。（其一）〔註13〕

〔註10〕見《王直方詩話》，引《宋詩話輯佚》，頁 62～63。
〔註11〕見《王直方詩話》，引《宋詩話輯佚》，頁 63。
〔註12〕《黃庭堅詩集注》內集第六卷，頁 224～225。
〔註13〕《黃庭堅詩集注》內集第十一卷，頁 390。

　　渴夢吞江起解顏，詩成有味齒牙間。前身鄴下劉公幹，今
　　日江南庾子山。(其二)〔註14〕

山谷贈消梅給晁深道，不直接言消梅之酸，而是以詼諧的手法委婉道
出。他說司馬相如因為常感口渴，因此需要望梅止渴，但卓文君愛吃
醋，若吃了消梅，恐怕更是酸意氾濫，山谷以此消遣老朋友。在說明
消梅很酸的同時，山谷也不忘以生津止渴的消梅比喻晁深道的詩文詩
成有味，可堪比劉公幹和庾子山。雖然梅子之酸讓人皺眉，但是在山
谷詼諧的語句下，收到此信的人想必能忘卻梅之酸而會心一笑！館閣
期間，除了蘇軾之外，山谷與張耒、晁補之、秦觀和陳師道交情甚篤，
不僅常賦詩唱和，亦游戲調笑，增加生活的樂趣。宋‧阮閱《詩話總
龜》前集曾記載：

　　張文潛(張耒)在一時中人物最為魁偉，故陳無己(陳師
　　道)有詩云：「張侯魁然腹如鼓，雷為飢聲酒為雨。」又云：
　　「詩人要瘦君則肥。」山谷云：「六月火雲蒸肉山。」又云：
　　「雖肥如瓠壺。」而文潛臥病，秦少游又和其詩云：「平時
　　帶十圍，頗腹減臂環。」皆戲語也。〔註15〕

因為文潛深體肥碩，所以他的朋友們常打趣的以此開玩笑，甚至用誇
張的比喻達到效果。在〈戲和文潛謝穆父松扇〉裡，山谷云「張侯哦
詩松韻寒，六月火雲蒸肉山。」以張耒之詩比喻松風之韻，卻又趁機
調侃好友，表明他的身材肥胖如肉山之蒸。如此消遣之言，必須對於
交情很好的朋友才敢直言不諱，但是山谷亦有拿捏分寸，語句戲謔不
流於刻薄，詼諧又不失含蓄。《詩話總龜》言「皆戲語也」，朋友偶爾
的相互消遣調侃，若能增進彼此的情感，不失為交流的好方法。

　　宋‧呂本中《童蒙詩訓》曾云：「作詩如作雜劇，打猛諢入，打
猛諢出。」〔註16〕張高評於《宋詩之新變與代雄》曾言：

〔註14〕《黃庭堅詩集注》內集第十一卷，頁391。
〔註15〕宋‧阮閱：《詩話總龜》卷四十一(台北：廣文書局，1973年9月)，
　　　　頁804～805。
〔註16〕《宋詩話輯佚》附錄，頁590。

雜劇表演，「臨了打諢」，不僅要切題可笑，而且須退思有
味；影響蘇黃詩，則是作詩通於打諢，以真實相出遊戲法，
故詩風多「戲言而近莊，反言以顯正」，以詩爲正，大多類
比。〔註17〕

詩作若是以嬉笑怒罵的方式譏刺當局，失之淺露，可能遭致不必要的
災禍；若是能寓莊於諧，含蓄蘊藉，不僅溫柔敦厚，亦能博君一笑。
任職館閣期間的山谷，能以謔而不虐的幽默之語，抒發個人情性，亦
增進朋友間的歡樂氣氛，達到詼諧之奇的審美趣味。

二、化俗爲雅

　　宋人善於將通俗之物融會典雅，創作成詩〔註18〕，詩人們提出
「以俗爲雅」的口號，將雅與俗的關係進行新的審視。〔註19〕黃庭堅
曾言：

蓋以俗爲雅，以故爲新，百戰百勝，如孫吳之兵，棘端可
以破鏃，如甘蠅飛衛之射，此詩人之奇也。〔註20〕

莫礪鋒曾言：「『以俗』爲手段，『爲雅』爲目的，即通過詩人的藝術
構思使『俗』昇華爲『雅』〔註21〕」；黃寶華認爲黃庭堅的以俗爲雅，
其實爲描寫表面無異於俗人、實際又超脫凡俗的人物及思想情趣，並
用樸拙、俚俗的語言抒發，使雅在俗中。〔註22〕張高評認爲題材和詩

〔註17〕見張高評：《宋詩之新變與代雄》柒、〈雜劇藝術對宋詩之啓示〉，頁
　　　　404。
〔註18〕張高評提出：盛唐詩歌以達到登峰造極的境界，規範模式漸成創作
　　　　之枷鎖。爲突破困境，中唐至宋初的詩歌風格遂向通俗化轉變，審
　　　　美情趣趨向於「化俗爲雅」，宋代詩人乃因勢利導，爲達成詩歌之「復
　　　　雅崇格」而努力。參見張高評：《宋詩之新變與代雄》陸、〈化俗爲
　　　　雅與宋詩特色〉，頁303。
〔註19〕莫礪鋒：〈論宋詩的「以俗爲雅」及其背景〉，收入《國際宋代文化
　　　　研討會論文集》（四川：四川大學出版社，1991年10月），頁345～
　　　　359。
〔註20〕《黃庭堅詩集注》内集第十二卷〈再次韻（楊明叔）并引〉，頁441。
〔註21〕見莫礪鋒：〈論宋詩的「以俗爲雅」及期文化背景〉，頁346。
〔註22〕見黃寶華：《黃庭堅選集》，頁21～24。

歌語言的轉化皆爲化俗爲雅的途徑之一。〔註23〕「俗」指的是淺俗且平易之風格，「雅」則富有雅正、莊重之氣，山谷在館閣期間，將俗氣之物和語言，融入典雅的詩歌，展現「化俗爲雅」的技巧。以下分就從題材和內容論述之：

（一）平凡瑣碎之題材

宋人由於審美意識的轉化，不同於唐詩的豐富情韻且廣泛反映社會生活，在題材和內容上突破唐詩原有的格局，已擴大到「寫時事、發議論、描寫日常生活瑣事上，題材範圍之廣博，幾乎可與古體詩相提並論。」〔註24〕張高評在〈化俗爲雅與宋詩特色〉一文中曾提及：

> 宋代以前的詩人，包括李白、杜甫，對於周邊平凡而瑣碎的題材，往往不肯取、不屑取；中唐以後，白居易、元稹、羅隱、皮日休、杜荀鶴、聶夷中等人開始以食衣住行入詩，開啓宋詩此風氣。但宋人作詩，刻意擴大題材，落實於民生日用，連平淡無奇的生活情景，唐人不屑一顧的生活角落，也都捕捉入詩，經營得很有情趣，設計得十分巧妙，表現得非常細膩生動。〔註25〕

由上段敘述可知，從前被詩人忽略或視而不見的日常瑣物，宋人卻大量、積極地作爲詩的題材。〔註26〕宋人對於生活週遭的事物觀察入

〔註23〕張高評在〈化俗爲雅與宋詩特色〉一文曾提到，宋詩化俗爲雅的轉化歷程有三種，一是體類的轉化，二是題材的轉化，三爲語言的轉化。見張高評：《宋詩之新變與代雄》，頁308～327。

〔註24〕見張高評：《宋詩之新變與代雄》陸、〈化俗爲雅與宋詩特色〉，第二節「宋詩『化俗爲雅』的轉化歷程」，二、「題材的轉化」，（台北：洪葉文化事業股份有限公司，1995年1月），頁322。

〔註25〕見張高評：《宋詩之新變與代雄》（台北：洪葉文化事業股份有限公司，1995年1月），陸、〈化俗爲雅與宋詩特色〉，第二節「宋詩『化俗爲雅』的轉化歷程」，二、「題材的轉化」，頁317～318。

〔註26〕見（日）吉川幸次郎：《宋詩概說》（台北：聯經出版社，1978年4月），頁18。莫礪鋒在〈論宋詩的「以俗爲雅」及期文化背景〉提到：蘇軾和黃庭堅從而最大程度地使平凡、瑣屑的日常生活上升入詩的境界，在他們詩集中，數量最多的有兩大類——第一類爲題詠亭臺樓閣、書畫、紙墨筆硯乃至茶酒等物的詩，第二類爲贈別唱酬、紀

微，舉凡花鳥蟲魚、飲酒品茗、琴棋書畫、筆墨紙硯等皆能隨意入詩，他們揚棄實用的價值，能欣賞物品的藝術美，即使對於平凡鄙俗的材料，亦能賦予雅緻的詩味。

　　館閣元祐年間，黃庭堅雖然仕途平順，和朋友們公餘之暇常一起詩歌唱酬、遊賞宴集，但在看似風平浪靜的外表下，其實政治風雲變幻、黨爭激烈，因為詩句文字而遭致罪名的文人所在多有，造成文人們噤若寒蟬，更使得詩歌創作遠離政治，轉而向日常生活中的瑣碎事物發展。黃庭堅在早期的詩歌較爲注重反映時事政治、民生疾苦﹝註27﹞，但在館閣期間，所有的生活細節被涵納至詩人筆下，尤其是士大夫標榜風雅的琴、棋、書、畫、茶、酒等，更是備受青睞，聽琴、下棋、品茶飲酒、酬唱和答，都再三地成爲黃庭堅詩中的題材。﹝註28﹞

　　在刻意想要遠離社會政治的想法中，黃庭堅卻能在日常生活裡挖掘到美的存在，跳脫大家認爲只有實用功能的框架，讓美感與現實輝映，進而挖掘寓於物品中的文化意味，不僅增添生活的審美情趣，也反映了山谷的獨特品味。任職館閣期間，山谷將寫作的題材加以擴展，從平日所飲之茶，以及筆、墨、紙、硯、書畫、器用雜物，乃至於蠟梅、牡丹、消梅等花卉食物，在這些看似最平凡的題材中，蘊含的是山谷豐富的精神情感、對平凡生活的熱愛，以及和親朋好友的深刻情誼。

　　首先，黃庭堅數量最爲多的乃是詠茶詩。飲茶的風氣在宋代蔚爲流行，已經成爲普遍的文化現象，文人不單是品茶，還講究茶的外貌、煮法、水質、飲法，品茶成爲宋代文人精神風貌的一種象徵。如黃庭

　　行紀遊之詩，敘事的角度更趨向世俗化。見莫礪鋒：〈論宋詩的「以俗爲雅」及期文化背景〉，頁 349～351。

﹝註27﹞見莫礪鋒：〈論黃庭堅詩歌創作的三個階段〉，《文學遺產》（1995 年第 1 期），頁 71。

﹝註28﹞參見劉靖淵：〈描摹個體人生的畫卷──論山谷詩的題材取向〉，《長沙水電師院社會科學學報》（1995 年第 1 期），頁 77。

堅〈謝送碾壑源揀芽〉：

> 矞雲從龍小蒼璧，元豐至今人未識。壑源包貢第一春，緗
> 奩碾香供玉食。睿思殿東金井欄，甘露薦椀天開顏。橋山
> 事嚴庀百局，補袞諸公省中宿。中人傳賜夜未央，雨露恩
> 光照宮燭。右丞似是李元禮，好事風流有涇渭。肯憐天祿
> 校書郎，親敕家庭遣分似。春風飽識太官羊，不慣腐儒湯
> 餅腸。搜攬十年燈火讀，令我胸中書傳香。已戒應門老馬
> 走，客來問字莫載酒。〔註29〕

此詩作於哲宗元豐八年，山谷當時擔任秘書省校書郎。由「肯憐天祿
校書郎，親敕家庭遣分似」可知李元禮將受賜的密雲龍分贈山谷。全
詩在寫賜茶、送茶之際，不忘提到「搜攬十年燈火讀，令我胸中書傳
香。」將飲茶提升至精神文化的層面，呈現出文人的閒情雅致。此外，
山谷對於茶的性狀、烹煮過程和盛裝器皿，均在多首詩篇中有所描
述。例如在茶的形狀、顏色方面，有「落磑霏霏雪不如」、「山芽落磑
風回雪」、「赤銅茗椀雨斑斑，銀粟翻光解破顏」、「乳花翻椀正眉開」
等〔註30〕；寫煮茶時聽湯、候湯的過程，如「思公煮茗共湯鼎，蚯蚓
竅生魚眼珠」、「不嫌水厄幸來辱，寒泉湯鼎聽松風」、「逢時瓦釜亦鳴
雷」等〔註31〕；寫日用的煎茶器皿，予人人文意象之感，如「茗椀對
爐薰」、「急呼烹鼎供茗事」、「風爐煮餅臥西湖」。〔註32〕由上述可知，
山谷對於茶的觀察入微，從茶的外形、烹煮的過程到放置茶葉的器
皿，皆可入詩，揮灑得淋漓盡致。

〔註29〕《黃庭堅詩集注》內集第二卷，頁96～98。

〔註30〕詩句分別見〈雙井茶送子瞻〉，《內集注》第六卷；〈又戲爲雙井解嘲〉，
《外集注》第十五卷；〈以小團龍及半挺贈無咎并詩用前韻爲戲〉，《內
集注》第二卷；〈今歲官茶極妙，而難爲賞音者，戲作兩詩用前韻〉，
《外集注》第十五卷。

〔註31〕詩句分別見〈省中烹茶懷子瞻用前韻〉，《內集注》第六卷；〈答黃晃
仲索煎茶雙井并簡揚休〉，《內集注》第八卷；〈又戲爲雙井解嘲〉，《外
集注》第十五卷。

〔註32〕詩句分別見〈奉和文潛贈無咎篇末多以見及以既見君子云胡不喜爲
韻〉（其三），《內集注》第四卷；〈謝黃從善司業寄惠山泉〉《內集注》
第六卷；〈答黃晃仲索煎雙井茶并簡揚休〉《內集注》第八卷。

　　在文具用品方面，有來自域外的猩猩毛筆，如〈和答錢穆父詠猩猩毛筆〉、〈戲詠猩猩毛筆〉共三首詩。猩猩毛筆爲山谷的朋友錢勰奉使高麗所帶回來的名筆，山谷以無關的典故描述猩猩毛筆，點化新意，並且寄一己之人生觀，體現詩人的主體精神。此外還有劉景文以名家蘇浩然所製的廷珪墨贈送給山谷，此墨光澤如漆，令山谷愛不釋手，因此有〈謝景文惠浩然所作廷珪墨〉一詩；〈次韻王炳之惠玉版紙〉裡溫潤的紙張、〈劉晦叔許洮河綠石研〉中色澤秀潤如玉的硯臺以及〈六舅以詩來覓銅犀〔註33〕，用長句持送舅氏，學古之餘，復味禪悅，顧篇末及之〉裡堅硬剛毅的銅犀。對於文具的賞玩，展現詩人鍾情翰墨的文雅情懷。山谷亦將日用品入詩，如〈謝王炳之惠石香鼎〉、〈以天壇靈壽杖送莘老〉、〈聽宋宗儒齋阮歌〉、〈謝曹子方惠物二首〉等，從石香鼎、拄杖、琴，到茶瓶、博山爐等，山谷所寫詩作均與日常生活緊密結合，從平凡事物發掘特點，展現了山谷獨特的審美觀和濃厚的人文素養。

　　胡曉明在〈尚意與宋代人文精神〉一文曾經指出：

> 如果說，魏晉人多以山川自然之美爲樂事，唐人多以現實
> 人世悲歡爲關注對象（如嚴滄浪云「唐人好詩皆在遷謫、
> 旅途」），而宋人則多以豐富的人文世界爲精神生活之受
> 用。宋詩中，人文意象如讀書、讀畫、聽琴、玩碑、弄帖、
> 訪舊、弔古等遠遠大於自然意象與事功意向如看月、聽雨、
> 賞花、弄水、騎馬、飲酒等。在宋人眼中，自然意象亦因
> 接受圖式之異而轉化爲人文意象。〔註34〕

由此可知，不同於唐人，宋人多以人文世界中的事物入詩。山谷除了食物茶茗、筆墨紙硯、器用雜物等之外，也擅長從平凡的花卉植物中作審美體驗，捕捉其人文意象，進而呈現自己的主觀感受或人生哲

〔註33〕「銅犀」爲銅製的犀形鎮紙，由此詩之首句「海牛壓紙寫銀鉤」可得知。

〔註34〕見胡曉明：《中國詩學之精神》（江西：新華書店，1990 年 5 月第一版），頁 170～179。此篇亦收錄於張高評：《宋詩綜論叢編》（高雄：麗文文化事業股份有限公司，1993 年 10 月），頁 359～387。

理。例如：

> 體薰山麝臍，色染薔薇露。披拂不滿襟，時有暗香度。〈戲
> 詠蠟梅二首〉（其二）〔註35〕

> 天公戲剪百花房，奪進人工更有香。埋玉地中成故物，折
> 枝鏡裏憶新粧。〈蠟梅〉〔註36〕

> 舍人梅塢無關鎖，攜酒俗人來未曾。舊時愛菊陶彭澤，今
> 作梅花樹下僧。〈出禮部試院，王才元惠梅花三種皆妙絕，
> 戲答三首〉（其二）〔註37〕

山谷在描寫蠟梅時，著重於蠟梅的淡淡香氣，他對蠟梅綽約淡雅的風
姿情有獨鍾。第三首詩在描寫梅花時，脫離一般人從梅花冰清玉潔的
形象作描述，山谷改由另一角度敘寫梅花。山谷在神宗元豐七年
（1084）時，作〈發願文〉，戒掉酒與肉食，此詩作於哲宗元祐三年
（1088），假使是曩昔，他會像愛菊的陶淵明〔註38〕一樣，在梅樹下
酌酒暢飲，但是此時他彷彿是戒律甚嚴的僧人，能夠欣賞清逸脫俗的
梅花即可。此處詩人似乎也藉此讚賞梅花空靈淡泊、孤高自守的品
格。在描摹國色天香的牡丹時，山谷不同於唐人著重於牡丹濃豔的形
貌，他寫的是牡丹是他創作的靈感和動力：

> 正是風光嬾困時，姚黃開晚落應遲。欲雕好句乞春色，日
> 曆如山不到詩。〈乞姚花二首〉（其一）〔註39〕

> 九疑山中萼綠華，黃雲承韈到羊家。真荃蟲蝕詩句斷，猶
> 託餘情開此花。〈效王仲至少監詠姚花用其韻四首〉（其二）
>
> 〔註40〕

山谷在詩裡沒有歌詠牡丹的嬌貴，卻將其和詩歌創作聯想在一起，彷

〔註35〕《黃庭堅詩集注》內集第五卷，頁202。
〔註36〕《黃庭堅詩集注》內集第五卷，頁203。
〔註37〕《黃庭堅詩集注》內集第九卷，頁328。
〔註38〕陶淵明的〈飲酒詩〉（其七）即表現對菊飲酒的悠然自得之情懷：「秋
菊有佳色，裛露掇其英。汎此忘憂物，遠我遺世情。一觴雖獨進，
杯盡壺自傾。日入群動息，歸鳥趨林鳴。嘯傲東軒下，聊復得此生。」
〔註39〕《黃庭堅詩集注》內集第九卷，頁330。
〔註40〕《黃庭堅詩集注》內集第九卷，頁331～332。

佛牡丹的盛開與否與一己之作詩息息相關，賦予牡丹獨特的人文意
義。

　　無論是自然或是人文之物，黃庭堅皆能將日常生活中的細瑣之俗
物入詩，不僅體現了詩人細緻的觀察力和獨特的審美視角，也反映其
深厚的人文素養和對於雅致生活的追求。

（二）以文入詩，疏密相間

　　「以俗爲雅」的特色，除了題材上含括生活的瑣碎事物外，亦展
現於黃庭堅使用的詩歌語言上。張高評曾言：

> 蘇黃以前，詩中使用成語典故，大抵限於經史材料，或詩
> 文中的字句，偶然用到小說，也局限在如《漢武帝故事》、
> 《西京雜記》等較雅正的野史上。到了蘇軾作詩，語言取
> 材不僅擴大到方言鄉語，以至嬉笑怒罵、里媼灶婦的常談；
> 而且自經史四庫，旁及山經、地志、釋典、道藏，以至於
> 稗官野史，皆以入詩。黃山谷則教人作詩，運使《史記》、
> 《漢書》、《世說》中語，以文入詩，疏密相間，謂如此則
> 有氣骨。〔註41〕

由上述可知，以俗爲雅的詩歌語言，即是在詩歌裡引用前人詩歌、經
史諸子以外的典故，例如在館閣期的詩歌裡，常看見黃庭堅大量地將
志人志怪、傳奇異聞、釋典、甚至古樂府等屬於「俗」範疇之書面語
言化用於詩歌裡，增加其親切性。〔註42〕

　　在〈戲答晁深道乞消梅二首〉（其一）中：

> 北客未嘗眉自顰，南人誇說齒生津。磨錢和蜜誰能許，去

〔註41〕見張高評：《宋詩之新變與代雄》陸、〈化俗爲雅與宋詩特色〉，第二
　　　　節「宋詩『化俗爲雅』的轉化歷程」，三、「語言的轉化」，（台北：
　　　　洪葉文化事業股份有限公司，1995年1月），頁324～327。
〔註42〕莫礪鋒認爲：從蘇、黃開始，詩人用典不再有什麼約束，無論是經
　　　　史子集還是佛經道藏、稗官小說，都成了典故的淵藪。宋人這種做
　　　　法，實際是把口頭語言和書面語言中那些被前代詩人所忽略或摒棄
　　　　的部分引入詩歌。見莫礪鋒：〈論宋詩的「以俗爲雅」及期文化背景〉，
　　　　頁347～348。

蒂供鹽亦可人。〔註43〕

此詩主題爲梅子，又講到「齒生津」，乃是用《世說新語・假譎》之故事：

> 魏武行役，失汲道，軍皆渴，乃令曰：「前有大梅林，饒子，甘酸可以解渴。」士卒聞之，口皆出水，乘此得及前源。〔註44〕

山谷引「望梅止渴」之故事，實則在說明消梅有生津解渴的功效。此外在〈謝公擇分賜茶三首〉（其二）中，山谷亦引《世說新語》之典：

> 文書滿案惟生睡，夢裏鳴鳩喚雨來。乞與降魔大圓鏡，真成破柱作驚雷。〔註45〕

「破柱驚雷」出於《世說新語・雅量》：

> 夏侯太初嘗倚柱作書，時大雨，霹靂破所倚柱，衣服燋然，神色無雙，書亦如故，賓客左右，皆跌蕩不得住。〔註46〕

山谷在此引用「破柱驚雷」之語，重點並非擺在夏侯太初的神色鎮定，而是要藉此說明在昏昏欲睡且被文書纏身之際，烹煮茶茗的聲音有如驚雷破柱般，讓人豁然驚醒、精神振奮。除了志人小說外，亦可看見山谷化用談述鬼神的志怪小說和異聞神話，或是將志怪小說和唐傳奇併用。〈戲書秦少游壁〉一詩裡，山谷寄言眾禽鳥以爲戲，詩中的各鳥類皆有暗喻之人，以此調侃少游：

> 丁令威，化作遼東白鶴歸。朱顏未改故人非。微服過宋風退飛，宋父擁篲待來歸。誰饋百牢鸛鴠妃。秦氏烏生八九子，雅烏之兄畢逋尾。憶炊門牡烹伏雌，未肯增巢令女棲。莫愁野雉疏家雞，但願主人印纍纍。〔註47〕

首句「丁令威，化作遼東白鶴歸」語出《搜神後記》：

〔註43〕《黃庭堅詩集注》內集第十一卷，頁389～390。
〔註44〕南朝宋・劉義慶，徐震堮著：《世說新語校箋》（北京：中華書局，1984年2月），頁454。
〔註45〕《黃庭堅詩集注》內集第三卷，頁124～125。
〔註46〕見《世說新語校箋》，頁195。
〔註47〕《黃庭堅詩集注》內集第十一卷，頁396～397。

> 丁令威，本遼東人，學道於靈虛山，後化鶴歸遼，集城門
> 華表柱。時有少年舉弓欲射之。鶴乃飛，徘徊空中而言曰：
> 「有鶴有鳥丁令威，去家千年今來歸，城郭猶是人民非，
> 何不學仙家纍纍。」〔註48〕

此故事乃是說明久別故鄉重歸，但是人事滄桑已全非的慨嘆。山谷借
用此故事，並非著重在少游思念故土、人事變遷之意，而是說明少游
過南京，南京主翁對待少游不薄，想要讓自家中的女子跟隨少游回家
作小妾，但是少游的妻子「未肯增巢令女棲」，不肯容納小妾的存在，
恐少游以新間舊。山谷因此嘲謔少游「異時富貴，雖有姬妾何傷？」
即使有三妻四妾對秦少游又有和損傷？只是怕自家妻子怨懟不肯接
受罷了！詩人在化用「遼東白鶴」之典時，亦突顯了言下戲謔之意，
令人莞爾。〈戲答定國題門兩絕句〉（其二）一詩：「頗知歌舞無窮鑿，
我心塊然如帝江。」〔註49〕用到《山海經》之帝江鳥典故：

> 天山有神焉，狀如黃囊，赤如丹火，六足四翼，混沌無面
> 目，是識歌舞，實惟帝江。〔註50〕

帝江為天山的神鳥，牠無目不見美醜，無耳不辨識非，無鼻不聞惡臭，
無口不食人間煙火，雖沒有五官七孔，但是仍自在安然，並且熟諳歌
舞。〈睡鴨〉裡，山谷連續化用了兩個魏晉小說：

> 山雞照影空自愛，孤鸞舞鏡不成雙。天下真成長會合，兩
> 鳧相倚睡秋江。〔註51〕

「山雞」和「孤鸞」分別語出《博物志》和《異苑》：

> 山雞有美毛，自愛其色，終日映水，目眩則溺死。(《博物志》)
> 〔註52〕

> 罽賓國王買得一鸞，欲其鳴，不可致。飾金繁，饗珍饈，

〔註48〕收錄於李劍國：《唐前志怪小說輯釋》（台北：文史哲出版社，1987
　　　　年7月），頁410。
〔註49〕《黃庭堅詩集注》內集第十卷，頁362。
〔註50〕晉‧郭璞，清‧郝懿行箋疏：《山海經》（台北：漢京文化事業有限
　　　　公司，1983年1月），頁84～85。
〔註51〕《黃庭堅詩集注》內集第七卷，頁270。
〔註52〕晉‧張華《博物志》卷二，（中華書局校勘）

對之愈戚，三年不鳴。夫人曰：「嘗聞鸞見其類則鳴，何不
懸鏡照之。」王從之。鸞睹影悲鳴，沖霄一奮而絕。(《異苑》)

〔註53〕

山雞愛憐自己五彩繽紛的羽毛，終日在湖水前顧影自憐，但是卻不小
心跌到水裡而溺死。孤鸞見鏡，睹其影以為是另外一半，因而悲鳴而
舞。詩人借用山雞溺水而死，反襯睡鴨在秋江上優游自在地相互欣
賞；以孤鸞舞鏡對照睡鴨你儂我儂的和樂情感。山谷博識學廣，對於
唐傳奇亦能嫻熟的化用於詩裡，見〈次韻子瞻贈王定國〉：

遠志作小草，蛙衣生陵屯。但為居移氣，其實何足言。名
下難為久，醜好隨手翻。百年炊未熟，一垤蟻追奔。……

〔註54〕

「百年炊未熟，一垤蟻追奔」出自於唐傳奇的〈枕中記〉和〈南柯太
守傳〉，《異聞集》裡記載：

道者呂翁，經邯鄲道上邸舍中。有少年盧生，自歎其貧困。
言訖思寐。時主人方炊黃粱為饌，翁乃探懷中枕，以授生。
枕兩端有竅。生夢中自竅入其家，見其身富貴五十年，老
病而卒。盧生欠伸而悟，顧呂翁在傍，主人炊黃粱尚未熟。

〔註55〕(〈枕中記〉)

棼疾，夢見二使者，扶生入宅南古槐穴中。前行數十里，
有大城，門樓題曰「大槐安國」。其王以女瑤芳妻生，使為
南柯郡守。在郡二十年，有檀蘿國來伐，王命生征之，敗
績。生妻病死。王謂生：「可蹔歸。」生上車行，俄出一穴，
見本里閭巷，入其門，見己身臥堂廡下，發悟如初。夢中
倏忽若度一世矣。遂呼二客，尋古槐下穴。見大穴，洞然
明朗，有積土壤，以為城郭臺殿之狀。有蟻數斛，隱聚其

〔註53〕劉宋・劉敬叔：《異苑》卷3，收錄於《筆記小說大觀》(台北：新興
出版社，1975年)，頁15。

〔註54〕《黃庭堅詩集注》內集第三卷，頁130～132。

〔註55〕見宋・任淵注：《黃庭堅詩集注》內集第一卷，頁55。沈既濟的〈枕
中記〉收入宋・李昉：《太平廣記》卷82〈呂翁〉(台北：石新書局，
1977年10月)，頁164。

中。中有小臺，二大蟻處之，即槐安國都邑也。又窮一穴，
直上南枝，亦有土城小樓，即南柯郡也。宅東一里，澗側
有大檀樹，藤蘿擁織，旁有蟻穴，檀蘿之國，豈非此邪！（《南
柯太守傳》）〔註56〕

山谷引「黃粱一夢」和「南柯一夢」之典，藉此說明王定國即使遭遇
貶謫，仍能安然自得，人世間處心積慮所追求的榮華富貴到最後只不
過是一場空。此外，山谷詩亦將魏晉小說和唐傳奇並用，達到相得益
彰的效果，如〈記夢〉：

眾真絕妙擁靈君，曉然夢之非紛紜。窗中遠山是眉黛，席
上榴花皆舞裙。借問琵琶得聞否，靈君色莊妓搖手。兩客
爭棋爛斧柯，一兒壞局君不呵。杏梁歸燕語空多，奈此雲
窗霧閣何。〔註57〕

此詩所寫為山谷記載在夢中遇見美若天仙的仙女一事，欲與仙女言，
無奈煙霧繚繞因此作罷。〔註58〕「靈君色莊妓搖手」借用了〈虯髯客
傳〉，「兩客爭旗爛斧柯」則是引用《述異記》中神仙傳奇故事：

李靖謁國公楊素，有妓執紅拂立於前，是夕，妓遂奔靖。
靖將歸太原，行次靈石旅舍。妓方理髮，髮長委地。有虯
髯客成驢而來，投革囊於前，取枕欹臥，看妓理髮。靖方
刷馬，怒甚，未決。妓熟觀其面，一手握髮，一手映身搖

<hr>

〔註56〕見《太平廣記》卷475〈淳于棼〉，頁1010～1011。

〔註57〕《黃庭堅詩集注》內集第十一卷，頁386～388。

〔註58〕關於此詩，在宋代有兩種不同說法。一則為山谷外甥洪芻在《洪駒
父詩話》云：「余嘗問山谷。云：『嘗從一貫宗室攜妓遊僧寺，酒闌，
諸妓皆散入僧房中，主人不怪也。』故有『曉然夢之非紛紜』之句。」
二則為惠洪於《冷齋夜話》記載：「黃魯直元祐中畫蒲池寺，時新秋
雨過涼甚，夢與一道士褰衣升空而去，望見雲濤際天，夢中問道士：
『無舟不可濟，且公安之？』道士曰：『與公遊蓬萊。』即襪而履水。
魯直意欲無行，道士強要之。俄覺大風吹鬢，毛骨為戰慄。道士曰：
『且斂目。』唯聞足底聲如萬壑松風，有狗吠。開目不見道士，唯
見宮殿張開，千門萬戶。魯直徐入，有兩玉人導升殿，主者降接之。
見仙官執玉塵尾，仙女擁侍之。中有一女，方整琵琶。魯直極愛其
風韻，顧之，忘揖主者。主者色莊。」

示靖，令勿怒。急梳頭，拜客，以兄呼之。〔註59〕

信安郡石室山，晉時樵者王質伐木至。見童子數人棋而歌，質因聽之。童子以一物於質，如棗核，質含之不覺饑。俄頃，童子謂曰：「何不去？」質起視，斧柯爛盡，既歸，無復時人。〔註60〕

在有著絕妙姿容的眾仙女中，山谷對於一個懷抱琵琶的女子特別傾心，他希望能聽到此女子的演奏，在詢問的同時，靈君的態度是莊重嚴肅的，而懷抱琵琶的這位女子在一旁輕輕的搖手，沒有給予明確的答案，詩人在此借用紅拂女向李靖擺手請其勿生氣之手勢，來說明仙女的動作；而後，場景又轉換成爭弈的畫面，詩人引用《述異記》裡「爛柯」一事，似乎暗喻著這是一個幽微縹緲的虛幻仙境，留給旁人一個想像的空間。

　　禪宗佛教影響山谷甚深，山谷化用釋典於詩歌中，運用貼切自然，不僅讓人有著新奇的審美觀照，也能達到化俗為雅的效果。如〈六月十七日晝寢〉：

紅塵席帽烏靴裏，想見滄洲白鳥雙。馬齕枯萁諠午枕，夢成風雨浪翻江。〔註61〕

其中的「馬齕枯萁諠午枕，夢成風雨浪翻江。」化用《楞嚴經》卷四之涵義：

如重睡人，眠熟床枕。其家有人，於彼睡時，搗練舂米。其人夢中，聞搗舂聲，別作他物，或為擊鼓，或為撞鐘。即於夢時，自怪其鐘，為木石響。〔註62〕

馬兒在咀嚼豆萁，詩人在睡夢中時，咀嚼聲化成了席捲巨浪的風雨。最後一句呼應了詩中「想見滄洲白鳥雙」，亦暗喻著山谷「日有所思，

〔註59〕《太平廣記》卷193〈蚪髯客〉，頁394。

〔註60〕梁‧任昉：《述異記》，收錄於《百子全書》（台北：古今文化出版社，1963年），頁10125。

〔註61〕《黃庭堅詩集注》內集第十一卷，頁403。

〔註62〕董國柱著：《楞嚴經》（哈爾濱市：黑龍江人民出版社，1998年3月第一版），頁223。

夜有所夢」，嚮往江湖的逍遙自在，成了夢境中的情景。另外，〈有聞帳中香以爲熬蝎者戲用前韻二首〉（其一）：

> 海上有人逐臭，天生鼻孔司南。但印香嚴本寂，不必叢林徧參。〔註63〕

末兩句「但印香嚴本寂，不必叢林徧參。」亦引用《楞嚴經》之典故：

> 香嚴童子，即從座起，頂禮佛足，而白佛言，我聞如來教我諦觀諸有爲相，我時辭佛，宴晦清齋，見諸比丘燒沉水香，香氣寂然來入鼻中。我觀此氣，非本非空，非煙非火，去無所著，來無所從，由是意銷，發明無漏，如來印我得香嚴號。塵氣倏滅，妙香密圓。我從香嚴，得阿羅漢。〔註64〕

山谷以香嚴童子聞香得道的例子作說明，認爲不一定要徧參叢林，個人有個人的方式，若能啓發佛性，就能得證成道。此外，山谷亦將民歌和古樂府入詩，使其更加質樸自然。如〈題陽關圖二首〉（其一）：「想得陽關更西路，北風低草見牛羊。」〔註65〕用北朝民歌〈敕勒歌〉：「山蒼蒼，野茫茫，風吹草低見牛羊。」入詩；在〈清人怨戲效徐庾慢體三首〉（其二）：「聞道西飛燕，將隨北固鴻。」引用古樂府：「東飛伯勞西飛燕，黃阿姑母時相見。」；而〈出城送客過故人東平侯趙景珍墓〉：「今日牛羊上丘隴，當時近前左右嗔。」則是化用古樂府：「繡幕圍香風，年節朱絲桐。不知理何事，淺立經營中。護惜加窮綺，隄防託守宮。今日牛羊上丘隴，當時近前面發紅。」

　　黃庭堅在「以俗爲雅」的原則下，讓詩作集神話異聞、魏晉小說、傳奇、釋典和民間古樂府之大成，展現他豐富的才學和臻於精鍊的藝術技巧。大量的使用這些典故，雖然有時無法避免只是求得字面上的使用，並未讓原典故意義入詩，但是仍然讓詩作生氣蓬勃，不僅增添趣味性，更讓人大開眼界。無論在題材或是語言上皆能「雅中摻俗」、「化俗爲雅」，黃庭堅之尚「奇」體現於此，是爲自成風格

〔註63〕《黃庭堅詩集注》內集第三卷，頁122～123。
〔註64〕《楞嚴經》，頁242～243。
〔註65〕《黃庭堅詩集注》外集第十五卷，頁1322～1323。

原因之一。

第二節　藝術手法

　　黃庭堅在詩歌藝術技巧上，努力創新求變，宋・任淵〈黃陳詩集注序〉：「大凡以詩名世著，一字一句，必月鍛季鍊，未嘗輕發。」〔註66〕他不斷地探索揣摩以及錘鍊字句，因此無論在詩歌的思想內容或是藝術形象上，皆形成獨樹一幟的風格。此特色雖承襲前期而來〔註67〕，但在元祐館閣期至淋漓酣暢而後已。此時期有「黃庭堅體」〔註68〕出現，莫礪鋒認爲「山谷體」在入官汴京的館閣期前就已形成，館閣期的詩作特點是在繼續追求新奇的基礎上，進而追求詩藝的細密工穩。〔註69〕所謂的「追求詩藝的細密工穩」，筆者認爲詩人是在語言用字以及句法安排上更爲新穎細膩，其背後的原因和當時北宋整個文壇環境息息相關。〔註70〕在蘇門文人的圈子之下，以及處於相較他期爲優渥平順的生活環境，黃庭堅和其餘的文人閒

〔註66〕見《黃庭堅詩集注》，頁1。

〔註67〕莫礪鋒以黃庭堅的七律爲例。他提出七律在黃詩早期（青年時期至元豐八年五月）所占之比重分別爲中期和晚期中的3倍和2倍。七律的成熟表現在文字的清奇簡古與聲調的拗峭剛健。此外早期黃詩臻於成熟的另一個標誌是意脈的表面斷裂語內在連貫相結合的結構特點已經形成。見陌礪鋒：〈論黃庭堅詩歌創作的三個階段〉，《文學遺產》（1995年第2期），頁73～74。

〔註68〕最早提出「黃庭堅體」者爲蘇軾。元祐二年（1087），蘇軾作〈送楊孟容〉詩，據王註次公言：「先生自謂效黃魯直體。」黃庭堅次韻此詩，並曰：「子瞻詩句妙一世，乃收斂光芒，入此窘步以見效，蓋退之戲效孟郊、樊宗師之比，以文滑稽耳。恐後生不解，故次韻道之。」

〔註69〕陳俊山在〈山谷體漫論〉中認爲「黃庭堅體」的特點在於句法、章法和用事；吳晟則將其歸類成三點：亦莊亦諧；布局平均，四句一層，層層轉折；硬拙新奇。認爲此三點爲「黃庭堅體」的基本表徵。見陳俊山：〈山谷體漫論〉，《江西師範大學學報》（1986年第2期），頁33～36。見吳晟：《黃庭堅詩歌創作論》（江西人民出版社，1998年10月），頁109。

〔註70〕見本論文第二章〈黃庭堅館閣期詩之時空背景〉，第一節〈館閣詩作的創作因緣〉，一、元祐館職的結盟。

暇之餘相互切磋，在唱和贈答中競逐詩藝，共同成就了文壇欣欣向
榮的盛況。黃庭堅除了擅長廣納生活入詩，更加注重詩歌的錘鍊，
他認爲作詩必須求變求新，自成一家，若是蹈襲古人，則如優孟衣
冠，缺乏特色。故言：

> 庭堅老懶衰惰，多年不作詩，已忘其體律。因明叔有意於
> 斯文，試舉一綱而張萬目。蓋以俗爲雅，以故爲新，百戰
> 百勝，如孫吳之兵，棘端可以破鏃，如甘繩、飛衛之射。
> 此詩人之奇也。〔註71〕

「以故爲新」也包括「以俗爲雅」，把陳舊的、平庸的、熟濫的詞語
和構思改造爲新鮮的、高雅的、陌生的。〔註72〕而「以故爲新」不僅
是翻新典故，亦是繼承古詩樸拙本色的傳統，與「以俗爲雅」相輔相
成。〔註73〕黃庭堅將「以故爲新」當作創作詩歌的基本準則，在承繼
前人的基礎上，融會貫通，推陳出新、另闢蹊徑，化腐朽爲神奇。宋‧
胡仔在《苕溪漁隱叢話》曾有此言論：

> 宋子京筆記云：「文章必自名一家，然後可以傳不朽；若體
> 規畫圓，准方作矩，終爲人之臣僕。古人譏屋下架屋，信
> 然。陸機曰：『謝朝華於已披，啓夕秀於未振。』韓愈曰：
> 『惟陳言之務去。』此乃爲文之要。」苕溪漁隱曰：「學詩
> 亦然，若循習陳言，規摹舊作，不能變化，自出新意，亦
> 何以名家。魯直詩云：『隨人作計終後人』又云：『文章最
> 忌隨人後。』誠至論也。」〔註74〕

在發展輝煌燦爛的唐詩之後，宋人有意識的突破前人的限制規範，在
前代既有的成就上，作有條件的選擇、琢磨、添加和改換，踵事增華，

〔註71〕《黃庭堅詩集注》內集第十一卷，〈再次韻并引〉，頁441。

〔註72〕「以俗爲雅」、「以故爲新」的概念義界甚廣，涉及到意義、形象、
題材、詞彙、典故等。見周裕鍇：《宋代詩學與通論》乙編「詩法篇」，
第三章〈師古與創新：「出入眾作，自成一家」〉（成都：巴蜀書社，
1997年1月），頁177～178。

〔註73〕見黃寶華選註：《黃庭堅選集》，頁24。

〔註74〕宋‧胡仔：《苕溪漁隱叢話前集‧卷49》，頁333。

變本加厲。〔註75〕

　　宋・《王直方詩話》：「山谷與余詩云：『百葉湘桃苦惱人』，又云：『欲做短歌憑阿素，丁寧誇與落花風。』其後改『苦惱』作『觸撥』，改『歌』作『章』，改『丁寧』作『緩歌』。」〔註76〕由此可看出黃庭堅對於語句的琢磨用心。詩篇裡文辭的安排和使用除了代表詩人的巧思，也牽動著讀者的情感。讀者閱讀詩作時，必須透過文辭，才能進一步體會作者的思想與情感。黃庭堅在整體的詩作上強調「自出機杼」，在館閣期間所作詩歌更是講求精益求精、經營錘鍊的表現。他以用典為主，增加詩歌的新意和廣博度；以譬喻、擬人為輔，使詩鮮活生動；另外，他運用別出心裁的「奪胎換骨」、「點鐵成金」，又注重字、句的推敲琢磨，更加凸顯其在文人們間逞才使氣、辯博縱恣的新奇獨特風貌。〔註77〕筆者就館閣期間詩歌所呈現之藝術技巧說明之：

一、譬喻新穎──蚯蚓竅生魚眼珠

　　譬喻是一種「借彼喻此」的修辭方法，凡二件或二件以上的事物中有類似之點，說話、作文時運用「那」有類似點的事物來比方說明「這」件事物。〔註78〕劉勰《文心雕龍・比興篇》提到：

　　　夫比之為義，取類不常。或喻於聲，或方於貌，或擬於心，

〔註75〕見張高評：《宋詩之新變與代雄》，壹、〈宋詩特色之自覺與形成〉，頁21～24。

〔註76〕《宋詩話輯佚》，頁50。

〔註77〕黃寶華曾言：元祐間供職京師時期，黃詩中的憤慨之氣相對減弱，出現了大量題詠書畫及日常生活用品的詩，詩風之奇主要表現為在唱和詩中爭奇鬥勝，如押險韻，誇學問，逞才使氣，辯博縱恣。見黃寶華：《黃庭堅評傳》，第七章〈詩歌理論與詩歌藝術〉，頁307。

〔註78〕「譬喻」句式，是由「事物本體」和「譬喻語言」兩大部分構成。所謂「事物本體」，是所要說明的事物本身，簡稱「本體」。所謂「譬喻語言」，是譬喻說明此一事物本體的語言，又包括：「喻體」，拿來作比方的另一事物；「喻詞」，是連接本體和喻體的語詞；有時更增添「喻旨」，把譬喻的意義所在也點出了。見黃慶萱：《修辭學》（台北：三民書局，1975年），頁321、327。

　　或譬於事。〔註79〕

譬喻這種方法可以運用在聲音、形貌、心思或是事情等很多事物上，它亦是山谷在詩中最常使用的一種技巧，使喻體的藝術形象更爲鮮明明確。在山谷的詠物詩中，詠茶詩所占的比例極大，他利用贈送、品嘗、烹煮等日常生活中瑣碎的小事，將其化爲文字嵌融於詩作之中，並且大量運用「比」之手法塑造奇特的風格。例如在形容烹煮茶時的泡沫，山谷用了許多有趣的譬喻：

　　思公煮茗共湯鼎，蚯蚓竅生魚眼珠。〈省中烹茶懷子瞻用前韻〉〔註80〕

　　急呼烹鼎供茗事，晴江急雨看跳珠。〈謝黃從善司業寄惠山泉〉〔註81〕

　　風爐小鼎不須催，魚眼長隨蟹眼〔註82〕來。〈奉同六舅尚書詠茶碾煎烹三首〉（其二）〔註83〕

唐・陸羽《茶經・五之煮》有云：「其沸，如魚目，微有聲，爲一沸；緣邊如湧泉連珠，爲二沸；騰波鼓浪爲三沸；已上，水老，不可食也。」〔註84〕古人在烹茶時，對於煎水的適度與否有辨別標準，若是水煮到有魚目般大小的水泡上升以及有細微的沸騰聲時，爲「第一沸」；若是水像珠玉在水池中翻滾時爲「第二沸」；最後水像翻騰的波浪則稱「第三沸」。山谷將此化用於茶詩裡，把煎茶時的沸泡比喻成「魚眼」、「蟹眼」，亦說明了此時的煎水程度；他也用急雨和跳

〔註79〕南朝・劉勰著，周振甫注：《文心雕龍注釋》（台北：里仁書局，1984年5月初版），頁678。

〔註80〕《黃庭堅詩集注》內集第六卷，頁222。

〔註81〕《黃庭堅詩集注》內集第六卷，頁226。

〔註82〕宋・蔡襄：《茶錄》提到：「候湯最難，未熟則末浮，過熟則茶沉。前世謂之蟹眼過湯也，況瓶中煮之不可辨，故曰候湯最難。（景印文淵閣四庫全書，第八四四冊，子部），頁3。蘇軾〈試院煎茶〉：「蟹眼已過魚眼生，颼颼欲作松風鳴。」水初滾爲蟹眼，氣泡漸大爲魚眼。

〔註83〕《黃庭堅詩集注》外集第十五卷，頁1302。

〔註84〕唐・陸羽：《茶經》（臺北：金楓出版社，1987年9月），頁53。

珠形容水滾的樣子，此程度應爲「第二沸」，讓人彷彿置身於江邊之感，看著急促落下的雨滴濺起水面的樣子。在描寫茶滾沸時的聲響時，山谷除了有「曲几團蒲聽煮湯，煎成車聲繞羊腸」〔註 85〕，以環繞羊腸小徑的車輪聲比喻其聲音之外，他還將碾茶、煮茶之聲音譬喻爲雷聲，讓人有耳目一新的感受：

> 要及新香碾一盃，不應傳寶到雲來。碎身粉骨方餘味，莫厭聲喧萬壑雷。〈奉同六舅尚書詠茶碾煎烹三首〉（其一）
> 〔註 86〕
> 明日蓬山破寒月，先甘和夢聽春雷。〈謝公擇舅分賜茶三首〉
> （其一）〔註 87〕
> 乞與降魔大圓鏡，眞成破柱作驚雷。（其二）〔註 88〕
> 拚洗一春湯餅睡，亦知清夜有蚊雷。（其三）〔註 89〕

在〈奉同六舅尚書詠茶碾煎烹三首〉（其一）中，描述的是碾茶〔註 90〕的動作，烹茶之前必須將茶餅槌碎後放置碾槽中碾成粉末，詩人以碎身粉骨來形容茶葉碾碎時的樣貌，也寫出碾茶時，碾輪所發出的聲響如萬壑雷聲般的響亮。〈謝公擇舅分賜茶三首〉裡，詩人分別用春雷、驚雷和蚊雷三種層次比喻茶茗烹煮之聲。「和夢聽春雷」有乍然響徹雲霄之感覺；「破柱作驚雷」〔註 91〕本出自《世說新語》，但詩人在此是說明在昏昏欲睡之際，獲得茶茗，烹茶的聲音彷若霹靂破柱一般，使人精神爲之振奮；「清夜有蚊雷」雖不似前兩者有著驚心動魄的感受，但是在靜謐的夜晚中，茶茗燒開的聲音好似眾蚊蟲飛聚窸窣之聲

〔註 85〕見〈以小團龍及半挺贈無咎並施用前韻爲戲〉，《黃庭堅詩集注》內集第二卷，頁 98～100。
〔註 86〕《黃庭堅詩集注》外集第十五卷，頁 1302。
〔註 87〕《黃庭堅詩集注》內集三卷，頁 124。
〔註 88〕《黃庭堅詩集注》內集第三卷，頁 124。
〔註 89〕《黃庭堅詩集注》內集第三卷，頁 125。
〔註 90〕蔡襄在《茶錄‧碾茶》中提到碾茶的方法：「碾茶先以淨紙密裹垂碎，然後熟碾。其大要，旋碾則色白，或經宿則色已昏矣。」
〔註 91〕《世說新語‧雅量》：「夏侯太初嘗倚柱作書，時大雨，霹靂破所倚柱，衣服燋然，神色無變，書亦如故，賓客左右，皆跌盪不得住。」

響，劃破夜的清靜。山谷在茶詩中的比喻奇特，體現了對於詩歌新奇美的追求。

山谷同樣也用譬喻的方式表現「理」。「以議論爲詩」的「主理」精神爲宋詩的特色之一〔註92〕，南宋嚴羽在《滄浪詩話・詩辯》曾言：「近代諸公乃作奇特解會，遂以文字爲詩，以才學爲詩，以議論爲詩。夫豈不工，終非古人詩也，蓋於一唱三歎之音，有所歎焉。」〔註93〕嚴羽指出「以議論爲詩」爲宋詩別於唐詩之地方。在唐詩發展成熟、體制大備之下，宋詩必須另闢蹊徑，方能自成一格，因此在時代環境和文化背景的種種因素影響下，以議論入詩成爲作詩的法式。山谷之詩作重理，在〈與王觀復書〉說道：「好作奇語，自是文章病；但當以理爲主，理得而辭順，文章自然出群拔萃。」〔註94〕山谷認爲，文章創作是否出類拔萃在於有否「以理爲主」，但是在他詩中所謂的理並非過於抽象化且索然之道理，而是以自己人生的體驗和周遭生活的感觸爲主，展開議論並寄託感慨，而展現理之方式，即是運用譬喻的手法，將具體的形象事物來喻指抽象的理。在〈次韻王荊公題西太一宮壁二首〉（其一）：

> 風急啼鳥未了，雨來戰蟻方酣。眞是眞非安在，人間北看
> 成南。〔註95〕

山谷在此詩不直接說理，而是以自然之物爲開端，當作所比之具象。未歇的鳥啼聲和爭戰激烈的戰蟻，暗喻著北宋年間一波未平、一波又起的黨爭：先是新舊黨相互對峙的局面，後來又演變成舊黨內部的分

〔註92〕 宋・嚴羽《滄浪詩話・詩評》：「本朝人尚理而病於意興，唐人尚意興而理在其中。」見宋・嚴羽，任世熙校：《滄浪詩話校釋》（台北：廣文書局，1972年1月），頁142。
明・楊愼《升庵全集》卷八：「唐人詩主情，去三百篇近；宋人詩主理，去三百篇遠。」收錄於丁福保輯：《歷代詩話續編》（中）（台北：木鐸出版社，1988年7月），頁799。
〔註93〕 《滄浪詩話校釋》，頁21～22。
〔註94〕 《黃庭堅全集》冊二，頁471。
〔註95〕 《黃庭堅詩集注》內集第三卷，頁146。

裂，而人們處於政治的紛擾當中，似乎失去了判斷是非的能力，本來一味逢迎阿諛王安石的人，在新黨失勢後，頓時改變立場、興風作浪，只以政壇間的是非爲是非。山谷爲了讓所揭示的道理更爲明確，因此用了自然現象來作譬喻，寄理於象，頗爲耐人尋味。另外，在〈奉和文潛贈無咎篇末多以見及以既見君子云胡不喜爲韻〉（其一）中，詩人亦用比象寄寓深邃的哲理：

> 龜以靈故焦，雉以文故黥。本心如日月，利欲食之旣。後生玩華藻，照影終沒世。安得八紘置，以道獵眾智。〔註96〕

山谷在詩的開端以龜甲和雉雞的羽毛，比喻過人的聰明才智和華美之文章詞藻。龜甲雖然可以用來占卜，但是必須遭到烈火的燒灼；雉雞的羽毛五彩絢爛，但是卻成爲獵者的目標。詩人在頷聯又引用張華《博物志》：「山雞有美毛，自愛其色，終日映水，目眩則溺死。」以山雞終溺死的例子，比喻當今的後生晚輩玩弄辭藻，自以爲如此可以獲得名聲，反倒害了自己，藉此說明人心應如光明日月，別讓浮華的功名利祿腐蝕殆盡。

黃庭堅在使用譬喻時，亦會將無必然相關的事物放在一起，使其顯得更加新奇。在〈次韻王炳之惠玉版紙〉中寫道：

> 王侯鬚若緣坡竹，哦詩清風起空谷。古田小紙惠我百，信知溪翁能解玉。鳴磉千杵動秋山，裹糧萬里來輦轂。……
>
> 〔註97〕

詩人將王炳之的鬍子比作成緣著山坡生長的竹子，接著從竹子聯想到王炳之吟詩時，擺動的鬍鬚有如山谷間拂過的一陣清風。此處不但引用了王褒〈髯奴辭〉：「離離若緣坡之竹」，也藉此比喻從竹聯結到由竹作成的光潔如玉的紙張，點出題目主旨。〈戲贈曹子方家鳳兒〉中，山谷精心的描寫小孩兒的聲音和樣貌：

> 栗芽入湯獅子吼，荔子新剝女兒頰。鳳郎但喜風土樂，不解生愁山疊疊。目如點漆射清揚，歸時定自能文章。莫隨

〔註96〕《黃庭堅詩集注》內集第四卷，頁152～153。
〔註97〕《黃庭堅詩集注》內集第八卷，頁287。

　　閩嶺三年語，轉卻中原萬籟簧。〔註98〕

詩人在詩的開頭用茶水滾沸時的聲響形容小孩子的聲音，有如雄渾厚勁的獅子吼聲；紅潤的雙頰宛如剝開般的荔子果肉白裡透紅，巧妙的譬喻使得整首詩妙趣橫生。在〈子瞻詩句妙一世，乃云效庭堅體，蓋退之戲效孟郊、樊宗師之比，以文滑稽耳。恐後生不解，故次韻道之〉裡，山谷使用與詩歌本身不相干的具體形象表現自己與蘇軾的深厚友誼：

　　我詩如曹鄶，淺陋不成邦。公如大國楚，吞五湖三江。……
　　句法提一律，堅城受我降。枯松倒澗壑，波濤所舂撞。萬
　　牛挽不前，公乃獨立扛。……〔註99〕

詩人以廣納五湖三江的決決大國楚國，比作蘇軾氣勢磅礴的文采和開闊廣袤的胸襟，並且將蘇軾的句法比爲堅固的城牆，精微獨特；且筆力渾厚有勁，能將倒在幽壑間，終日被急流衝刷激撞、萬頭牛亦無力拖動的枯松扛起。相對於自己有如曹、鄶淺陋小國的詩作，蘇軾自是高人一等。山谷用此誇大的比喻不僅烘托主旨，也使整首詩詩意盎然。除此之外，山谷在〈聽宋宗儒摘阮歌〉裡，利用具體的形象來描摹比喻樂器發出的各種聲音：

　　翰林尚書宋公子，文采風流今尚爾。自疑嵇域是前身，囊
　　中探丸起人死。貌如千歲枯松枝，落魄酒中無定止。得錢
　　百萬送酒家，一笑不問今餘幾。手揮琵琶送飛鴻，促絃聒
　　醉驚客起。寒蟲催織月籠秋，獨雁叫群天拍水。楚國覊臣
　　放十年，漢宮佳人嫁千里。深閨洞房語恩怨，紫燕黃鸝韻
　　桃李。楚狂行歌驚市人，漁父刺舟在葭葦。問君枯木著朱
　　繩，何能道人意中事。君言此物傳數姓，玄璧庚庚有橫理。
　　閉門三月傳國工，身今親見阮仲容。我有江南一丘壑，安
　　得與君醉其中，曲肱聽君寫松風。〔註100〕

「阮」爲一種形似琵琶的樂器，身正圓，相傳爲西晉阮咸所作，因此

〔註98〕《黃庭堅詩集注》外集第十七卷，頁1373。
〔註99〕《黃庭堅詩集注》內集第五卷，頁191～192。
〔註100〕《黃庭堅詩集注》內集第九卷，頁344～345。

又名「阮咸」。詩人在開頭寫宋宗儒的出身和文采，並且引用「耆域」
〔註101〕稱讚宋宗儒的醫術高明，接著描寫他的相貌清奇、性格行為
倜儻不羈，以前八句的描述帶入詩的主題。接下來的八句以貼切的比
喻對阮咸的樂聲作了生動的描寫，可以比之白居易〈琵琶行〉。詩人
寫琴聲如蟋蟀在月色籠罩的秋夜裡哀鳴、孤雁在浪水拍打著的天邊呼
朋引伴，表達出幽怨的情感；其次，詩人借用典故，不與俗世浮沉的
屈原被放逐十年、沉魚落雁的傾城佳人王昭君遠嫁匈奴，描繪出琴聲
傳達憂傷哀怨的情境；再者，詩人又寫在深閨房內美婦的悄悄私語、
茂盛的桃李樹下，紫燕和黃鸝輕脆的啼聲，表露琴聲的宛轉流暢；最
後山谷再次引用典故，利用楚狂接輿引吭高歌的驚動世人之舉，以及
漁夫把船撐到蘆葦叢裡的動作〔註102〕，說明琴聲由輕柔轉為豪邁奔
放。清·朱承爵《存餘堂詩話》言：

> 苕溪漁隱評前賢聽琴、阮、琵琶、箏諸詩，大率一律，初
> 無的句，互可移用。余謂不然。……山谷〈聽摘阮〉云：「寒
> 蟲催織月籠秋，獨雁叫群天拍水。楚國羈臣放十年，漢宮
> 佳人嫁千里。」以為聽琴，似傷於怨；以為聽琵琶，則絕
> 無艷氣，自是聽摘阮也。〔註103〕

黃庭堅運用具體的形象營造出具有豐富情感的音樂意，將其表達
得淋漓盡致，譬喻生動且用典貼切。此詩詠阮，但詩的中間部分用
與阮本身看似無關之典故，極盡所能的紀錄樂聲，為「不即」；但這
些看似無關的典故經由詩人的精心組合和運用，卻能呈現宋宗儒摘
阮的精湛技藝，亦是「不離」。同時，詩人在詩末寫道「我有江南一

〔註101〕《高僧傳》：「耆域，天竺人，周流華竺，靡有常所，神奇任性，跡
　　　　行不常。汝南滕永文，兩腳攣屈，不能起行。域取淨水一杯，楊柳
　　　　一枝，拂水舉手，向永文而，如此者三，因以手搦永文膝，令起，
　　　　即行如故。」引自《內集注》（任淵注），頁344。
〔註102〕《莊子》：「漁父杖拏，而引其船。」又曰：「刺船而去，延緣葦間。
　　　　孔子不顧，待水波定，不聞拏音，而後敢乘。」
〔註103〕收錄於清·何文煥：《歷代詩話》（二）（台北：漢京文化事業有限
　　　　公司，1983年1月），頁789～790。

丘壑，安得與君醉其中，曲肱聽君寫松風。」呼應開頭對於宋宗儒性格的描寫，寄託詩人自己嚮往超脫精神生活的境界，是爲「不即不離」。「不即不離」爲文學鑑賞中的美學準則，文論家將其運用於詠物詩〔註104〕，宋・胡仔在《苕溪漁隱叢話》中有相關論述：

> 詩人詠物形容之妙，近世爲最。如梅聖俞：「蜎毛蒼蒼磔不死，銅盤矗矗釘頭生，吳雞鬥敗絳幘碎，海蚌扶出眞珠明。」誦此，則知其詠茨也。東坡：「海山仙人絳羅襦，紅紗中單白玉膚，不須更待妃子笑，風骨自是傾城姝。」誦此，則知其詠荔枝也。張文潛：「平池碧玉秋波瑩，綠雲擁扇青搖柄，水宮仙女鬥新粧，輕步凌波踏明鏡。」誦此，則知其誦蓮花也。〔註105〕

梅聖俞詠茨，蘇軾詠荔枝，張文潛詠蓮花，皆不直接描寫物的眞實形貌，寫此物而不必作此物，著重在於比喻形容，透過其他事物呈現所詠之物的風貌，故胡仔稱說「形容之妙」。在宋・呂本中《童蒙詩訓》也云：

> 義山〈雨詩〉：「摵摵度瓜園，依依傍水軒」，此不待說雨，自然知是雨也。後來魯直、無己諸人，多用此體，作詠物詩不待分明說盡，只髣髴形容，便見妙處。如魯直〈酴醾〉詩：「霧濕何郎試湯餅，日烘荀令炷爐香。」〔註106〕

呂本中認爲忌刻畫太似，只在彷彿形容，便見妙處。好比黃庭堅〈觀王主簿家酴醾〉一詩，以皮膚白皙的何晏試湯餅而出汗比喻酴醾花之白，以荀彧炷爐香之典故比喻酴醾花之濃郁芬芳，看似在寫何晏和荀彧，實則在加重讀者對於酴醾花白且香的印象。在〈聽宋宗儒摘阮歌〉

〔註104〕明・王士禎：《帶經堂詩話》卷十二：「詠物之作，須如禪家所謂不粘不脫、不即不離，乃爲上乘。」參見明・王士禎，戴鴻森校點：《帶經堂詩話》（上）（北京：人民文學出版社，1998 年），頁 305。清・計發《魚計軒詩話》：「昔人論體物詩，全在一『離』字傳神。譬之畫山水，其烘托多以雲氣爲有無，所謂意在似，意在不似也。」收錄於《叢書集成續編》第 158 冊，集部（上海：上海書店，1994 年）。

〔註105〕宋・胡仔：《苕溪漁隱叢話前集・卷 47》，頁 325。

〔註106〕《宋詩話輯佚》附錄，頁 590～591。

一詩裡，詩人似乎在寫寒蟲、孤雁之孤寂，屈原、王嬙之哀怨，和主題無關，但是用意則為描述宋宗儒彈奏音樂的高超和傳神。此種手法即是寫出物的特性，卻又不拘泥於物的樣貌；能寄託作者的情性，又不脫離於物。在描寫物的同時，能將觀察的角度拉遠，使物我之間有著審美距離。〔註107〕

　　黃庭堅在譬喻修辭的使用上，不僅將所描繪的對象形容的十分貼切有趣，也巧妙的運用譬喻手法，將具體事物來比喻抽象的道理。另一方面，他也利用譬喻修辭，將兩兩不相關的事情互相聯結，讓詩歌新穎生動。

二、擬人生動──鳥喚花驚只麼〔註108〕回

　　黃慶萱將轉化〔註109〕詳細分之，有「人性化」，即把人類的感情投射於外物，把外物看成人類一樣，而加以描述；有「物性化」，把人當作其他動物、植物，甚至無生物來描述；也有「形象化」，為擬虛為實，使抽象的觀念具體化，共有這三種方式〔註110〕。筆者觀察黃庭堅館閣期詩作中的轉化修辭，幾乎皆為擬物為人的「人性化」例

〔註107〕　筆者認為「不即不離」可被視為審美主體與客體之間保持一定距離的審美觀照，而此審美觀照與英國美學家布洛所言「心理距離」類似。童慶炳在〈換另一種眼光看世界・談審美心理距離〉曾言：「最早把『心理距離』作為一種美學原理提出來的是英國美學家、心理學家愛德華・布洛……布洛所規定的『心理距離』的概念，是距離的一種特殊形式，是指我們在觀看事物時，在事物與我們自己實際利害關係之間插入一段距離，使我們能夠換一種眼光去看世界。」童慶炳在此文中進一步引用布洛所舉「霧海航行」的例子，說明在茫茫海霧中，船上的乘客若能保持一定的審美心理距離觀照海霧，便能看見海霧所形成的美景。見童慶炳：《中國古代心理詩學與美學》（台北：萬卷樓圖書有限公司，1994 年 8 月初版），頁 161～162。

〔註108〕　「只麼」為「只這麼」或「這麼」之意。見《傳燈錄》：永嘉證道歌曰「不可得中只麼得」。

〔註109〕　描述一件事物時，轉變其原來性質，化成另一種本質截然不同的事物，而加以形容敘述的，叫做「轉化」。見黃慶萱：《修辭學》（台北：三民書局，2004 年 1 月增訂三版），頁 377。

〔註110〕　黃慶萱：《修辭學》，頁 377～378。

子。「擬人」，顧名思義，即是將無知的事物，寄以靈性，託爲有情。
〔註111〕張高評於《宋詩之傳承與開拓》曾言：「要皆將人類之喜怒哀
懼愛惡欲投射於外物，於是外物感染人類之情緒欲望，生物而富人
情，無生物而具靈氣，實訴諸擬人之移情作用也。」〔註112〕所謂「移
情作用」，是指人面對萬物時，將自己的情感移置投射到所感知的人
事物身上，使其折射出自己的思想情感。朱光潛在《文藝心理學》論
「移情作用」時談到：

> 移情作用有人稱之爲「擬人作用」（Anthropomorphism）。
> 拿我做測人的標準，拿人做測物的標準，一切知識經驗都
> 可以說是如此得來的。把人的生命移注於外物，於是本來
> 祇有物理的東西可具人情，本來無生氣的東西可有生氣。
> 〔註113〕

由此可見，擬人爲作者之移情作用。王國維在《人間詞話》第三則曾
經論「有我之境」和「無我之境」，「有我之境」爲移情作用：

> 有有我之境，有無我之境。「淚眼問花花不語，亂紅飛過鞦
> 韆去。」「可堪孤館閉春寒，杜鵑聲裡斜陽暮。」有我之境
> 也。「采菊東籬下，悠然見南山。」「寒波澹澹起，白鳥悠
> 悠下。」無我之境也。有我之境，以我觀物，故物皆著我
> 之色彩。無我之境，以物觀物，故不知何者爲我，何者爲
> 物。〔註114〕

「有我之境」爲作者在景物上著上了濃鬱的主觀情感，是一種情感
激越興發的流露。落花隨風飛舞，杜鵑在夕陽西下啼叫，本來都是
自然界之現象，但是因爲滿腹愁思的騷人墨客將其感傷之情投射在

〔註111〕 黃永武：《字句鍛鍊法》（台北：洪範書店，1986 年 1 月初版），頁
197。
〔註112〕 見張高評：《宋詩之傳承與開拓》（台北：文史哲出版社，1990 年 3
月），頁 218。
〔註113〕 朱光潛：《文藝心理學》二、〈移情作用與生理美感〉（台北：漢湘
文化有限公司，2003 年 1 月），頁 38～39。
〔註114〕 清‧王國維著，徐調孚校注：《校注人間詞話》（頂淵文化事業有限
公司，2001 年 6 月），頁 1～2。

景物上，因此問花花不語，便覺得是造物者的無情，而乍暖還寒時候又感覺清冷淒苦。詩人有一種「可以推廣到天地萬物的博大的同情感」〔註115〕，因此情感的波瀾起伏後，所見之物似乎都沾染了喜怒哀樂的情緒，這是「有我之境」，亦是移情作用。

　　宋人由於理學之格物思潮，作詩亦多有民胞物與之胸懷，故擬人手法極為普遍。〔註116〕南宋吳沆《環溪詩話》指出黃庭堅的詩作尤有「以物為人」的特色：

> 環溪仲兄問：「山谷詩亦有可法乎？」環溪曰：「山谷除拗體似杜而外，『以物為人』一體最可法。於詩為新巧，於理亦未為大害。」仲兄曰：「何謂『以物為人』？」環溪云：「山谷詩文中，無非『以物為人』者，此所以擅一時之名而度越流輩也。」〔註117〕

吳沆認為黃庭堅的詩除了仿效杜詩的拗體外，「以物擬人」最為令人效法。吳沆接著說：

> 然有可，有不可。如「春去不窺園，黃鸝頗三請。」是用主人三請事；如〈詠竹〉云：「翩翩佳公子，為致一窗碧」，是用正事，可也。又如「殘暑已俶裝，好風來方歸」、「苦雨已解嚴，諸峰來獻狀」，謂殘暑趨裝，好風來歸；苦雨解嚴，諸峰獻狀，亦無不可。至如「提壺要酤我，杜宇賦式微」，則近於鑑，不可矣。……以至〈演雅〉一篇，大抵「以物為人」，而不失為佳句，則是山谷所以取名也。〔註118〕

吳沆所舉之詩如〈次韻張詢齋中晚春〉：「春去不窺園，黃鸝頗三請。」〔註119〕說明春天即將要離去，窗外的黃鸝三番兩次的鳴叫，似乎熱切地在對主人發出遊春的邀請。詩人筆下的黃鸝不只是唱出悠揚宛轉歌聲的鳥兒，還是熱心且關懷主人的可愛角色。再如〈和刑惇夫

〔註115〕童慶炳：《中國古代心理詩學與美學》，頁156。
〔註116〕張高評：《宋詩之傳承與開拓》，頁444。
〔註117〕《宋詩話全編》肆，頁4346。
〔註118〕《宋詩話全編》肆，頁4346。
〔註119〕《黃庭堅詩集注》內集第三卷，頁133。

秋懷十首〉（其一）：「殘暑已俶裝，好風方來歸。」〔註120〕將時節
擬人化，屬於暮夏的季節已經整理好行裝準備離去，秋高氣爽的微
風即將歸來。文人們對花、鳥的感覺特別靈敏，這方面的擬人之例
也比較多〔註121〕。黃庭堅最爲時人和後人所稱道者，是他將花比擬
爲美男子。試看〈觀王主簿家酴醾〉：

> 肌膚冰雪薰沉水，百草千花莫比芳。露濕何郎試湯餅，日
> 烘荀令炷爐香。風流徹骨成春酒，夢寐宜人入枕囊。輸與
> 能詩王主簿，瑤臺影裏據胡床。〔註122〕

此首詩非爲館閣期間的詩作，但是它的風采卻不遜於館閣期間以花擬
人的例子，並且讓歷代詩話、筆記不斷討論。首聯描述白酴醾花之形
貌，說明酴醾花如冰雪，其香氣如沉水香，在眾花草之間無與倫比；
頷聯爲此詩之精采處，兩句皆使用典故〔註123〕，說明被露水浸濕的
酴醾，那晶瑩透白的模樣有如皮膚白皙的何晏，而芬芳的香氣像是荀
或炷爐香而衣飾帶香。山谷以何晏和荀或兩個美男子比作白酴醾花，
突顯酴醾花的淨白和芬芳，妙處由此可見一斑。宋·楊萬里《誠齋詩
話》有以下評論：

> 白樂天〈女道士〉詩云：「姑山半峰雪，瑤水一枝蓮。」此
> 以花比美婦人也。東坡〈海棠〉云：「朱唇得酒暈生臉，翠
> 袖卷紗紅映肉。」此以美婦人比花也。山谷〈酴醾〉云：「露
> 濕何郎試湯餅，日烘荀令炷爐香。」此以美丈夫比花也。

〔註120〕《黃庭堅詩集注》內集第四卷，頁162。
〔註121〕董季棠：《修辭析論》（台北：文史哲出版社，1992年6月初版），
頁141。
〔註122〕《黃庭堅詩集注》外集第十二卷，頁1200～1201
〔註123〕「露濕何郎試湯餅」之典故爲──《世說新語·容止》：「何平叔美
姿儀，面至白，魏明帝疑其傅粉。正夏月，與熱湯餅，既啖，大汗
出，以朱衣自拭，色轉皎然。」「日烘荀令炷爐香」之典故爲──
《襄陽記》：「劉季和性愛香，常如廁還，輒過香爐上。主簿張坦曰：
『人名公作俗人，不虛也。』季和曰：『荀令君至人家，坐席三日
香，與我如何？』坦曰：『醜婦效顰，見者必走，公欲遁走耶？』
季和大笑。」

山谷此詩出奇，古人所未有，然亦是用「荷花似六郎」之
意。〔註124〕

雖然以美丈夫比花，山谷並非獨創，但是其詩之奇特，卻爲古人遠不
及，楊萬里肯定山谷此詩。〈觀王主簿家酴醾〉是賦予酴醾驚人的樣
貌和神采，在館閣期間關於以花擬人的作品，則是賦予花朵生動的動
作和思想：

春與園林共晚，人將蜂蝶俱來。樽前鳥歌花舞，歸路星翻
漢回。〈次韻舍弟題牛氏園二首〉（其一）〔註125〕

紅紫爭春觸處開，九衢終日犢車雷。閑情欲被春將去，鳥
喚花驚只麼回。〈寄杜家父二首〉（其一）〔註126〕

城南名士遣春來，三月乃見臘前梅。定知鎖著江南客，故
放綠陰春晚回。〈出禮部試院王才元惠梅花三種皆妙絕戲答
三首〉（其一）〔註127〕

故人折松寄千里，想聽萬壑風泉音。誰言五鬣蒼煙面，猶
作人間兒女心。〈戲答陳季常寄黃州山中連理松枝二首〉（其
一）〔註128〕

前面兩首詩在描寫春天到來時的景象，花兒雀躍地跳著舞步，並且爭
奇鬥豔的相繼綻放，似乎是要展現春來的喜悅，亦是希望自己在百花
中豔冠群芳，獨領風騷。第二首詩則在詩末提到，由於看花者之多，
車聲如雷，自己賞春的閒情逸致也消融於春天的盛況中。沉睡的花朵
在鳥兒的呼喚中驚醒過來，年復一年周而復始。而在第三首詩中，山
谷寫道王棫家的臘梅必是知曉自己被鎖試禮部試院，爲了要讓山谷一
睹自己丰采，所以特別晚開，以滿足詩人的願望。臘梅在此不僅理解
世情，且洞悉人性的想法，體貼的心意讓人會心一笑。第四首詩裡，
詩人說明看似堅毅不屈的連理松枝，也有著「百煉鋼化爲繞指柔」的

〔註124〕收錄於《歷代詩話續編》，頁148。
〔註125〕《黃庭堅詩集注》外集第十六卷，頁1345。
〔註126〕《黃庭堅詩集注》內集第九卷，頁333。
〔註127〕《黃庭堅詩集注》內集第九卷，頁327。
〔註128〕《黃庭堅詩集注》內集第九卷，頁335。

情長之態，它們也具有一顆柔軟的心，懷著兒女之間的情愛。山谷使用擬人化的手法，將花注入新的生命，讓花富有人類的活潑動作和精密思想，展現了詩人細膩的眼光和饒富興味的想像力。

　　另一方面，山谷館閣期詩中亦有許多以鳥擬人的例子，在〈寄黃幾復〉云：

> 我居北海君南海，寄雁傳書謝不能。桃李春風一杯酒，江湖夜雨十年燈。持家但有四立壁，治病不蘄三折肱。想得讀書頭已白，隔溪猿哭瘴溪藤。〔註129〕

此詩在描寫山谷對友人黃幾復殷切的思念。詩中於首聯喟嘆雙方遠隔天南地北，因此想要藉由大雁互通音訊，傳達自己對遠方朋友的思念。但是由於黃庭堅當時（元豐八年）任職德州德平鎮，黃幾復知廣州四會縣，遠在衡陽以南；又相傳大雁南飛飛不過衡陽，王勃〈滕王閣序〉曾言：「雁陣驚寒，聲斷衡陽之浦。」詩人用「謝」一字將大雁擬人化，彷彿具有人的意志，對於無法辦到的事情只能委婉拒絕，也表達詩人莫可奈何的失望感情。此聯為末聯做了鋪墊，由於兩人距離相隔甚遠，詩人只能猜想黃幾復一如過往般好學不倦、奮發向上；此處仍用擬人法，利用猿猴哀戚的悲鳴表露環境的險惡，在瀰漫瘴癘之氣的山溪中，黃幾復此時過的如何呢？似乎也反映了山谷自己愁苦和思念的心情。另外，在黃庭堅的題畫詩中，亦可看見擬人之手法：

> 飛雪灑蘆如銀箭，前雁驚飛後回眄。憑誰說與謝玄暉，莫道澄江靜如練。〈題晁以道雪雁圖〉〔註130〕

> 折葦枯荷共晚，紅榴苦竹同時。睡鴨不知飄雪，寒雀四顧風枝。〈題鄭防畫夾五首〉（其四）〔註131〕

> 小鴨看從筆下生，幻法生機全得妙。自知力小畏滄波，睡

〔註129〕《黃庭堅詩集注》內集第二卷，頁90。
〔註130〕《黃庭堅詩集注》內集第七卷，頁274。
〔註131〕《黃庭堅詩集注》內集第七卷，頁267。

起晴沙依晚照。〈小鴨〉〔註132〕

山谷在此三首詩中，皆「借題發揮，表現寫意」〔註133〕，利用擬人法不僅託物起興、借畫抒懷，也賦予畫中動物人之情感和思想，寄託一己之心志，使筆下動物充滿靈性。在第一首詩裡，詩人以大雪如銀箭般傾瀉於蘆葦上的情景作陪筆，以烘托畫中野雁之驚慌失措；野雁代表詩人自身，傳達了在動盪不安政局裡的茫然。第二首詩中，詩人先描繪畫中兩組富有生趣的植物：斷折的蘆葦、乾枯的荷葉、紅豔的石榴與挺拔的竹子，再寫道小鴨熟睡不知世事的神態，與之相對照的即為寒雀在風中搖擺的枝頭上顫抖。此詩以蘆葦、荷葉、紅榴和竹子作背景和旁景，映襯出「不闇世事的睡鴨」和「洞悉紛亂的寒雀」之主題，詩人的矛盾心情躍然紙上。山谷欲像睡鴨一樣，雖身處在黨爭暴風的中心仍能尋得靜謐之地，安詳自在的生活，彷彿與世隔絕；但是現實生活的紛擾卻又不允許自己隨心所意，只能在山雨欲來風滿樓的現況生活中擔心苦惱。在〈小鴨〉一詩裡，本來小鴨生機蓬勃、活力洋溢的望著一望無際的滄波，但是詩人使用擬人手法點出小鴨害怕滄波，小鴨的感受實為自己的心情，期盼能從波詭雲譎的政治洪流中全身而退。詩人於此三首詩中不但運用擬人手法，移情於萬物，亦讓畫中之景與心中之情相互交疊，使原有畫意上複疊一層境界，讓萬物頓時染上了人的感情色彩。

擬人修辭體現於詩中，是萬物有情的展現，山谷不僅以物擬人，並且將己之情感思想寄託於所寫之物當中，讓萬物具有靈性，產生物我交融之感。「以我觀物，故物皆著我之色彩。」擬人手法的運用，為黃庭堅館閣期的詩作注入一股活躍的生命力。

〔註132〕《黃庭堅詩集注》內集第七卷，頁271。
〔註133〕張高評在《宋詩之傳承與開拓》〈第二章　宋代「詩中有畫」之藝術成就〉中曾言：「詠畫題畫之詩，其作法在於不黏不脫，離形得似，託物以伸志，藉題而發揮。若能將題詠畫詩羅列並至畫境與心境，任其共存共現，延展空間，強化張力，以反映情境與畫境，『詩中有畫』之境界自然水到渠成，功德圓滿。」見張高評：《宋詩之傳承與開拓》，頁331～333。

三、用典廣博——梅影橫斜人不見

黃庭堅詩作的另一特色即是用典廣博。梁・劉勰《文心雕龍・事類》：

> 事類者，蓋文章以外，據事以類義，援古以證今者也。
> 〔註 134〕

宋・嚴羽《滄浪詩話・詩辨》：

> 近代諸公乃作奇特解會，遂以文字爲詩，以才學爲詩，以
> 議論爲詩。夫豈不工，終非古人詩也，蓋於一唱三歎之音，
> 有所歎焉。〔註 135〕

宋詩「以才學爲詩」表現在大量使用典故的特點上，運用典故不僅可以藉著古人之語傳達詩人的情感，亦可增強詩歌的凝練程度以及拓寬內涵和深度。

山谷本來就擅用典故，在館閣期間由於文人們互相酬唱切磋下，將用典發揮得淋漓盡致。他並非只是堆砌排比，而是巧妙的將古人之典運用、改造，化用於詩作中。筆者以下分兩點論述：

（一）語　典

語典爲化用古人的詩文、成語或是俗語，例如：

> 日日言歸眞得歸，迎門兒女笑牽衣。（〈題歸去來圖二首〉（其
> 一））〔註 136〕

畫家李公麟順著陶淵明〈歸去來兮辭〉的文意，描繪陶淵明回歸田園的景象，山谷根據此圖寫成詩作。陶淵明「悟以往之不諫，知來者之可追」，決定要踏上回鄉之途，覓得心靈安定之處，因此「眞得歸」時，兒女們在家門口笑著迎接他，此句乃是化用李白〈南陵別兒童入京〉：「兒女歌笑牽人衣」，寫的是歸家的滿足與喜悅。又如：

> 舍南舍北勃姑〔註 137〕啼，體中不佳陰雨垂。〈從人求花〉

〔註 134〕《文心雕龍注釋》，頁 705。

〔註 135〕《滄浪詩話校釋》，頁 21～22。

〔註 136〕《黃庭堅詩集注》外集第十五卷，頁 1323。

〔註 137〕史容注：「歐陽脩詩：『病識陰晴似勃姑』又言：『天雨止鳩呼，婦

〔註138〕

首句即是引用柳宗元〈聞黃鸝〉:「此時晴煙最深處,舍南巷北遙相語」
以及杜甫〈客至〉:「舍南舍北皆春水」,描寫的是綿綿小雨的春天裡,
到處充滿著勃姑鳥的啼叫聲,予人生氣盎然之感。另外,如:

　　梅影橫斜人不見,鴛鴦相對浴紅衣。〈題惠崇畫扇〉〔註139〕

「梅影橫斜」化用的是林逋詠梅名句「疏影橫斜水清淺,暗香浮動月
黃昏」,藉此形容畫中橫斜交錯的梅影。第二句黃庭堅則直接摘杜牧
〈齊安郡後池絕句〉:「菱透浮萍綠錦池,夏鶯千囀弄薔薇。盡日無人
看微雨,鴛鴦相對浴紅衣」杜牧將所見之景加以剪裁,化入詩作。黃
庭堅看見惠崇所畫之扇子上有鴛鴦,因此摘杜牧詩之末句,寫出浴水
鴛鴦沐浴在落日餘暉下的清幽景象。再如:

　　忽憶故人來,壁間風動竹。…此郎如竹瘦,十飯酒不肉。〈次
　　韻子瞻題無咎所得與可竹二首粥字韻戲嘲無咎人字韻詠
　　竹〉〔註140〕

「故人」和「風動竹」引用唐・李益〈竹窗聞風早發寄司空曙〉:「開
簾風動竹,疑是故人來」,「如竹瘦」和「酒不肉」則是引自蘇軾「可
使食無肉,不可居無竹,無肉令人瘦,無竹令人俗。」詩人藉此描寫
晁無咎的生活清貧以及人格高尚的潔操。再看:

　　杜郎忽作揚州夢,雨帶風沙打夜窗。〈杜似吟院雨首〉

〔註141〕

「杜郎」、「揚州」乃是語出杜牧〈遣懷〉:「十年一覺揚州夢,贏得青
樓薄倖名」之語,山谷在此是說明從沉浸吟詩作對的時光裡驚醒時,
才發現外面已是風雨蕭條的景象,不同於原詩裡杜牧喟然而嘆的傷
感,呈現的是時光飛逝之感。最後:

　　還鳴且喜。」」「勃姑」為鳩也。
〔註138〕《黃庭堅詩集注》外集第十五卷,頁1313。
〔註139〕《黃庭堅詩集注》內集第七卷,頁265。
〔註140〕《黃庭堅詩集注》內集第七卷,頁275。
〔註141〕《黃庭堅詩集注》外集第十六卷,頁1367。

手揮琵琶送飛鴻，促絃聒醉驚客起。寒蟲催織月籠秋，獨
雁叫群天拍水。〈聽宋宗儒摘阮歌〉〔註142〕

「飛鴻」化用嵇康〈贈兄秀才入軍〉：「目送歸鴻，手揮五弦。」描寫
開始彈奏音樂的動作。以下兩句則是描寫音樂的聲音，「月籠秋」引
自杜牧〈泊秦淮〉：「煙籠寒水月籠沙」，「天拍水」則引自韓愈〈題臨
龍寺〉：「海氣昏昏水拍天」此兩句描繪出音樂幽咽淒清的情境。

（二）事　典

事典乃是引用古人的事例入詩，山谷從各類書籍中爬羅剔抉，舉
凡經史子集、道釋典籍，都曾爲他所用。〔註143〕例如：

不嫌水厄幸來辱，寒泉湯鼎聽松風。〈答黃冕仲索煎雙井茶
并簡揚休〉〔註144〕

《洛陽伽藍記》：「王濛好茶，人至輒飲之，士大夫甚以爲苦。每欲候
濛，必云：『今日有水厄。』」〔註145〕王濛爲好茶成癖之人，每次有
客人來，一定要客人同飲，造成大家的困擾。因此每次有人去他家前，
便戲稱「今日有水厄」。山谷在詩裡是要表達只要黃冕仲不嫌棄愛好
雙井茶如同「水厄」般的自己，那麼歡迎共同聆聽如松風鳴響般的茶
水煮沸聲，一起品茶作詩。由此展現了山谷喜愛雙井茶的熱切心意。
至於：

乳花翻飛正眉開，時苦渴羌衝熱來。〈今歲官茶極妙而難爲
賞音者戲作兩詩用前韻〉（其一）〔註146〕

「渴羌」爲《拾遺記》中的記載：「晉武帝爲撫軍時，府內有一羌人
姓姚名馥，字世芬，年九十八，嗜酒，常言渴於醇酒，群輩常弄狎之，

〔註142〕《黃庭堅詩集注》內集第九卷，頁344。
〔註143〕參見黃寶華：《黃庭堅評傳》（南京：南京大學出版社，1998年12
月第一版），第七章〈詩學理論與詩歌藝術〉，二、「豐富多彩的詩
歌技法」，頁336。
〔註144〕《黃庭堅詩集注》內集第八卷，頁296。
〔註145〕北魏・楊衒之，范祥雍校注：《洛陽伽藍記校注》（上海：上海古籍
出版社，1958年2月），頁355。
〔註146〕《黃庭堅詩集注》外集第十五卷，頁1300。

呼爲渴羌。」〔註147〕山谷在此以愛好飲酒的渴羌比喻好飲茶的人士。
又如：

> 一絲不掛魚脫淵，萬古同歸蟻旋磨。〈僧景宣相訪寄王航禪
> 師〉〔註148〕

「蟻旋磨」乃出自《晉書・天文志》周髀家云：

> 天旁轉，如推磨而左行，日月右行，隨天左轉，故日月實
> 東行，而天牽之以西沒。譬之於蟻行磨石之上，磨左旋而
> 蟻右去，磨疾而蟻遲，故不得不隨磨以左迴焉。〔註149〕

山谷認爲王航在思想上了無牽掛，因此如魚之脫離釣絲般悠遊自在，
並借用《天文志》之一段話，感嘆沉迷於世俗間的名利紛擾、隨物所
牽之人，就如同螞蟻旋磨般，很難超脫自我。眞正能夠心胸豁達，不
爲物所擾之人實在很少！再如：

> 燕頷封侯空有相，蛾眉傾國自難昏。〈次韻宋楙宗僦居甘泉
> 坊雪後書懷〉〔註150〕

詩人引用《後漢書・班超傳》：「相者曰：『生燕頷虎頸，飛而食肉，
此萬里侯相也。』」〔註151〕形容宋楙宗有著卓犖的相貌。雖然宋楙宗
才華和相貌皆俱，但是終不得遇，山谷對於宋楙宗的惋惜之情溢於言
表。

> 陳侯大雅姿，四壁不治第。〈次韻秦觀過陳無己書院觀鄙句
> 之作〉〔註152〕

山谷化用《漢書・司馬相如傳》：「家徒四壁立」〔註153〕之典，陳述
陳師道家裡窮困，但是仍保持著光風霽月的品格，並且在詩中誇讚陳

〔註147〕晉・王嘉：《拾遺記》（台北：木鐸出版社，1983 年 2 月），頁 198。
〔註148〕《黃庭堅詩集注》內集第六卷，頁 243。
〔註149〕見《晉書》卷 11 第 255 冊，頁 157。
〔註150〕《黃庭堅詩集注》內集第六卷，頁 216。
〔註151〕《後漢書》卷四十七〈班梁列傳〉第三十七，收錄於新校本《二十
　　　　五史》（台北：鼎文書局，1975 年），頁 1571。
〔註152〕《黃庭堅詩集注》內集第六卷，頁 229。
〔註153〕漢・班固，唐・顏師古注：《漢書》卷五十七〈司馬相如傳〉第二十
　　　　七，收錄於新校本《二十五史》（台北：鼎文書局，1975 年），頁 2530。

師道的詩文俱佳。最後：

> 我持玄圭與蒼璧，以暗投人渠不識。城南窮巷有佳人，不
> 索賓郎常晏食。〈以小團龍及半挺贈無咎并詩用前韻爲戲〉
> 〔註154〕

詩人將小團龍和半挺茶葉送給晁無咎，看見碗裡晶亮的茶水，晁無咎
破顏爲笑。此詩的「不索賓郎常晏食」，引用《南史・劉穆之》之典：

> 穆之少時，家貧誕節，嗜酒食，不修拘檢。好往妻兄家乞
> 食，多見辱，不以爲恥。其妻江嗣女，甚明識，每禁不令
> 往江氏。後有慶會，屬令勿來。穆之猶往，食畢求檳榔。
> 江氏兄弟戲之曰：「檳榔消食，君乃常飢，何忽須此？」
> 妻復截髮市肴饌，爲其兄弟以饌穆之，自此不對穆之梳
> 沐。〔註155〕

劉穆之常向妻兄家求索檳榔，但是由於家貧，因此江氏嘲笑其都吃不
飽，哪來需要檳榔？山谷雖用此典但不用其意，說晁無咎雖然家貧，
平時不低聲下氣求人，但是卻能收下山谷所贈之茶茗，由此可知他們
的友情深厚。

　　山谷在用典方面，透過前人詩作的擷取，將詞語融入作品中；並
且大量使用古人古事，藉由用典表達一己之情志，也賦予詩作更豐富
的意義。

四、造語奇特之美：公有胸中五色線

　　作詩若一味因循蹈襲，所言必爲老生常談，了無新意。黃庭堅主
張「文章最忌隨人後」、「領略古法新生奇」，作詩又講求「一洗萬古
凡馬空」〔註156〕，必須不落窠臼，在陳腔濫語上翻轉變異，才能達
到造語奇特之美。要讓詩作能夠異於古人、別出心裁，山谷運用「奪

〔註154〕《黃庭堅詩集注》內集第二卷，頁98。
〔註155〕唐・李延壽：《南史》卷十五〈劉穆之傳〉第五，收錄於新校本《二
　　　　十五史》（台北：鼎文書局，1975年），頁427。
〔註156〕「一洗萬古凡馬空」原見於杜甫〈丹青引〉：「斯須九重眞龍出，一
　　　　洗萬古凡馬空。」後來黃庭堅將其引用於詩中。見《黃庭堅詩集注》
　　　　〈題韋偃馬〉外集第十五卷，頁1326。

胎換骨」、「點鐵成金」和「翻案」等手法，在「以故爲新」的準則下，
鎔鑄前人舊語再加以創新。

　　「奪胎換骨」最早見於釋惠洪《冷齋夜話》一段記述：

　　　　山谷云：詩意無窮，而人之才有限，以有限之才，追無窮
　　　　之意，雖淵明、少陵，不得工也。然不易其意而造其語，
　　　　謂之換骨法；窺入其意而形容之，謂之奪胎法。〔註157〕

「奪胎」爲詩人自己領會前人詩意後重新表現，「換骨」則是借鑒前
人詩意但必須重新創造語詞。兩者雖然看似有相異之處，但是都是在
仿效前人詩意的基礎上尋求新的語言表現手法，借鑒前人的構思而出
之以自己的藝術技巧，內在精神相通。〔註158〕洪邁《容齋隨筆》指
出山谷後出轉精，用語之絕妙：

　　　　徐陵〈鴛鴦賦〉云：「山雞映水那相得，孤鸞照鏡不成雙。
　　　　天下眞成長會合，無勝比翼兩鴛鴦。」黃魯直〈題畫睡鴨〉
　　　　曰：「山雞照影空自愛，孤鸞舞鏡不作雙。天下眞成長會合，
　　　　兩鳧相倚睡秋江。」全用徐語點化之，末句尤精工。〔註159〕

山谷雖習取前人詩意，但是仍能換其骨，其作反而一改徐之語弱，用
意更爲深遠。徐陵本來以鴛鴦當作相知相守的象徵，寫出沒有動物比
得上鴛鴦的鶼鰈情深，但是山谷卻不落俗套，反認爲鴛鴦雖常伴左
右，但總有分離之時，而畫中的兩鳧能夠永久相隨。可看出山谷的另
出新意，自成一格。再如山谷〈再次韻四首〉（其四）：

　　　　延和西路古槐陰，不隔朝宗夙夜心。公有胸中五色線，平
　　　　身補袞用功深。〔註160〕

後兩句襲用杜牧〈郡齋獨酌〉：「平生五色線，願補舜衣裳。」此外，

〔註157〕收錄於朱易安、傅璇琮等人主編：《全宋筆記》第二編（鄭州：大
　　　　象出版社，2006年1月），頁34。
〔註158〕參見周裕鍇：《宋代詩學通論》，乙編「詩法篇」，第三章〈師古與
　　　　創新：「出入眾作，自成一家」〉（成都：巴蜀書社，1997年1月），
　　　　頁187～191。
〔註159〕宋・洪邁：《容齋隨筆》第一卷（台北：大立出版社），頁4。
〔註160〕《黃庭堅詩集注》內集第七卷，頁263。

在胡仔《苕溪漁隱叢話》曾有下面論述：

> 荊公詩：「祇向貧家促機杼，幾家能有一鉤絲。」山谷詩云：
> 「莫作秋蟲促機杼，貧家能有幾鉤絲。」荊公又有「小立
> 佇幽香」之句，山谷亦有「小立近幽香」之句，語意全然
> 相類，二公豈竊詩者？王直方云：「當是暗合。」其然乎？
> 〔註161〕

胡仔所舉第一例爲山谷寄王定國之詩，山谷化用王安石〈促織〉的詩句，將其稍作修改，讓人有不同的感受。王直方不認爲這是剽竊抄襲，而說是「暗合」。山谷閱讀前人之書所多，在寫詩時能熟練地點化前人用語，化腐朽爲神奇，王直方給予肯定。

要能讓詩歌創作出奇變化、脫穎而出，山谷在〈答洪駒父書〉裡亦提出「點鐵成金」的用法：

> 自作語最難。老杜作詩，退之作文，無一字無來處；蓋後
> 人讀書少，故謂韓、杜自作此語耳。古之能爲文章者，眞
> 能陶冶萬物，雖取古人之陳言入於翰墨，如靈丹一粒，點
> 鐵成金也。〔註162〕

山谷外甥洪芻求教於他，因此山谷寫了此信，信中內容說明了文章寫作的諸多問題。山谷認爲必須飽讀詩書，才能將古人的舊語加以陶冶錘鍊、點化新意，達到嶄新出奇的境界，即使是杜甫、韓愈也不能例外。「鐵」所指爲前人詩句，「金」則是後人推陳出新的結果，整體來說，「點鐵成金」重視改造陳言舊語，另創新意。作詩必須能眞切體會前人語意，而非囫圇吞棗，否則創作之作品也只是僵化生硬、生氣全無。〔註163〕在〈題陽關圖二首〉（其一）中，山谷點化前人詩句入

〔註161〕 宋・胡仔：《苕溪漁隱叢話前集・卷48》，頁327。
〔註162〕 《黃庭堅全集》貳，頁474。
〔註163〕 「點鐵成金」的說法來自於禪宗典籍。《五燈會元》：「還丹一粒，點鐵成金。至理一言，轉凡成聖。」黃庭堅借用此來比喻詩文創作中對舊語言材料的改造提煉，化腐朽爲神奇。周裕鍇認爲「點鐵成金」有下面兩義：其一，利用成語典故或襲用前人詩句，必須在意義上與原典文本的意義有相當大的距離。其二，以點鐵成金爲善用俗語，此爲語言上的「化俗爲雅」，即置俚俗之詞於典雅的語境裡，

詩：

> 斷腸聲裏無形影，畫出無聲亦斷腸。想得陽關更西路，北
> 風低草見牛羊。〔註164〕

〈陽關圖〉為李伯時所畫之圖，根據的是王維〈送元二安西絕句〉：
「渭城朝雨浥輕塵，客色青青柳色新。勸君更進一杯酒，西出陽關
無故人。」畫者以圖像傳達主客間離情依依的愁情。〔註165〕衣若芬
指出：「〈送元二使安西〉詩後被編入樂府，稱為『渭城曲』，『渭城
曲』反覆誦唱，有『陽觀三疊』之說，詩詞中沒有濃厚的個人情愫，
也不特指固定的對象，因此具有普遍性，適於各種離筵別席，是中
唐以來流行的送別曲。」〔註166〕山谷在詩的第三句襲取王維「西出
陽關無故人」之意，想像陽關以西的塞外風景，恐怕是人煙罕至，
只見牛羊在一望無際的草原上。詩人也於末句點化〈敕勒歌〉：「風吹
草低見牛羊」，將其變成「北風低草」，展現不同的意境，在遼闊寬廣
中還有那麼一絲荒涼孤寂之感。又如〈和答錢穆父詠猩猩毛筆〉：

> 愛酒醉魂在，能言機事疏。平生幾兩屐，身後五車書。物
> 色看王會，勳勞在石渠。拔毛能濟世，端為謝楊朱。〔註167〕

清・納蘭性德《淥水亭雜識》卷四曾言：「山谷〈猩猩毛筆〉詩，不
失唐人丰致。」〔註168〕又清・昭槤在《嘯亭雜錄・鮑海門》亦云：「其

使其脫離街談巷議的語境而獲得典雅的審美效果。見《宋代詩學通
論》，頁177～186。

〔註164〕《黃庭堅詩集注》外集第十五卷，頁1322。

〔註165〕〈題陽關圖二首〉（其二）：「人事好乖當語離，龍眠貌出斷腸詩。
渭城柳色關何事，自是離人作許悲。」見《黃庭堅詩集注》外集第
十五卷，頁1323。而衣若芬又指出：「『渭城』與『陽關』的文化意
涵想必影響了李公麟『陽關圖』的創作，由李公麟的題詩可知『陽
關圖』即是一幅送別之作。」見衣若芬：《觀看・敘述・審美——
唐宋題畫文學論集》，〈宋代題「詩意圖」詩析論〉，頁309。

〔註166〕見衣若芬：《觀看・敘述・審美——唐宋題畫文學論集》，〈宋代題
「詩意圖」詩析論〉，頁309。

〔註167〕《黃庭堅詩集注》內集第三卷，頁140～150。

〔註168〕清・納蘭性德：《淥水亭雜識》，收錄於《筆記小說大觀》（台北：
新興書局，1978年），頁4268。

詩蒼勁，音節鏗然，有北地、信陽之風，而豐致過之，故名重一時。」
〔註169〕兩則評論同樣皆提到「豐致」一詞，說明山谷的猩猩毛筆詩
具有情趣和韻味。在此詩中，詩人用事精微，將與猩猩毛筆無關的典
故拼湊在一起，但又不會讓人覺得只是在堆砌典故，反倒點化成巧妙
的新意。宋・楊萬里《誠齋詩話》言：

> 初學詩者，須學古人好語，或三字或兩字。如山谷〈猩猩
> 毛筆〉：「平生幾兩屐，身後五車書」；「平生」二字出《論
> 語》；「身後」二字，晉張翰云「使我有身後名」；「幾兩屐」，
> 阮孚語；「五車書」，莊子言惠施；此兩句乃四處合來。……
> 要誦詩之多，擇字之精，始乎適用；久而自出肺腑，縱橫
> 出沒，用亦可，不用亦可。〔註170〕

「平生」、「身後」、「幾兩屐」、「五車書」皆古人之語，但山谷將所
有的典故剪裁至詩裡，他不全用前人原意，僅借此些語言表述己意。
這些典故雖已和猩猩毛筆無關，但是將其穿插於詩裡，讓整首詩產
生新奇特別的美感。山谷雖以陳言入詩，可是經過組合和添加詩人
一己之想法，不僅體現更為深刻的內蘊，亦表現別開生面之貌，因
此納蘭容若言「不失唐人豐致」。在詩中末聯「拔毛能濟世，端為謝
楊朱」則反用典故，推翻前人論點，另作闡釋或解讀，賦予新的意
義，這種手法稱為「翻案」。〔註171〕此句反用《孟子》：「楊氏為我，
拔一毛而利天下，不為也。」不同於楊朱的自私，猩猩尚能拔毛做

〔註169〕清・昭槤：《嘯亭雜錄》卷9（台北：廣文書局，1986年5月），頁
15～16。
〔註170〕收錄於《歷代詩話續編》，頁140～141。
〔註171〕「翻案」，原本是法律名詞，本指推翻既已定讞之罪案而言，引申
而有解黏去縛，推陳出新，變通濟窮、反常合到之意。此名在修辭
學上稱為「翻疊」，意指將前人的舊事舊語反過來用，在前人的舊
事舊語之上翻疊一層正意；或是將自己的意思故意推翻，使原意再
翻上一層。參見張高評：《宋詩之傳承與開拓》，上篇〈宋詩翻案詩
之傳承與開拓〉（台北：文史哲出版社，1990年3月），頁13。黃
永武：《中國詩學～設計篇》，「談詩的密度」（台北：巨流圖書公司，
2005年8月），頁102。

成毛筆以濟世，山谷以此詠猩猩毛筆之功用。「翻案」的技巧亦是展現創意新奇的手法，如〈古意贈鄭彥能八音歌〉：「金欲百鍊剛，不欲繞指柔。」〔註172〕即反用劉琨〈重贈盧諶〉：「何意百鍊剛，化爲繞指柔。」本來想要練成千錘百鍊的鋼鐵，卻鑄成柔軟的可以在指間纏繞的劍，但山谷反其意用之，認爲百鍊剛有其堅強的性質，不見得要化爲繞指柔。又如〈謝送碾壑源揀芽〉：「已戒應門老馬走，客來問字莫載酒」〔註173〕，則翻案用《漢書·揚雄傳》：「家素貧，嗜酒，人希至其門。時有好事者載酒肴從游學。……劉棻嘗從雄學作奇字。」山谷認爲欲飲茶何須載酒，茶茗能定其神、靜其慮，足以勝卻酒飲。「翻案」爲「點鐵成金」的技巧之一，將熟典新用，創造妙脫蹊徑的新面貌。

　　黃庭堅「奪胎換骨」、「點鐵成金」和「翻案」技巧，皆是借鑒古人的豐富才學，經過積學儲寶、廣泛閱讀後，使詩作鎔鑄創新、自創新意。不僅顯現了作者的博學多才，也展現作品和構思的新奇巧妙！

五、精緻凝鍊之美：置一字如關門之鍵

　　詩句平凡無奇或是新奇亮眼，除了端看整句的詩意外，也決定於詩人「煉字」的工夫。詩中每個字的安排都有其意義，爲詩人情意傳達和感情流動的標誌，因此，黃庭堅作詩尤講究煉字，對於關鍵字的安排往往苦心經營、推敲琢磨。在他的詩作裡和文論中，可以看見相關的言論：

> 拾遺句中有眼，彭澤意在無絃。（〈贈高子勉四首〉其四）
> 〔註174〕

> 高子勉作詩，以杜子美爲標準，用一事如軍中之令，置一字如關門之鍵。〈跋高子勉詩〉〔註175〕

〔註172〕《黃庭堅詩集注》外集第十五卷，頁1319。
〔註173〕《黃庭堅詩集注》內集第二卷，頁97～98。
〔註174〕《黃庭堅詩集注》內集第十六卷，頁574。
〔註175〕《黃庭堅全集》第二冊，頁669。

> 子勉作唐律五言數十韻，用事穩貼，置字有力。〈跋歐陽元
> 老詩〉〔註176〕

《王直方詩話》裡亦記載著山谷苦心推敲改詩的經過：

> 山谷與余詩云：「百葉湘桃苦惱人。」又云：「欲作短歌憑
> 阿素，丁寧誇與落花風。」其後改「苦惱」爲「觸撥」，改
> 「歌」作「章」，改「丁寧」作「緩歌」。余以爲詩不厭多
> 改。〔註177〕

由此可知，山谷提出「句中眼」、「置一字如關門之鍵」、「置字有力」，認爲用字的技巧爲作詩好壞的關鍵其中之一，而杜甫在這方面爐火純青，可以說是最好的榜樣。此外，用字技巧的高低端看是否「有力」，因此，在推敲句子的過程裡，關鍵字的使用成爲寫作詩句的要點。而琢磨出神采煥發的字詞時，還必須將此字詞放置在詩裡最關鍵的位置上，才能凸顯其特色，讓人眼睛一亮。

宋代詩話裡，對於山谷講究追求「句中眼」、「置字有力」，惠洪《冷齋夜話》有以下此評論：

> 造語之工，至於荊公、東坡、山谷，盡古今之變。荊公曰：
> 「江月轉空爲白晝，嶺雲分暝與黃昏。」又曰：「一水護田
> 將綠遶，兩山排闥送青來。」東坡〈海棠〉詩曰：「只恐夜
> 深花睡去，高燒銀燭照紅妝。」又曰：「我攜此石歸，袖中
> 有東海。」山谷曰：「此皆謂之『句中眼』，學者不知此妙
> 語，韻終不勝。」〔註178〕

釋惠洪認爲造語之工巧到了王安石、蘇東坡和黃山谷，達到極致。山谷亦認爲，荊公和東坡所寫之詩句，可謂有「句中眼」，才能使其特別生動精彩。例如在王安石的詩句裡，跳脫一般人所使用之動詞，利用「轉」與「分」兩字加強月與雲讓時序變換的動作；而又將水和山擬人化，於是潺潺流水有「護田」之功和「綠遶」之美，蕭穆的青山

〔註176〕《黃庭堅全集》第二冊，頁 669。
〔註177〕《宋詩話輯佚》，頁 50。
〔註178〕見《全宋筆記》第二編，頁 54。

能「排闥」且「送青」，讓人一飽眼福。如此妙筆生新，也難怪黃庭堅言「學者不知此妙語，韻終不勝。」黃庭堅在館閣期的詩作裡，最常錘鍊動詞的使用，或是運用轉品手法，賦予詩句活潑生動的效果。詩句裡的動詞若用得妙，往往令人領略到詩人的用心良苦和蓄積深厚：

1、西風挽不來，殘暑推不去。〈和答外舅孫莘老〉〔註179〕

2、江湖搖歸心，毛髮侵老境。〈次韻子由績溪病起被召寄王定國〉〔註180〕

3、晚樓明宛水，春騎簇昭亭。〈送舅氏野夫之宣城二首〉（其二）〔註181〕

4、想見東坡舊居士，揮毫百斛瀉明珠。〈雙井茶送子瞻〉〔註182〕

5、郭熙官畫但荒遠，短紙曲折開秋晚。江村煙外雨腳明，歸雁行邊餘疊巘。〈次韻子瞻題郭熙畫秋山〉〔註183〕

6、心猶未死杯中物，春不能朱鏡裏顏。〈次韻柳通叟寄王文通〉〔註184〕

7、深閨洞房語恩怨，紫燕黃鸝韻桃李。〈聽宋宗儒摘阮歌〉〔註185〕

8、姮娥攜青女，一笑粲萬瓦。〈祕書省冬夜宿直寄李懷素〉〔註186〕

第一例裡，山谷利用「挽」和「推」將季節擬人化，表達對秋天到來的期盼。在第二和第八例裡，詩人將形容詞轉換成動詞，第二例描寫

〔註179〕《黃庭堅詩集注》內集第二卷，頁100。
〔註180〕《黃庭堅詩集注》內集第二卷，頁104。
〔註181〕《黃庭堅詩集注》內集第二卷，頁111。
〔註182〕《黃庭堅詩集注》內集第六卷，頁219。
〔註183〕《黃庭堅詩集注》內集第七卷，頁263。
〔註184〕《黃庭堅詩集注》內集第八卷，頁290。
〔註185〕《黃庭堅詩集注》內集第九卷，頁345。
〔註186〕《黃庭堅詩集注》內集第十卷，頁370。

的是江邊的情景，高樓在波光熠熠湖水的環抱下更顯得明亮，而艘艘舟船簇擁著水面的亭子，展現出繁盛安詳的景象。第八例將月亮和霜比擬爲女子，她們的粲然一笑使得屋瓦晶白雪亮，「粲」一字可謂巧奪天工、精巧凝鍊，生動傳達寒夜中清美的景色。〈雙井茶送子瞻〉一詩中，主角爲蘇軾，詩人以「百斛瀉明珠」描寫蘇軾的才華洋溢，尤其「瀉」一字更是讓人想像蘇軾揮灑文筆時的豪邁，其文辭有如千斗明珠似的傾瀉而下。第五例寫的是打開郭熙的畫，展現的是一片荒寒平遠的秋晚景象，此句的「開」，不僅有打開畫幅之意，亦有展開畫境、啓下之作用，帶出了煙雨微茫、歸雁齊飛、山巒層疊的景色。而「明」點出江村即使在煙雨濛龍中仍然分明醒亮，呈現強烈的對比。第六例的「死」和「朱」經詩人巧妙點化，變得工穩生新。尤其詩人將「朱」改變詞性，爲了避免一般人的慣熟套路，因此亦把「朱顏」二字拆開，表達對於青春年華逝去的感慨。而〈聽宋宗儒摘阮歌〉裡的「韻」字，也是避生追奇的用法，以「韻」說明紫燕黃鸝悠揚宛轉的鳴叫聲。

　　此外，山谷也擅於鍛鍊疊詞（字），例如在〈次韻文潛休沐不出二首〉（其一）中，他寫道：「墙東作瘦馬，萬里氣駸駸。」[註187]「駸駸」二字刻劃出雖然爲瘦骨嶙峋的馬，但仍跑得很快、氣勢萬千的樣子。「歸裝衣楚楚，家世印纍纍」〈樂壽縣君呂氏挽詞二首〉（其一）[註188]，「楚楚」、「纍纍」表達主人公家世良好且形貌端正。另外，〈詠雪奉呈廣平公〉：「夜聽疏疏還密密，曉看整整復斜斜。」[註189]「疏疏」和「密密」耳聽雪聲的大或小，「整整」和「斜斜」是眼看雪花飄落的分飛景象。呂本中《紫微詩話》曾記載：

　　　　歐陽季默嘗問東坡：「魯直詩何處是好？」東坡不答，但極
　　　　口稱重黃詩。季默云：「如『臥聽疏疏還密密，曉看整整復

〔註187〕《黃庭堅詩集注》內集第七卷，頁276。
〔註188〕《黃庭堅詩集注》內集第十一卷，頁412。
〔註189〕《黃庭堅詩集注》內集第六卷，頁215。

斜斜』。豈是佳耶？」東坡云：「此正是佳處。」〔註190〕
蘇軾讚其「正是佳處」，山谷用四組疊字刻劃出聲動的雪聲和雪貌，
使人彷彿身歷其境，足見山谷苦心孤詣、煉字措詞之妙。山谷鍛鍊「句
中眼」的用心，吳可《藏海詩話》評論：

> 工部詩得造化之妙。如李太白〈鸚鵡洲〉詩云：「字字欲飛
> 鳴。」杜牧之云：「高摘屈宋豔，濃熏班馬香。」如東坡云：
> 「我攜此石歸，袖中有東海。平生五千卷，一字不救饑。」
> 魯直茶詩：「煎成車聲繞羊腸。」其因事用字，造化中得其
> 變者也。〔註191〕

吳可認爲黃山谷於「造化中得其變」，例如在〈以小團龍及半挺贈無
咎并詩用前韻爲戲〉：「曲几團圍聽煮湯，煎成車聲繞羊腸。」〔註192〕
詩人將茶聲比喻爲車聲，想像其行走於山間小道。「煎」用於「車聲」
一詞前，讓人耳目一新，但實則描寫煮茶的動作，亦寫出茶水沸騰時
的滾滾聲響。吳可讚賞黃庭堅的精鍊技法造化之妙，但是也有詩人以
山谷煉字的技巧，叮嚀後學者注意，避免畫虎不成反類犬。例如南宋·
張戒在《歲寒堂詩話》裡云：

> 《國風》、《離騷》固不論，自漢、魏以來，詩妙於子建，
> 成於李、杜，而壞於蘇黃。於此之論，固未易爲俗人言也。
> 子瞻以議論作詩，魯直又事以補綴奇字，學者未得其所長，
> 而先得其所短，詩人之意掃地矣。段師教康崑崙琵琶，且
> 遣不近樂器十餘年，忘其故態。學詩亦然，蘇、黃習氣淨
> 盡，始可以論唐人詩。〔註193〕

張戒尊崇漢魏盛唐的詩作，認爲山谷只知補綴奇字，使學詩者未學得
其所長，反而先得其所短。張戒是針對山谷補綴奇字所帶來的流弊而
言。山谷博學多聞，才識豐富，在鍛鍊字詞時，並非只是一味的用僻
字，而是根據前後詩句和整體詩意做判斷思考，思索必須在詩句中使

〔註190〕《歷代詩話》，頁374。
〔註191〕《歷代詩話續編》，頁331。
〔註192〕《黃庭堅詩集注》內集第二卷，頁99。
〔註193〕《歷代詩話續編》，頁455。

用何種字詞才能豁人耳目。但後學者若是無法領會山谷高超的詩藝技巧，疏於對詩句的組合安排，一味絞盡腦汁想使用生新字詞，反而易達反效果。

運用句眼得宜，不僅可以達到畫龍點睛的效果，亦可使詩中情境躍然紙上。山谷精煉「句中眼」，又能活用詞性且善用疊詞，讓詩意達到生氣蓬勃的效果。

六、跌宕奇峭之美：大筆如椽，轉折如龍虎

山谷不僅琢磨單字，也鍛鍊句法。所謂的句法，指的是句子之中字詞的安排、句子和句子之間的承接是否一氣呵成亦或是截斷語義。山谷詩作裡最為精心設計的，是對於句與句之間的安排布置，他擅長截斷詩意，使句子之間看似不連貫，但卻又意義相通，一脈相承，形成「語不接而意接」〔註194〕的效果。清·方東樹《昭昧詹言》卷十二曾言：

> 山谷之妙，起無端，接無端，大筆如椽，轉折如龍虎，掃棄一切，獨提精要之語。每每承接處，中互萬里，不相聯屬，非尋常意計所及。〔註195〕

山谷詩裡，時常有前後兩句語意突然斷裂的狀況，但實則中間又存在著聯繫，造成一種陡峭精妙的跳躍現象。如〈再答冕仲〉：

> 丘壑詩書雖數窮，田園芋栗頗時豐。小桃源口兩繁紅，春溪蒲稗沒鳧翁。投身世網夢歸去，摘山鼓聲雷隱空。秋堂

〔註194〕 關於「語不接而意接」，黃永武曾說道：成熟的詩，沒有一定的常法，在敘意時往往不喜一氣直敘，明白曉暢。其句與句的組合，常常是採用「蹊徑不通、倏忽而來」的意外聯接，一經拈合，妙想入神。這樣的造句用字法，通常是僅提供片片段段的意象，它們之間相互的連綴關合，是故意留下一片容許自由想像的空白，要讀者依憑自己的想像自由地去補足還原，這種手法，就能將許多足供想像馳騁的天地留在筆墨之外。參見黃永武：《中國詩學——設計篇》，「用心於筆墨之外」（台北：巨流圖書公司，2005年8月），頁204～205。

〔註195〕 清·方東樹：《昭昧詹言》，收錄於《四部刊要》集部，詩文評類（台北：漢京文化出版社，2004年1月），頁320。

一笑共燈火，與公草木臭味同。安用茗澆磊塊胸，他日過
飯隨家風。買魚貫柳雞著籠。更當力貧開酒椀，走謁鄰翁
稱子本。〔註196〕

方東樹《昭昧詹言》曾言此詩：「逆入妙。」〔註197〕關於逆入的手
法，黃寶華曾說此是突破入手擒題的常規筆法。〔註198〕山谷為了使
詩煥然一新，在首聯使用逆筆的手法，讓其和後面句子看似毫無相
關，卻又緊密不可分，形成跳盪突兀之效果。此詩主要根據〈答黃
冕仲索煎雙井并簡揚休〉而寫，藉著贈送茶葉表達對黃冕仲濃濃的
關心外，亦勉勵自己和冕仲。〈再答冕仲〉開頭言「丘壑詩書雖數窮」，
借用《老子》：「多言數窮」之典，和第二句「田園芋栗頗時豐」形
成對比，自謙才學雖不富，但是居住在雙井的故鄉，四周田園之風
景使人心曠神怡，更何況還有自己鍾愛的雙井茶。接下來山谷說明
自己和冕仲臭味相投，雖然自己被俗事纏繞，但是仍常夢歸故鄉，
盼望能品嘗茶飲，享受耕讀之樂趣；並期待冕仲能和自己共飲雙井
茶之味道。開頭看似天外飛來一筆，其實是在烘托主題，表達悠閒
的生活和來自故鄉的雙井茶，才是心中最深的渴望和依戀。又如〈謝
黃從善司業寄惠山泉〉：

錫谷寒泉橢石俱，并得新詩蠆尾書。急呼烹鼎供茗事，晴
江急雨看跳珠。是功與世滌羶腴，令我屢空常晏如。安得
左轓清潁尾，風爐煮餅臥西湖。〔註199〕

〔註196〕《黃庭堅詩集注》內集第八卷，頁296～297。
〔註197〕《昭昧詹言》，頁320。
〔註198〕參見黃寶華：《黃庭堅評傳》，第七章〈詩學理論與詩歌藝術〉，二、
　　　　「豐富多彩的詩歌技法」（南京：南京大學出版社，1998年12月第
　　　　一版），頁331。
　　　　關於「逆筆」，方東樹《昭昧詹言》：「大抵山谷所能，在句法上遠：
　　　　凡起一句，不知其所從何來，斷非尋常人胸臆中所有；尋常人胸臆
　　　　口吻中當作爾語者，山谷則所不必然也。此尋常俗人，所以凡近蹈
　　　　故，庸人皆能，不羞雷同。如山谷，方能脫除凡近，每篇之中，每
　　　　句逆接，無一是恆人意料所及，句句遠求。」
〔註199〕《黃庭堅詩集注》內集第六卷，頁226。

此詩亦是避免語句的平順連接，造成盪開生面的新境界。方東樹《昭
昧詹言》對此詩曾評曰：「起三句敘。四句空寫。五六句議，二語抵
一大段。七八句另一意，又抵一大段。敘、寫、議雖短章而完足，轉
折抵一大篇。」〔註200〕詩人在詩中的前三句和第四句並不連貫，前
三句先交代惠山泉的產地和烹煮的動作，第四句忽然以霹靂的大雨形
容泉水的沸騰之狀，極盡誇張之語，有別開生面之味道。頸聯轉入議
論，和前述幾句更加沒有關聯，詩人另生新意，說明茶茗可以洗滌世
俗的功名心，並且在末聯透露嚮往江湖之意。雖然這種看似意義不相
聯屬的句子，造成語句某種程度的斷裂，不僅使風格看起來更加陡
峭，卻也營造出綿綿不絕的韻致，更加拓展深意。

　　此外，就山谷館閣期的詩歌而言，可以發現他在一句之中的上下
安排參差錯落，形成抑揚頓挫的感覺。例如在七言詩裡，他將上四下
三的節奏改為上二下五、上一下六或上三下四的形式。

如上二下五：

　　想見東坡舊居士，揮毫百斛瀉明珠。〈雙井茶送子瞻〉〔註201〕

　　淮南二十四橋月。〈往歲過廣陵值早春，嘗作詩云：春風十
　　里珠簾卷，彷彿三生杜牧之。紅藥梢頭初繭栗，揚州風物
　　鬢成絲。今春有自淮南來者，道揚州事，戲以前韻寄王定
　　國二首〉（其一）〔註202〕

如上一下六：

　　心猶未死杯中物，春不能朱鏡裡顏。〈次韻柳通叟寄王文通〉

　　〔註203〕

如上三下四：

　　竹林風與日俱斜。〈同謝公定攜書浴室院汶師置飯作此〉

　　〔註204〕

〔註200〕《昭昧詹言》，頁316。
〔註201〕《黃庭堅詩集注》內集第六卷，頁219。
〔註202〕《黃庭堅詩集注》內集第七卷，頁281。
〔註203〕《黃庭堅詩集注》內集第八卷，頁290。
〔註204〕《黃庭堅詩集注》外集第十五卷，頁1316。

閣門井不落第二。〈省中烹茶懷子瞻用前韻〉〔註205〕

知公家亦闕掃除。〈常父答詩有煎點徑須煩綠珠之句復次韻
戲答〉〔註206〕

小蟲心在一啄間。〈戲題小崔捕飛蟲畫扇〉〔註207〕

筆下馬生如破竹。〈和子瞻戲書伯時畫好頭赤〉〔註208〕

另外，如果不改變七言上四下三的句式，但是將前半二、二的節奏
改為一、三或是三、一，使其變成一、三、三和三、一、三的樣式。

如一、三、三：

家在江東不繫懷。〈送顧子敦赴河東三首〉（其二）〔註209〕

蝗不入境年屢豐。〈戲答陳元輿〉〔註210〕

如三、一、三：

王侯鬚若緣坡竹。〈次韻王炳之惠玉版紙〉〔註211〕

管城子無食肉相，孔方兄有絕交書。〈戲呈孔毅父〉〔註212〕

五言句方面，山谷將上二下三的節奏變為上一下四、上三下二或上
四下一，使其花樣繁多。

如上一下四：

智不如機舂。〈題王黃州墨跡後〉〔註213〕

君非我同群。〈奉和文潛贈無咎篇末多以見及以既見君子云
胡不喜為韻〉〔註214〕

迹已不可掃。〈謝公定和二范秋懷五首邀予同作〉〔註215〕

<hr>

〔註205〕《黃庭堅詩集注》內集第六卷，頁222。
〔註206〕《黃庭堅詩集注》內集第六卷，頁224。
〔註207〕《黃庭堅詩集注》內集第七卷，頁268。
〔註208〕《黃庭堅詩集注》內集第九卷，頁349。
〔註209〕《黃庭堅詩集注》內集第四卷，頁182。
〔註210〕《黃庭堅詩集注》內集第八卷，頁298。
〔註211〕《黃庭堅詩集注》內集第八卷，頁287。
〔註212〕《黃庭堅詩集注》內集第六卷，頁225。
〔註213〕《黃庭堅詩集注》內集第二卷，頁114。
〔註214〕《黃庭堅詩集注》內集第四卷，頁154。
〔註215〕《黃庭堅詩集注》內集第四卷，頁171。

公乃獨立扛。〈子瞻詩句妙一世乃云效庭堅體次韻道之〉
〔註216〕

吞五湖三江。〈子瞻詩句妙一世乃云效庭堅體次韻道之〉
〔註217〕

我亦無酒飲。〈次韻張仲謀過酺池寺齋〉〔註218〕

石吾甚愛之。〈題竹石牧牛〉〔註219〕

有亦未易識。〈贈秦少儀〉〔註220〕

如上三下二：

龜以靈故焦。〈奉和文潛贈無咎篇末多以見及以既見君子云
胡不喜爲韻〉〔註221〕

天不椓斯文。〈和答子瞻和子由常父憶館中故事〉〔註222〕

牛礪角尚可。〈題竹石牧牛〉〔註223〕

如上四下一：

公如大國楚。〈子瞻詩句妙一世乃云效庭堅體次韻道之〉
〔註224〕

心如潁水清。〈韓獻肅公挽詩三首〉（其三）〔註225〕

山谷曾言：「句法提一律，堅城受我降。」〔註226〕、「一洗萬古凡馬
空，句法如此今誰工。」〔註227〕范溫《潛溪詩眼》也提出：「句法之
學，自是一家工夫。」〔註228〕可知山谷對於句法的重視。他改變句

〔註216〕《黃庭堅詩集注》內集第五卷，頁192。
〔註217〕《黃庭堅詩集注》內集第五卷，頁191。
〔註218〕《黃庭堅詩集注》內集第五卷，頁209。
〔註219〕《黃庭堅詩集注》內集第九卷，頁352。
〔註220〕《黃庭堅詩集注》內集第十一卷，頁399。
〔註221〕《黃庭堅詩集注》內集第四卷，頁152。
〔註222〕《黃庭堅詩集注》內集第六卷，頁217。
〔註223〕《黃庭堅詩集注》內集第九卷，頁352。
〔註224〕《黃庭堅詩集注》內集第五卷，頁191。
〔註225〕《黃庭堅詩集注》內集第九卷，頁341。
〔註226〕《黃庭堅詩集注》內集第五卷，頁191～192。
〔註227〕《黃庭堅詩集注》外集第十五卷，頁1326。
〔註228〕宋・范溫《潛溪詩眼》：「句法之學，自是一家工夫。昔嘗問山谷：

子的節奏，使其形成跌宕奇峭的詩風，唸起來參差不齊，更增添詩的韻味，讓詩作從整齊呆板的模式變得鮮活生動。

　　黃庭堅善於改變句子之中的節奏，使之有抑揚頓挫之美；並且旁入他意抑或是切斷句中的意義，使其結構跳躍、深曲奇奧，形成館閣期詩作的一大特色。

『耕田欲雨刈欲晴，去得順風來者怨。』山谷云不如『千巖無人萬壑靜，十步回頭五步坐。』此專論句法，不論義理，蓋七言詩四字三字作兩節也。此句法出《黃庭經》。自『上有黃庭下關元』已下多體。張平子《四愁詩》句句如此，雄健穩愜。至五言詩亦有三字二字作兩節者，老杜云：『不知西閣意，肯別定留人。』肯別邪？定留人邪？山谷尤愛其深遠閒雅，蓋與上七言同。」見《宋詩話輯佚》，頁 330～331。

第五章　結　論

　　黃庭堅讀書萬卷、博學多聞，作詩踵事增華、自成一格，爲傳統
詩歌開創新局。宋・呂本中《童蒙詩訓》讚揚黃庭堅云：

　　　自古以來語文章之妙，廣備眾體，出奇無窮者，唯東坡一
　　　人；極風雅之變，盡比興之體，包括眾作，本以新意者，
　　　唯豫章一人。此二者當永以爲法。〔註1〕

任何形式的創新都需有所本，黃庭堅在「以故爲新」的技巧下，創造
新意，開展宋詩的新變歷程，展現獨特的藝術內蘊和風格特色。考察
黃庭堅現有的詩作，他在館閣期留下的詩歌有 419 首，且多集中於哲
宗元祐元年至元祐三年。在館閣期間，黃庭堅藉由修書和校書，不斷
汲取前人的智慧和菁華，同時他以文會友，與好友間的唱酬不僅激發
出濃厚的創作熱情，也在逞才競藝中精益求精，鍛鍊和提昇了詩歌的
藝術技巧。此外，黃庭堅的館閣詩體現了人文生活中的典雅風致，使
詩歌展現清雅不俗的審美趣味。

　　本章先總結整理筆者於前面各章之研究結果與心得，凸顯館閣期
黃詩的特色，以了解其對於前期詩歌的承繼和拓變之價值，最後再論
述館閣詩所具之人文關懷及意趣對筆者的啓發，並具體展現本論文之
研究成果。

〔註1〕《宋詩話輯佚》附錄，頁 604。

第一節　黃庭堅館閣詩之藝術展現

　　黃庭堅身處北宋黨爭頻繁的時代，在新黨人士遭黜，舊黨貶謫人士陸續被召回朝廷之際，黃庭堅也於神宗元豐八年奉召爲秘書省校書郎，接著經由蘇軾的援引入館任職，並於此開啓了之後的館閣生涯。在此期間，文壇名家雲集京師，元祐文人學士的聚集即是以蘇軾爲核心的結盟團體，蘇軾獎掖後進和選拔人才之舉，挖掘了許多菁英。而蘇門文人們相知相契的談文論藝和密切往來，形成元祐年間一股濃厚的文藝學術氛圍，形成北宋文壇的繁榮盛況。身爲「蘇門四學士」之一的黃庭堅，在與文士們相處的過程中，或游賞宴集、或唱和酬答、或藉由品評書畫闡述自己的獨到見解、又或是在調侃笑謔間增進友誼。在饒富文人雅趣的環境下，黃庭堅以廣博的學識爲基礎，激發並開創出館閣期間豐富多樣的詩作。

　　黃庭堅的館閣詩，依據詩歌主題和內容表現，可分爲五類：

　　第一，題畫詩，其中包含駿馬、枯木竹石、禽鳥蟲魚和山水風景。駿馬爲畫家李公麟所畫之馬，在李公麟的筆下顯得神采奕奕、昂揚非凡。黃庭堅藉著駿馬的氣宇軒昂和奔騰氣勢，闡述「韻勝」的觀點，也在〈和子瞻戲書伯時畫好頭赤〉和〈題伯時天育驃騎圖二首〉（其一）裡，寄託自己欲一展長才的冀望。另外，他亦將觀馬畫的趣味融入枯燥沉悶的鎖院〔註2〕生活裡，呈現獨特的審美觀照。枯木竹石畫作主要爲蘇軾作品，黃庭堅藉著堅硬枯枝、一叢幽竹和數枚怪石所構成的畫面激發想像，例如〈題竹石牧牛〉中，暗喻想要超脫詭譎黨爭的心志，亦由充滿神韻的畫作讚美蘇軾的豐富學識和不俗胸襟。在有關禽鳥蟲魚的題畫詩裡，黃庭堅深化畫境、增添意趣，託物起興、藉畫抒情，藉由虛實交錯的筆法挖掘畫中之趣味，使畫家筆下的昆蟲和動物栩栩如生。在以山水爲主題的畫中，黃庭堅亦用虛實相成的筆法描述，並且在畫面之外宕開一筆，點明畫境

〔註2〕見本論文第二章〈黃庭堅館閣詩之時空背景〉，第二節〈館閣生活〉
　　　三、貢舉鎖院。

且延伸畫意，讓人不自主地隨著畫家和詩人進入畫中，足見黃庭堅的匠心獨運。

　　第二，詠物詩，其中又細分為花卉草木、茶酒食品和文具器物三大類。黃庭堅的詠物擴及生活上的細瑣之物，他不僅描寫事物，更將詩人的主觀情感融入其中，體現個人情志，也賦予詩歌諧趣盎然之妙。在花卉草木的描寫中，黃庭堅喜好詠梅，「淺色春衫弄風日，遣來當為作新詩」展現對於清雅綽約梅花的情有獨鍾；對於豔冠群芳的牡丹，則一反多數文人對其雍容華貴的歌頌，在〈王立之以小詩送並蒂牡丹戲答〉裡，從牡丹的濃豔中捕捉到一絲惆悵的情感。另外，山谷從松、柏以及連理松枝裡，寄託其清高兀傲的性格。對於茶酒食品的描述，則以詠茶為大宗，常藉品茗以及親友間的相互贈茶，表現文人的閒情逸致及朋友間的深厚情誼，也由茶的芬芳氣味表現自己的淡泊心志。而在文具器物的吟詠方面，黃庭堅對於文房四寶的描繪，不但反映文人雅士的濃厚書卷味，透露自己對於平靜館閣生活的心滿意足，他也通過引經據典，寄寓富有深意的內涵。而透過日常器物的賞玩，可由山谷氣定神閒的心境中，體會到他獨特的風格情致和審美情趣。

　　第三，蘇黃唱和詩，分為贈友送人和交流情感。在館閣期間，文人雅士藉著參與聚會雅集，以詩歌唱和做為建立人際網路的媒介。黃庭堅與蘇軾之間的唱和最為頻繁，從他們往返的詩歌裡，展現出智慧與才華，也藉由不同見解的抒發，激發出相互砥礪的火花。在贈友送人之作中，大多先由蘇軾寫詩贈予，再由黃庭堅次韻，例如黃庭堅的〈次韻王定國揚州見寄〉〔註3〕、〈次韻子瞻送顧子敦河北運都二首〉〔註4〕等詩，他倆以寫詩表達出對朋友的寬慰鼓勵之情，展現了在館閣期間蘇門文人間的濃郁友情。而在交流情感之作裡，藉由日常生活的相處，黃庭堅寫詩表達對蘇軾的景仰青睞之情，蘇軾亦回贈黃庭

〔註3〕蘇軾作〈次韻王定國倅揚州〉一詩。
〔註4〕蘇軾作〈諸公見子敦，軾以病不往，復次前韻〉一詩。

堅，展現了他們亦師亦友、榮辱與共的堅定情誼。

第四，政治社會詩，主要分成對於黨爭的喟嘆不滿以及關心國事民生兩方面。館閣期雖然為黃庭堅一生中最為平順之時光，但是仍然擺脫不了黨爭的羈絆，他在詩中表現出對於不同政黨和意見的包容心胸。此外，黃庭堅擔任館職，與人民的接觸亦減少，可是他把關心人民之情發為詩篇，並且勉勵好友做個仁民愛物的好官。

第五，贈答詩，主要以抒發對於親朋好友的關切之作。在歷經新舊黨爭的浮沉後，黃庭堅心有餘悸，感觸頗深，因此在寫詩時，發揮宋詩「以議論為詩」的功用，藉著闡述道理寄託自己孤高脫俗，欲超脫黨爭的情志和理想，例如在〈次韻張詢齋中晚春〉以及〈呈外舅孫莘老二首〉裡，讓人感受到詩人在紛擾的現實中，仍保持一己精神馳騁翱遊的廣闊天地。另外，在敘述親朋友誼的詩歌裡，黃庭堅以關切的語氣流露出和友人間真摯的情感。

綜言之，黃庭堅的館閣詩展現了不同於前期和後期的獨特風格，其風格特色包含內容以及藝術手法兩個面向：其一，在寫作意蘊方面，或以幽默的調笑之作揭開館閣生活的面貌，或以化俗為雅的方式展現獨特的審美視角。其二，在藝術手法上，或以新穎的譬喻，增添詩作的趣味新奇；或以生動的擬人，折射出詩人的情感，使作品妙趣橫生；或以廣博的用典，顯示詩人的才學淵博，並且化腐朽為神奇，為詩歌創造出深遠豐富的旨意。另外，又以造語奇特之美，展現「奪胎換骨」和「點鐵成金」在館閣期的靈活運用；以精緻凝練之美，使人讀出詩歌裡畫龍點睛之關鍵詞語；最後，又以跌宕奇峭之美，使詩句參差不齊、變化生新，避免單調呆版、索然無味。

第二節　黃庭堅館閣詩的承繼與拓變

黃庭堅曾擔任過汝洲葉縣尉、北京國子監教授，而後任吉州太和縣、移監德州德平鎮，這些職位均不顯赫，直到神宗元豐八年入京，被舉荐為館閣職臣後，才開啟了一段平順的任官之路。晚期則由於遭

遇政治打擊和貶謫的失意，使得詩歌風格有所轉變。本節先就「承繼」的現象做說明，提出黃庭堅在館閣期的詩歌對於前期的作品有何承繼，再以「變化」的情況，論述館閣詩歌所拓展的部份，以及不同於後期風格之處。這段期間所作的詩歌在前期的基礎上更加追求出人意表，並且以繪畫、茶茗、文房四寶等具有豐富人文意象的事物入詩，展現館閣文人獨特的人文精神風貌。

一、承繼前期之創作精神

　　黃庭堅在入京前歷任地方官員，因此有機會深入民情，了解百姓所苦。尤其黃庭堅對新法頗多疑慮，在目睹新法推動成效不彰，造成人民不便和生活痛苦的狀況下，他透過詩歌抒發對於變法派的不滿和現實政治的失望，並且表達對於百姓的深切同情。〔註5〕另外，有別於大多數文人的胸懷大志，黃庭堅本身對於仕途並無太大期望〔註6〕，在他前期的詩歌中，便曾透露出歸隱之志〔註7〕，而這

〔註5〕例如在神宗熙寧二年（1069），黃庭堅作〈流民嘆〉一詩，「傾牆摧棟壓老弱，冤聲未定隨洪流」、「纍纍襁負裹葉間，問舍無所耕無牛」寫出災民的悲慘情景，詩人並且於詩中再寫「刺史守令真分憂，明詔哀痛如父母。廟堂已用伊呂徒，何時眼前見安堵。」、「雖然猶願及此春，略講周公十二政。風生羣口方出奇，老生常談幸聽之。」流露出以人民為重，期盼朝廷平日能夠做好預防措施且關心百姓的責任感。見《黃庭堅詩集注》外集第一卷，頁765～766。另外，在神宗元豐五年（1082），黃庭堅作〈上大蒙籠〉，詩末寫道「窮鄉有米無食鹽，今日有田無米食。但願官清不愛錢，長養兒孫聽驅使。」描繪出人民在官吏的剝削強逼之下，無奈且痛苦的心情。黃庭堅旨在譴責朝廷不懂得設身處地為民著想，只顧一己之私利。見《黃庭堅詩集注》外集第十卷，頁1125～1126。

〔註6〕莫礪鋒曾言：「黃庭堅並不是一個有遠大的政治抱負和強烈政治主張的人，雖說他在任太和縣令時曾抵制新法的鹽政，任德平監鎮時又抵制推行市易法，但那僅僅是從實際出發，反對擾民過甚，並未有意識地介入新舊黨爭。」見莫礪鋒：〈論黃庭堅詩歌創作的三個階段〉。

〔註7〕在神宗元豐四年（1081），黃庭堅在〈次韻答楊子聞見贈〉裡云：「莫要朱金纏縛我，陸沉世上貴無名。」見《黃庭堅詩集注》外集第九卷，頁1066～1067。元豐五年（1082），黃庭堅有一詩〈登快閣〉，詩中寫道：「萬里歸船弄長笛，此心吾與白鷗盟。」見《黃庭堅詩集注》

種隱逸之情調，是伴隨著懷才不遇、新舊黨爭、新法擾民等世俗事
務的紛擾而產生。黃庭堅在館閣期的詩歌裡，仍舊承繼著前期詩作
中民胞物與的思想，雖然擔任館職文臣，無法直接與底層的老百姓
接觸，但是黃庭堅對於政事與人民仍然保持高度關懷。例如：

> 阿兄兩持慶州節，十年騄驪地上行。潭潭大度如臥虎，邊
> 頭耕桑長兒女。〈送范德孺知慶州〉〔註8〕
>
> 上黨地寒應強飲，兩河民病要分憂。猶聞昔在軍興日，一
> 馬人間費十牛。〈送顧子敦赴河東三首〉（其三）〔註9〕
>
> 胸中恢疏無怨恩，當官持廉且不煩。吏民欺公亦可忍，慎
> 勿驚魚使水渾。〈送謝公定作竟陵主簿〉〔註10〕

第一首詩裡，看似在讚美范純仁胸懷大志，戍守邊疆，為敵人所懼，
實則藉此勉勵范德孺繼承父兄之志，為國效力，也透露黃庭堅心繫人
民，希冀百姓安居樂業的態度。在第二首詩中，黃庭堅藉著「兩河民
病要分憂」與「一馬人間費十牛」，期望顧子敦「以天下為己任」，分
憂人民的辛勞並且愛惜民力。第三首詩裡，黃庭堅殷殷提醒謝公定必
須擁有恢弘的胸襟，才能體恤人民。由這些詩篇中可感受出黃庭堅視
民如傷的心情。另外，黃庭堅欲超脫世俗、歸隱江湖的心志，在館閣
期的詩歌裡亦可窺之。雖然此時期仕途平步青雲，但是舊黨內部的分
裂和傾軋，讓黃庭堅對於複雜的政治始終抱持著「如臨深淵，如履薄
冰」的戒懼心理。雖身居館閣，黃庭堅始終有著超脫的情懷，除了在
〈次韻答曹子方雜言〉〔註11〕、〈再答冕仲〉〔註12〕、〈次韻答晁無咎

外集第十一卷，頁1144。由以上兩首詩，可看出山谷並不熱衷功名，
亦對繁冗的政事感到厭倦，渴望從枷鎖中掙脫，徜徉於自由自在的生
活裡。

〔註8〕 《黃庭堅詩集注》內集第二卷，頁112～113。

〔註9〕 《黃庭堅詩集注》內集第四卷，頁183～184。

〔註10〕 《黃庭堅詩集注》內集第四卷，頁175～176。

〔註11〕 「騎馬天津看逝水，滿船風月憶江湖……曹將軍，江湖之上可相忘，
春鋤對立鷺鷥雙。無機與游不亂行，何時解纓濯滄浪。」見《黃庭
堅詩集注》內集第十卷，頁357～358。

〔註12〕 「投身世網夢歸去，摘山鼓聲雷隱空。……安用茗澆磊塊胸，他日

見贈〉〔註13〕等詩裡流露出嚮往江湖之思外,其餘的大都散見於題畫詩作中。沈松勤先生曾言:

> 題畫詩是元祐詩人在意氣之爭與畏禍心理的互動中,爲自己所營造的可供心靈悠遊的藝術世界,典型地體現了元祐詩人身陷「紛紛爭奪」的名利之域,而渴望個體主體的自由、自悅的價值取向。〔註14〕

黃庭堅透過題畫的詩作寄託自己的情志,他寫〈題伯時畫松下淵明〉、〈題歸去來圖〉,景仰陶淵明的任眞自得;在〈戲題小雀捕飛蟲畫扇〉、〈題畫孔雀〉中,藉由畫中主體表達對於現實政治的惶惶不安以及想要隱逸的願望。蘇軾在認識黃庭堅之前,閱讀其作品曾言:「觀其文以求其爲人,必輕外物而自重者。」〔註15〕由此可知,黃庭堅本身對於世俗政治持著較爲淡泊的態度,他追求的是自身主體精神的修爲、閑逸自適的生活,但又不失對人民的體恤和同情。

　　黃庭堅館閣期詩歌受前期沾溉和影響,多少呈現了仁民愛物以及欲脫離俗世、覓得寧靜之地的精神。

二、開創別具新意之風貌

　　黃庭堅館閣期詩作係以前期爲基礎,進而開創出獨特的風格。有別於偏重現實性的前期詩歌,館閣期詩作整體來說,呈現了「遊戲」的性質,將對於現實政治的不滿,轉移至詩歌的戲謔調笑中,尤其在優裕的館閣生活環境裡,文人間的酬唱答贈,更使黃庭堅得以暫時卸下現實人生的束縛,將詼諧幽默且眞趣的個性展示出來。無論是自嘲自解,以抒發個人心情,或是調侃友人,以展現深厚友誼的詩作,皆

過飯隨家風。買魚貫柳雞著籠。」見《黃庭堅詩集注》內集第八卷,頁 296～297。
〔註13〕「四海仰首觀,頃復歸根靜。」見《黃庭堅詩集注》內集第三卷,頁 134～135。
〔註14〕沈松勤:《北宋文人與黨爭》(北京:人民出版社,1998 年 10 月),頁 312～313。
〔註15〕見《蘇軾文集》〈答黃魯直書〉,頁 1531～1532。

流露出黃庭堅對於人生現實,抱持著一種輕鬆的態度,即使內心籠罩著黨爭的陰影,但在親朋好友舞文弄墨、歡聚宴飲的快樂氣氛陶冶下,仍然保有一份閑情逸致。

其次,館閣期間,黃庭堅擁有更多閑情雅致去發掘日常生活之美,文人雅士重視的筆、墨、紙、硯、書畫、茶等物品,皆被黃庭堅納爲詩歌的創作題材。他在描寫物品時,充分發揮才學,廣徵博引,將前人所忽略的俚語方言和書面語言融入詩歌中,並且託物寓意,體現了「化俗爲雅」的趣味風格,這是館閣期詩歌在風貌上的進一步拓展。

此外,在詩歌的形式上,館閣詩作無論在語言的表現或是句式的翻轉,皆有出奇制勝的生動特色。莫礪鋒認爲,黃庭堅在早期階段已有「山谷體」的形成,而館閣時期不過是在繼續追求新奇的基礎上,進而追求詩藝的細密工穩。而在其晚期詩歌裡,由於貶謫生涯的心靈感受,開創了黃庭堅詩歌的另一個新境界,無論在作品內容或是技巧上,皆臻於成熟且平淡的境界,展現「豪華落盡見眞純」的風貌。〔註16〕但在館閣期間,生活的平順、文人間的相互砥礪,以及對現實政治的戒愼逃避,導致黃庭堅投注心力於自身詩藝的突破和鍛鍊,使得「出奇見巧」的風格發揮得淋漓盡致。黃庭堅以用典爲主,譬喻擬人爲輔,擷取前人的語句加以「奪胎換骨」、「點鐵成金」,使作品在「一洗萬古凡馬空」的新奇中兼有生動趣味。另外,他苦心孤詣的經營「詩眼」,著重關鍵字的安排,並且強調句式的節奏,在改變前人所遵循的規則中,又不失審美情趣;在布置句與句之間的順序時,看似語句跳躍,實則意脈相通,造成馳騁多變、欹側緊密的美感。

〔註16〕關於黃庭堅晚期的詩歌,歷來學者多有研究。統一得出黃庭堅的晚期作品無元祐年間極力使事用典、生新奇奧的特色,反之,展現出平淡質樸、「不煩繩削而自合」的特色。可參見鄭永曉《黃庭堅的詩論與晚年施歌創作研究》、黃銘鈺《黃庭堅晚期詩歌研究》等論文。

第三節　黃庭堅館閣詩的人文關懷與意趣

　　元祐年間，文人們聚集京師，入主館閣。他們在館閣裡校勘古籍，閱覽群書，不但增長學問，進而「以才學為詩」，也飽覽書畫墨跡，提升藝術審美品味；又藉著政治和文化的結盟，以詩歌的酬贈唱和〔註17〕作為交際應酬的媒介。但是在以蘇門為主的酬唱中，黃庭堅和其餘蘇門文人的詩歌創作，彼此因相知而相和，詩情水乳交融，師友意猶未盡，超越唱和詩以應酬為主要目的的僵化模式，以鮮明的個人特色和人文關懷精神融入詩中，賦予詩歌獨特的藝術內容和審美精神。

　　盱衡今日社會，雖然物質生活優裕、不虞匱乏，但卻往往令人感覺物慾橫流、俗不可耐，大多數人隨波逐流、湮沒於周遭環境的影響中，終日汲汲營營於小惠私利，造成生活步調緊張，精神生活空虛，完全忽略了日常生活中隨手可得、隨處可見的瑣碎事物也能帶來驚喜與感動，忘卻了如何保持赤子之心與對生命的敏銳感悟，造成了審美心靈的困窘與窒礙。審視黃庭堅處於平順優渥的館閣期間，依然保有優游不迫、清虛沖淡的雅致，在與文人朋友談古論今、交流思想的時光中，充分展現心靈的富足。黃庭堅的館閣詩歌，或以唱和的形式，拉進了人與人間的距離，亦使讀者在面對兩首圍繞相同主題的詩時，獲得酣暢淋漓、自然的審美情感。至於在題詠琴棋書畫、文房四寶、茶茗飲食、花鳥蟲魚時，黃庭堅展現細膩敏銳的觀察角度、將熱愛人文的情懷以及涵養品格的高潔彰顯出來。如在郭熙所畫的「秋山平遠圖」裡，蘇軾和黃庭堅曾經唱和作詩，蘇軾先寫，而後黃庭堅以詩次韻之：

　　　　玉堂晝掩春日閑，中有郭熙畫春山。鳴鳩乳燕初睡起，白

〔註17〕許總：「唱和不僅是宋初詩人的必備本領，甚至成為社會上一種重要的交際方式。」見許總：《宋詩史》（重慶：重慶出版社，1997年）宋・呂居仁曰：「近世次韻之妙，無出蘇、黃，雖失古人唱酬之本意，然用韻之功，使事之精，有不可及者。」參見宋・胡仔：《苕溪漁隱叢話》49卷，頁333。

波青嶂非人間。離離短幅開平遠，漠漠疏林寄秋晚。恰似
江南送客時，中流回頭望雲巘。伊川佚老〔註18〕鬢如霜，
臥看秋山思洛陽。爲君紙尾作行草，炯如嵩洛浮秋光。我
從公遊如一日，不覺青山映黃髮。爲畫龍門八節灘，待向
伊川買泉石。蘇軾〈郭熙畫秋山平遠〉〔註19〕

黃州逐客未賜環，江南江北飽看山。玉堂臥對郭熙畫，發
興已在青林間。郭熙官畫但荒遠，短紙曲折開秋晚，江村
煙外雨腳明，歸雁行邊餘疊巘。坐思黃柑洞庭霜，恨身不
如雁隨陽。熙今頭白有眼力，尚能弄筆映窗光。畫取江南
好風日，慰此將老鏡中髮。但熙肯畫寬作程，十日五日一
水石。黃庭堅〈次韻子瞻題郭熙畫山〉〔註20〕

蘇軾雖以「鳴鳩乳燕初睡起，白波青嶂非人間」點出郭熙所畫的內
容，但在詩中卻由畫中景物轉換情感至現實生活裡，畫裡之山川綿
邈，疏林廣闊，引發貶謫江南時的回憶，進而興起欲卜居伊川，以
從潞公的隱逸心志。而黃庭堅作此詩雖然是題畫唱和，但是卻寄寓
著詠懷言志之情懷，以「黃州逐客」點出蘇軾曾遭遇宦海浮沉，可
是卻因此飽覽山川風景，不僅將自身觀畫的審美感受移情於蘇軾，
亦表露了對蘇軾的了解與同情。在館閣期一系列的茶詩裡，茶茗不
僅成爲文人學士進一步追求精神意趣的必需品，也是黃庭堅表露和
朋友真摯情誼的媒介。黃庭堅認爲飲茶能淨化心靈，使思慮清明，
進而賦詩吟誦，他常以家鄉雙井茶餽贈師友，〈雙井茶送子瞻〉云：

人間風月不到處，天上玉堂森寶書。想見東坡舊居士，揮
毫百斛瀉明珠。我家江南摘雪腴，落磑霏霏雪不如。爲君
喚起黃州夢，獨載扁舟向五湖。〔註21〕

黃庭堅在詩中自誇家鄉雙井茶，比雪花還光潔純淨，但是他主要是藉
著雙井茶，提醒蘇軾即使現在官場得意、平步青雲，仍然不要忘卻當

〔註18〕王文誥註：伊川佚老，文潞公也。
〔註19〕《蘇軾詩集》，頁1509～1510。
〔註20〕《黃庭堅詩集注》內集第七卷，頁263～264。
〔註21〕《黃庭堅詩集注》內集第六卷，頁220。

初貶謫黃州之事，勸其遠離官場是非。蘇軾亦寫「明年我欲東南去，畫舫何妨宿太湖。」〔註22〕回應黃庭堅之詩，表達欲親臨雙井茶之生產地。兩首詩皆押虞韻，雖然黃庭堅之詩看似發出歡寡愁殷之情，有唱嘆政事詭譎，應提早抽身之意，但實則表達對友人的殷殷關切。而蘇軾則是以較為輕鬆的語調，對於黃庭堅所贈之雙井茶與心意表示讚揚與謝意。在相同的音韻節奏下，贈答唱和之詩作融合為一，使雙方情感得到共鳴，也讓茶不僅承載著人文意涵，更體現出濃厚情感的人文關懷。

　　黃庭堅擔任館職，不須像一般的官吏游走四方，冗事纏身；亦無須費心於煩瑣雜事，因此能在閑適圓融的生活情調中，將對理想的追求、人格修養的涵養、親情友誼的維繫以及人生的思考銳感，透過身邊物品的歌詠發而為詩，反映出文化素養和富含內蘊的人文意趣。在館閣期間少不了筆墨紙硯，文人雅士們以詩文書畫為能事，黃庭堅將這些物品視為精神上的慰藉和享受，藉著詩歌創作表現個人期許和精神風貌。如黃庭堅曾在〈研銘三首〉（其二）曰：「制作淳古，可使巧者拙，夸者節。性質溫潤，可使躁者靜，戾者聽。」〔註23〕說明硯石的古樸溫潤，可淬礪心靈，使之平靜。他在寫關於硯的詩中，曾有下列描述：

　　蒼珪謝磨礱，玉蟾瀉明滴。〈奉和公擇舅氏送呂道人研長韻〉〔註24〕

　　初疑蠻溪水中骨，不見鸜鵒目〔註25〕突兀。但見受墨無聲松花發，頗似龍尾琢紫煙。不見羅縠紋粼粼，但見含墨不泄如寒淵。……鬱鬱秀氣似舅眉宇間，其重可以回進躁之

〔註22〕〈黃魯直以詩餽雙井茶，次韻為謝〉：「江夏無雙種奇茗，汝陰六一誇新書。磨成不敢付僮僕，自看雪湯生璣珠。列仙之儒瘠不腴，只有病渴同相如。明年我欲東南去，畫舫何妨宿太湖。」《蘇軾詩集》，頁1482。

〔註23〕《黃庭堅全集》第二冊，頁550。

〔註24〕《黃庭堅詩集注》外集第十五卷，頁1305～1307。

〔註25〕任淵注：「端石有『鸜鵒眼』之稱。」

首，其溫可以解橫逆之顏。〈再和公擇舅氏雜言〉〔註26〕

在這兩首詩中，黃庭堅描寫硯臺的溫潤材質，並且說明硯臺雖無端石的「鸜鵒眼」，卻質地密緻，涵其骨韻；雖無漂亮的龍紋花紋，但是「受墨無聲」且「含墨不泄」。從描述硯臺的外貌和功能，進而拓展至誇讚舅父李常的學識和品行，表達出對李常的栽培之恩和敬仰之情。

蕭慶偉認為：「黃庭堅在館閣期間的詩歌以題畫、題物品和唱和為主，主要為其當世之志的淡化和渴望擺脫塵世羈絆心態的滋長。」〔註27〕筆者認為這只是部分原因，主要仍在於黃庭堅深具「雖富貴而不淫、不隨波而逐流」的特質，其雖處於安雅閑適的館閣生活，但並不因擔任顯職而驕矜，亦不因舊黨的重新掌權而隨之浮沉。經由外在環境的薰陶滋養，憑託詩人本身的觀察入微與藝術經營，再加上自身道德修養的砥礪錘鍊，黃庭堅藉由飽蘸情感的館閣詩歌，展現富有人文關懷和意趣的審美觀照。對於常人來說，平順優渥的生活環境容易使人麻木，令人喪失初衷而迷失了自我。藉由閱讀研究黃庭堅館閣詩，讓筆者能有更深層的省察與反思，醒悟到必須隨時洗滌心靈的窗子，審視觀照自身的情懷，才能不陷於淺薄媚俗的物欲中，保有純淨的心靈並提升生命的光輝。

綜言之，黃庭堅在北宋詩壇上別具一格，實為奇葩，對於後世之影響極為深遠。儘管歐陽脩曾言：「詩窮而後工」，蘇軾也說：「秀語出寒餓，身窮詩乃亨。」〔註28〕但黃庭堅在人生最為平順的時光裡，運用才學苦心鑽研、自出機杼，不僅使詩作別出心裁、豁人耳目，也在承繼前期部分風格的同時，後出轉精，讓館閣期的詩歌又有另外一番不同韻味，給予讀者莫大啟迪。筆者藉由本論文的探究，冀望能引發同好對於黃庭堅館閣詩的興趣，並開拓不同面向的體會。

〔註26〕《黃庭堅詩集注》外集第十五卷，頁 1307～1309。

〔註27〕蕭慶偉：《北宋新舊黨爭與文學》（北京：人民文學出版社，2001），頁 237。

〔註28〕見《蘇軾詩集》〈次韻仲殊雪中遊西湖二首〉（其一），頁 1750。

徵引書目

一、專　書

（一）黃庭堅專著、選集和年譜

1. 《黃庭堅詩集注》，宋・任淵、史容、史季溫箋注，劉尚榮校點，北京：中華書局，2003 年 5 月初版。

2. 《黃山谷年譜》，宋・黃𥲅，台北：學海出版社，1979 年 10 月初版。

3. 《黃庭堅詩選》，台北：新星出版社，1982 年出版。

4. 《黃庭堅詩詞賞析集》，朱安群主編，四川：巴蜀書社，1990 年 6 月初版。

5. 《黃庭堅選集》，黃寶華，上海：上海古籍出版社，1991 年 2 月初版。

6. 《黃庭堅年譜新編》，鄭永曉，北京：社會科學文獻出版社，1997 年 12 月出版。

7. 《黃庭堅全集》，劉琳、李勇先、王蓉貴校點，成都：四川大學出版社，2001 年 4 月出版。

（二）與黃庭堅相關之著作

1. 《黃庭堅評傳》，劉維崇著，台北：黎明文化事業股份有限公司，1981 年 3 月出版。

2. 《黃庭堅詩歌創作論》，吳晟著，江西南昌：江西人民出版社，1998 年 10 月出版。

3. 《黃庭堅評傳》，黃寶華著，南京：南京大學出版社，1998 年 12 月初版。

4. 《黃庭堅與宋代文化》，楊慶存著，河南：河南大學出版社，2002 年 8 月出版。

5. 《黃庭堅詩學體系研究》，錢志熙著，北京：北京大學出版社，2003 年 6 月出版。

6. 《黃庭堅與江西詩派論集》，黃啓芳著，台北：國家出版社，2006 年 10 月出版。

（三）詩集、詩話筆記、文藝評論（民國以前依作者朝代，餘依出版年）

1. 《文心雕龍注釋》，南朝·劉勰著，周振甫注，台北：里仁書局，1984 年 5 月初版。

2. 《杜詩鏡銓》，唐·杜甫，清·楊倫箋注，台北：華正書局，2003 年 10 月出版。

3. 《白居易集箋校》，唐·白居易，朱金城箋校，上海：上海古籍出版社，1988 年 12 月出版。

4. 《演山集》，宋·黃裳，收錄於《續修四庫全書·集部·別集類》第 1120 冊，上海：上海古籍出版社，1995 年出版。

5. 《歸田錄》，宋·歐陽脩撰，收錄於《全宋筆記》第一編，鄭州：大象出版社，2008 年 10 月出版

6. 《蘇軾文集》，宋·蘇軾，孔凡禮點校，北京：中華書局，1986 年 3 月出版。

7. 《滄浪詩話校釋》，宋·嚴羽，任世熙校，台北：廣文書局，1972 年 1 月出版。

8. 《蘇軾詩集》，宋·蘇軾，清·王文誥、馮應榴輯注，台北：學海出版社，1983 年 1 月出版

9. 《詩經》，宋·朱熹注，上海：上海古籍出版社，1987 年 3 月出版。

10. 《詩人玉屑》，宋·魏慶之，王仲聞點校，北京：中華書局，2007 年 11 月初版。

11. 《潛溪詩眼》，宋·范溫，收錄於《永樂大典》，台北：世界書局，1962 年出版。

12. 《甌北詩話》，宋·趙翼，台北：廣文書局，1962 年 7 月初版。

13. 《苕溪漁隱叢話》，宋·胡仔，台北：長安出版社，1978 年 12 月出版。

14. 《容齋隨筆》，宋·洪邁，台北：台灣商務印書館，1978 年 6 月出版。

15. 《詩話總龜》，宋・阮閱，台北：廣文書局，1973 年 9 月出版。

16. 《瀛奎律髓彙評》，元・方回選評，李慶甲集評校點，上海：上海古籍出版社，2005 年 4 月出版。

17. 《滹南詩話》，金・王若虛，收錄於《筆記小說大觀本》，台北：新興書局，1981 年 12 月出版。

18. 《學圃雜疏》，明・王世懋，收錄於《寶顏堂祕笈》清・陳繼儒輯，（百部叢書集成第 29 冊），台北：藝文印書館，1956 年出版。

19. 《花草蒙拾》，明・王士禛，收錄於《續修四庫全書・集部・詞類》第 1733 冊，上海：上海古籍出版社，1995 年出版。

20. 《帶經堂詩話》，明・王士禛，戴鴻森校點，北京：人民文學出版社，1998 年出版。

21. 《詩藪》，明・胡應麟，台北：廣文書局，1973 年 9 月出版。

22. 《校注人間詞話》，清・王國維著，徐調孚校注，台北：頂淵文化，2001 年 6 月初版。

23. 《蘇文忠公詩編註集成總案》，清・王文誥撰，成都：巴蜀書社，1985 年 11 月初版。

24. 《蘇文忠公詩編著集成》，清・王文誥，台灣：學生書局，1978 年 8 月出版。

25. 《清詩話》，清・丁福保編，台北：明倫出版社，1971 年 12 月初版。

26. 《歷代詩話》，清・吳景旭著，陸衛平、徐杰點校，北京：京華出版社，1998 年 6 月出版。

27. 《歷代詩話》，清・何文煥輯，台北：漢京文化事業有限公司，1983 年 1 月出版。

28. 《歷代詩話續編》，清・丁福保輯，台北：木鐸出版社，1988 年 7 月出版。

29. 《魚計軒詩話》，清，計發，收錄於《叢書集成續編・集部》第 158 冊，上海：上海書店，1994 年出版。

30. 《嘯亭雜錄》，清・昭槤，台北：廣文書局，1986 年 5 月出版。

31. 《昭昧詹言》，清・方東樹，收錄於《四部刊要・集部・詩文評類》，台北：漢京文化出版社，2004 年 1 月出版。

32. 《淥水亭雜識》，清・納蘭性德，收錄於《筆記小說大觀》，台北：新興書局，1978 年出版。

33. 《詩詞散論》，繆鉞著，台北：台灣開明書店，1953 年 12 月初版。

34. 《宋詩概說》，（日）吉川幸次郎，台北：聯經出版社，1978 年 4 月

出版。

35. 《宋詩話輯佚》，郭紹虞輯，台北：華正書局，1981 年 12 月出版。

36. 《中國古代美學範疇》，曾祖蔭著，台北：丹青圖書出版社，1987 年出版。

37. 《二十四詩品》，陳國球導讀，台北：金楓出版社，1987 年 6 月出版。

38. 《詩與美》，黃永武：台北：洪範出版有限公司，1987 年 12 月四版。

39. 《宋詩論文選輯》（一）（二）（三），張高評、黃永武編，高雄：復文出版社，1988 年 5 月出版。

40. 《宋詩之傳承與開拓》，張高評，台北：文史哲出版社，1990 年 3 月出版。

41. 《中國詩學之精神》，胡曉明，江西：新華書店，1990 年 5 月初版

42. 《全宋詩》，傅璇琮等人主編，北京：北京大學出版社，1992 年 6 月初版。

43. 《宋詩綜論叢編》，張高評編，高雄：麗文文化事業股份有限公司，1993 年 10 月出版。

44. 《兩宋題畫詩論》，李栖，臺北：學生書局，1994 年 7 月初版。

45. 《中國古代心理詩學與美學》，童慶炳，台北：萬卷樓圖書，1994 年 8 月初版。

46. 《宋代詩學通論》，周裕鍇，成都：巴蜀書社，1997 年 1 月。

47. 《宋詩史》，許總，重慶：重慶出版社，1997 年 3 月出版。

48. 《宋詩話全編》，吳文治主編，南京：鳳凰出版社，1998 年 12 月初版。

49. 《宋代文學研究》（下），張毅主編，北京：北京出版社，2001 年出版。

50. 《文藝心理學》，朱光潛，台北：漢湘文化，2003 年 1 月出版。

51. 《觀看‧敘述‧審美──唐宋題畫文學論集》，衣若芬，臺北：中央研究院文哲所，2004 年 6 月初版。

52. 《自成一家與宋詩宗風》，張高評，台北：萬卷樓圖書股份有限公司，2004 年 11 月初版。

53. 《中國詩學──設計篇》，黃永武，台北：巨流圖書公司，2005 年 8 月出版。

54. 《中國詩學──思想篇》（新增本），黃永武，台北：巨流圖書公司，2009 年 9 月出版。

（四）**歷史史料**（民國以前依作者朝代，餘依出版年）

1. 《左傳詳釋》，春秋・左丘明撰，袁少谷註解，台北：五州出版社，1971 年 4 月出版。

2. 《漢書》，漢・班固，唐・顏師古注，收錄於新校本《二十五史》，台北：鼎文書局，1975 年出版。

3. 《晉書》，唐・房玄齡，收錄於《景印文淵閣四庫全書・史部，正史類》，台北：台灣商務印書館，1983 年出版。

4. 《南史》，唐・李延壽，收錄於新校本《二十五史》，台北：鼎文書局，1975 年出版。

5. 《後漢書》，南朝・范曄，收錄於《景印文淵閣四庫全書・史部・正史類》第二五三冊，台北：台灣商務印書館，1983 年出版。

6. 《鐵圍山叢談》，宋・蔡絛著，馮惠民、沈錫麟點校，北京：中華書局，1983 年 9 月出版。

7. 《麟台故事》，宋・程俱，收錄於《景印文淵閣四庫全書・史部・職官類》第五九五冊，台北：台灣商務印書館，1983 年出版。

8. 《師友談記》，宋・李薦，收錄於《唐宋筆記史料叢刊》，台北：中華書局，2002 年 8 月出版。

9. 《續資治通鑑長編》，宋・李燾，北京：中華書局，1992 年 3 月初版。

10. 《清虛雜著補闕》，宋・王鞏，收錄於《中國野史集成》，成都：四川大學，1993 年出版。

11. 《宋史》，元・脫脫等撰，收錄於《文津閣四庫全書・史部・正史類》，北京：商務印書館，2006 年出版。

12. 《宋代文化史》，姚瀛艇主編，開封：河南大學出版社，1992 年 2 月出版。

13. 《扇子與中國文化》，莊申，台北：東大圖書股份有限公司，1992 年 4 月出版。

14. 《北宋黨爭與研究》，羅家祥，台北：文津出版社，1993 年 11 月出版。

15. 《北宋文人與黨爭》，沈松勤，北京：人民出版社，1998 年 10 月出版。

16. 《宋代茶文化》，沈冬梅，台北：學海出版社，1999 年 9 月出版。

17. 《北宋館閣翰苑與詩壇研究》，陳元鋒，北京：中華書局，2005 年 10 月出版。

18. 《北宋新舊黨爭與文學》，蕭慶偉，北京：人民文學出版社，2006

年 1 月出版。

19. 《北宋館閣與文學研究》，成明明，北京：中國社會科學出版社，2007
    年 12 月出版。

（五）譜錄類

1. 《茶經》，唐・陸羽，臺北：金楓出版社，1987 年 9 月出版。

2. 《洛陽牡丹記》，宋・歐陽脩，收錄於《景印文淵閣四庫全書・子部・
   譜錄類》第八四五冊，台北：台灣商務印書館，1983 年出版。

3. 《范村梅譜》，宋・范成大，收錄於《景印文淵閣四庫全書・子部・
   譜錄類》第八四五冊，台北：台灣商務印書館，1983 年出版。

4. 《香譜》，宋・洪芻，收錄於《景印文淵閣四庫全書・子部・譜錄類》
   第八四四冊，台北：台灣商務印書館，1983 年出版。

5. 《茶錄》，宋・蔡襄，收錄於《景印文淵閣四庫全書・子部・譜錄類》
   第八四四冊，台北：台灣商務印書館，1983 年出版。

6. 《洞天清祿集・古硯辨》，宋・趙希鵠，收錄於《景印文淵閣四庫全
   書・子部・雜家類》第八七一冊，台北：台灣商務印書館，1983 年
   出版。

7. 《宣和北苑貢茶錄》，宋・熊蕃，收錄於《景印文淵閣四庫全書・子
   部・譜錄類》第八四四冊，台北：台灣商務印書館，1983 年出版。

8. 《曹州牡丹譜》，清，余鵬年，收錄於《續修四庫全書・子部・譜錄
   類）第 1116 冊，上海：上海古籍出版社，1995 年出版。

9. 《本草求眞》，清・黃宮綉，收錄於《續修四庫全書・子部・醫家類》
   第 995 冊，上海：上海古籍出版社，1995 年出版。

（六）筆記、類書

1. 《山海經》，晉・郭璞，清・郝懿行箋疏，台北：漢京文化事業有限
   公司，1983 年 1 月出版。

2. 《拾遺記》，晉・王嘉，台北：木鐸出版社，1983 年 2 月出版。

3. 《博物志》，晉・張華，中華書局校勘。

4. 《顏氏家訓集解》，北齊・顏之推撰，民國・王利器注，台北：頂淵
   文化事業有限公司，2004 年 1 月初版。

5. 《述異記》，梁・任昉，收錄於《百子全書》，台北：古今文化出版
   社，1963 年出版

6. 《異苑》，南朝・劉敬叔，收錄於《筆記小說大觀》，台北：新興出
   版社，1975 年出版。

7. 《太平廣記》，宋・李昉，台北：石新書局，1977 年 10 月出版。

8. 《夢溪筆談》，宋・沈括，收錄於《景印文淵閣四庫全書・史部・雜家類》第八六二冊，台北：台灣商務印書館，1983 年。

9. 《十駕養齋新錄》，清・錢大昕，台北：台灣印書館，1978 年 5 月出版。

10. 《全宋筆記》，朱易安、傅璇琮主編，鄭州：大象出版社，2006 年 1 月出版。

（七）其他（民國以前依作者朝代，餘依出版年）

1. 《禮記二十卷》，漢・鄭玄注，臺北：新興書局，1971 年 6 月出版。

2. 《歷代名畫記》，唐・張彥遠，台北：台灣商務印書館，1971 年 4 月出版。

3. 《洛陽伽藍記校注》，北魏・楊衒之，范祥雍校注，上海：上海古籍出版社，1958 年 2 月初版。

4. 《世說新語校箋》，南朝・劉義慶，徐震堮著，北京：中華書局，1984 年 2 月初版。

5. 《宣和畫譜》，台北：台灣商務印書館，1971 年 5 月出版。

6. 《畫史》，宋・米芾，台北：商務印書館，1977 年 2 月初版。

7. 《寶晉英光集・補遺》，宋・米芾，北京：中華書局，1985 年出版。

8. 《畫繼》，宋・鄧椿，收錄於《景印文淵閣四庫全書・子部》，台北：台灣商務印書館，1983 年出版。

9. 《坡門酬唱集》，宋・邵浩，收錄於《四庫全書珍本》，台北：台灣商務印書館，1977 年出版。

10. 《修辭學》，黃慶萱，台北：三民書局，1975 年出版。

11. 《字句鍛鍊法》，黃永武，台北：洪範書店，1986 年 1 月初版。

12. 《唐前志怪小說輯釋》，李劍國，台北：文史哲出版社，1987 年 7 月出版。

13. 《修辭析論》，董季棠，台北：文史哲出版社，1992 年 6 月初版。

14. 《楞嚴經》，董國柱著，哈爾濱市：黑龍江人民出版社，1998 年 3 月初版。

15. 《唐人傳奇小說》，汪辟疆主編，台北：文史哲出版社，1999 年 10 月出版。

16. 《王水照自選集》，王水照，上海：上海教育出版社，2000 年 5 月出版。

17. 《莊子集解》，戰國·莊子，清·郭慶藩編，台北：萬卷樓圖書股份有限公司，2007年7月出版。

18. 《漢魏六朝文學新論——擬代與贈答篇》，梅家玲，北京：北京大學出版社，2004年。

二、論　文

（一）學位論文

1. 《黃山谷的詩與詩論》，李元貞，國立台灣大學中國文學系碩士論文，1970年。

2. 《黃庭堅詩論探微》，王源娥，東吳大學中國文學系碩士論文，1982年。

3. 《黃山谷詩研究》，徐裕源，國立政治大學中國文學系碩士論文，1985年。

4. 《蘇黃唱和詩研究》，杜卉仙，東吳大學中國文學系碩士論文，1985年。

5. 《蘇軾與黃庭堅詩論異同之比較》，林錦婷，國立中央大學中國文學系碩士論文，1993年

6. 《黃庭堅律師的語言風格研究——以詞彙的運用現象為例》，吳幸樺，國立成功大學中國文學系碩士論文，1995年。

7. 《黃山谷贈物詩研究》，蔡雅霓，輔仁大學中國文學系碩士論文，1999年。

8. 《黃庭堅的詩論與晚年詩歌創作研究》，鄭永曉，中國社會科學院研究生院文學系碩士論文，2000年。

9. 《蘇軾黃庭堅之交遊及其唱和詩研究》，劉雅芳，國立台灣師範大學國文學系碩士論文，2000年。

10. 《山谷詩論與詩的教學》，余純卿，國立高雄師範大學國文研究所教學碩士班論文，2001年。

11. 《黃庭堅詠物詩研究》，李英華，國立高雄師範大學國文學系碩士論文，2002年

12. 《山谷及其詩歌教學研究》，黃泓智，國立屏東師範學院國民教育研究所碩士論文，2003年。

13. 《蘇軾與黃庭堅詩論及其比較》，廖鳳君，東海大學中國文學系碩士論文，2003年。

14. 《宋代對黃庭堅詩法之接受研究》，陳裕美，南華大學中國文學系碩

士論文，2003 年。

15. 《黃庭堅詩美學研究》，張輝誠，國立台灣師範大學國文學系碩士論文，2003 年。

16. 《黃庭堅論詩意見之研究》，陳儁弘，國立高雄師範大學國文學系碩士論文，2004 年。

17. 《黃庭堅晚期詩歌研究》，黃銘鈺，國立雲林科技大學漢學資料整理研究所碩士論文，2005 年。

18. 《黃庭堅七言律詩音韻風格研究》，黎采綝，國立政治大學國文教學碩士學位班碩士論文，2005 年。

19. 《黃庭堅題畫文學研究》，馬君怡，國立清華大學中國文學系碩士論文，2006 年。

20. 《黃山谷詠茶詩探悉》，廖羽屏，國立彰化師範大學國文學系碩士論文，2006 年。

21. 《黃庭堅讀書詩研究》，王秀如，國立彰化師範大學國文學系碩士論文，2009 年。

22. 《文選‧贈答詩》研究，程小娟，中國古代文學碩士學位論文，2011 年。

（二）期刊論文

1. 〈題畫文學及其發展〉，青木正兒著，魏仲佑譯：《中國文化月刊》第 9 期，1970 年 7 月，頁 76～92。

2. 〈試論黃庭堅格新詩風的主張〉，黃寶華，《徐州師範大學學報》01 期，1983 年，頁 57～63。

3. 〈黃庭堅詩歌藝術風格淺談〉，孫文葵，《河北師範大學學報》第 1 期，1984 年，頁 35～41。

4. 〈蘇軾黃庭堅詩歌理論之比較〉周裕鍇，《文學評論》04 期，1985 年，頁 88～97。

5. 〈宋詩特色〉杜松柏，《國魂》第 475 期，1985 年 6 月，81～85。

6. 〈風斜兼雨重，意出筆墨外──論黃庭堅的題畫詩〉，凌左義，《九江師專學報》第 4 期，1986 年，頁 8～20。

7. 〈論山谷詩的瘦硬〉，洪柏昭，《江西師範大學學報》哲學社會科學版第 2 期，1986 年，頁 26～32。

8. 〈山谷體漫論〉，陳俊山，《江西師範大學學報》哲學社會科學版第 2 期，1986 年，頁 33～36。

9. 〈重新評價黃庭堅的詩歌創作〉，陳維國，《重慶師院學報》哲學社

會科學版，1986 年 2 月，頁 72～79。

10. 〈發明妙慧，筆補造化〉，祝振玉，《上海師範大學學報》第 1 期，1988 年，頁 23～27。

11. 〈黃庭堅題竹畫詩之審美意識〉，李嘉瑜，《中山人文學報》第 7 期，1998 年 8 月，頁 79～100。

12. 〈黃庭堅詩分期論〉，錢志熙，《溫州師院學報》哲學社會科學版第 4 期，1989 年，頁 24～32。

13. 〈宋代詠物詩概述〉，徐建華，《文史知識》第 2 期，1991 年，頁 14～18。

14. 〈論宋詩的「以俗爲雅」及其背景〉，莫礪鋒，收入《國際宋代文化研討會論文集》，成都：四川大學出版社，1991 年 10 月初版。

15. 〈論黃庭堅詩歌創作的三個階段〉，莫礪鋒，《文學遺產》第 3 期，1995 年，頁 70～79。

16. 〈描摹個體人生的畫卷——論山谷詩的題材取向〉，劉靖淵，《長沙水電師院社會科學學報》第 1 期，1995 年，頁 77～82。

17. 〈十年來黃庭堅研究綜述〉，凌左義，《文學遺產》第 4 期，1997 年，頁 117～125。

18. 〈黃庭堅後期詩作自然簡放的藝術追求〉，梅俊道，《九江詩專學報》哲學社會科學版第 4 期，1997 年，頁 16～20。

19. 〈一樁歷史的公案——西園雅集〉，衣若芬，《中國文哲研究集刊》第 10 期，1997 年 3 月，頁 221～268。

20. 〈蘇門酬唱與宋調的發展〉，馬東瑤，《文學遺產》第 1 期，2005 年，頁 97～107。

21. 〈蘇軾黃庭堅題畫詩與詩中有畫——以題韓幹、李公麟畫馬詩爲例〉，張高評，《興大中文學報》第 24 期，2008 年 12 月，頁 1～34。

附錄一　黃庭堅館閣期題畫詩繫年[註1]

紀　年	詩　題
宋哲宗 元祐元年 （1086）	〈次韻子瞻子由題憩寂圖二首〉
元祐二年 （1087）	〈詠李伯時摹韓幹三馬次蘇子由韻簡伯時兼寄李德素〉 〈次韻子瞻和子由觀韓幹馬因論伯時畫天馬〉 〈次韻子瞻題郭熙畫秋山〉 〈題郭熙山水扇〉 〈題惠崇畫扇〉 〈題鄭防畫夾五首〉 〈戲題小雀捕飛蟲畫扇〉 〈題畫孔雀〉 〈睡鴨〉 〈小鴨〉 〈題劉將軍雁二首〉 〈題劉將軍鵝〉 〈題晁以道雪雁圖〉

〔註1〕作品繫年根據鄭永曉著《黃庭堅年譜新編》一書，再參酌黃㻋著《黃
　　　　山谷年譜》。以下的附錄皆如是。

	〈題陽關圖二首〉
	〈題歸去來圖二首〉
	〈題畫鵝雁〉
	〈題老鶴萬里心〉
	〈題韋偃馬〉
	〈答王道濟寺丞觀許道寧山水圖二首〉
	〈謝鄭閎中惠高麗畫扇二首〉
元祐三年 （1088）	〈觀伯時畫馬〉
	〈題伯時畫揩癢虎〉
	〈題伯時畫觀魚僧〉
	〈題伯時畫頓塵馬〉
	〈題伯時畫嚴子陵釣灘〉
	〈題松下淵明二首〉
	〈老杜浣花谿圖并引〉
	〈伯時彭蠡春牧圖〉
	〈題伯時馬〉
	〈題子瞻寺壁小山枯木二首〉
	〈題子瞻枯木〉
	〈和子瞻戲書伯時畫好頭赤〉
	〈題子瞻墨竹〉
	〈題東坡竹石〉
	〈詠伯時虎脊天馬圖〉
	〈詠伯時象龍圖〉
	〈題竹石牧牛〉
	〈題伯時天育驃騎圖二首〉
	〈觀劉永年圖練畫角鷹〉
	〈題王晉卿平遠溪山幅〉
	〈題燕邸洋川公養浩堂畫〉
	〈戲題大年防禦蘆雁〉
	〈題大年小景〉
元祐八年 （1093）	〈次韻章禹直開元寺觀畫壁兼簡李德素〉

附錄二　黃庭堅館閣期詠物詩繫年

紀　　年	詩　　　　題
宋神宗 元豐八年 （1085）	〈謝送碾賜壑源揀芽〉 〈以小團龍及半挺贈無咎并詩用前韻爲戲〉 〈次韻李之純少監惠硯〉 〈宣九家賦雪〉
宋哲宗 元祐元年 （1086）	〈有惠江南帳中香者戲答六言二首〉 〈有聞帳中香以爲熬蝎者戲用前韻二首〉 〈謝公擇舅分賜茶三首〉 〈以潞公所惠揀芽送公擇次舊韻〉 〈奉同公擇作揀芽詠〉 〈今歲官茶極妙而難爲賞音者戲作兩詩用前韻〉 〈公擇用前韻嘲戲雙井〉 〈又戲爲雙井解嘲〉 〈奉同六舅尙書詠茶碾煎烹三首〉 〈六舅以詩來覓銅犀用長句持送舅氏學古之餘復味禪悅故篇末及之〉 〈奉和公擇舅氏送呂道人研長韻〉 〈送碧香酒用子瞻韻戲贈鄭彥能〉 〈顯聖寺亭枸杞〉 〈和答錢穆父詠猩猩毛筆〉 〈戲詠猩猩毛筆二首〉 〈戲詠蠟梅二首〉

	〈蠟梅〉
	〈從張仲謀乞蠟梅〉
	〈短韻奉乞蠟梅〉
	〈賈天錫惠寶薰乞詩予以兵衛森畫戟燕寢凝清香十字作詩報之〉
	〈戲答張祕監饋羊〉
	〈劉晦叔洮河綠石研〉
	〈以團茶洮洲綠石研贈無咎文潛〉
	〈謝王仲至惠洮洲礪石黃玉印材〉
	〈謝人惠茶〉
元祐二年 （1087）	〈子瞻題狄引進雪林石屏要同作〉
	〈詠雪奉呈廣平公〉
	〈和王明之雪〉
	〈雙井茶送子瞻〉
	〈省中烹茶懷子瞻用前韻〉
	〈以雙井茶送孔常父〉
	〈謝黃從善司業寄惠山泉〉
	〈奉謝劉景文送團茶〉
	〈謝景文惠浩然所作廷珪墨〉
	〈同景文丈詠蓮塘〉
	〈次韻錢穆父贈松扇〉
	〈次韻王炳之惠玉版紙〉
	〈謝王炳之惠石香鼎〉
	〈謝王炳之惠茶〉
	〈博士王揚休碾密雲龍同事十三人飲之戲作〉
	〈答黃冕仲索煎雙井并簡揚休〉
	〈謝景叔惠冬笋雍酥水梨三物〉
	〈次韻子瞻春菜〉
	〈見諸人唱和酴醾詩輒次韻戲詠〉
	〈戲和文潛謝穆父松扇〉
元祐三年 （1088）	〈戲和舍弟船場探春二首〉
	〈出禮部試院王才元惠梅花三種皆妙絕戲答三首〉
	〈急雪寄王立之問梅花〉
	〈又寄王立之〉

	〈王立之承奉詩報梅花已落盡次韻戲答〉
	〈乞姚花二首〉
	〈王才元舍人許牡丹求詩〉
	〈謝王舍人翦狀元紅〉
	〈王立之以小詩送並蒂牡丹戲答〉
	〈從王都尉覓千葉梅云已落盡戲作嘲吹笛侍兒〉
	〈次韻李士雄子飛獨遊西園折牡丹憶弟子奇二首〉
	〈謝曹子方惠二物二首〉
	〈謝送宣城筆〉
	〈戲答陳季常寄黃州山中連理松枝二首〉
	〈聽宋宗儒摘阮歌〉
	〈以天壇靈壽杖送莘老〉
	〈歲寒知松柏二首〉
	〈披褐懷珠玉〉
	〈效進士作觀成都石經〉
	〈何氏悅亭詠柏〉
	〈大暑水閣聽晉卿家昭華吹笛〉
元祐四年 （1089）	〈效王仲至少監詠姚花用其韻四首〉
	〈戲答晁深道乞消梅二首〉
	〈以梅饋晁深道戲贈二首〉
	〈趙子充示竹夫人詩蓋涼寢竹器憩臂休膝似非夫人之職予爲名曰青奴并以小詩取之二首〉

附錄三　黃庭堅館閣期蘇黃唱和詩繫年[註1]

紀　年	蘇軾詩	黃庭堅詩
宋哲宗 元祐元年 （1086）	〈再和二首〉 〈次韻和王鞏〉 〈西太一見王荊公舊詩，偶次其韻二首〉 〈武昌〉 〈武昌西山〉 〈送楊孟容〉	〈子瞻繼和復答二首〉 〈次韻子瞻贈王定國〉 〈次韻王荊公題太一宮壁二首〉 〈次韻子瞻贈武昌西山〉 〈子瞻詩句妙一世乃云：效庭堅體。蓋退之戲效孟郊，樊宗師之，比以文滑稽耳恐後生不解，故次韻道之。子瞻送楊孟容詩云：我家峨眉陰，與子同一邦，即此韻。〉
元祐二年 （1087）	〈見子由與孔常父唱和詩，輒次其韻。余昔在館中，同舍出入，輒相聚飲酒賦詩。近歲不復講，故終篇及之，庶幾諸公稍復其舊，亦太平盛事也〉	〈和答子瞻和子由常父憶館中故事〉 〈雙井茶送子瞻〉 〈和答子瞻〉

〔註1〕黃庭堅有些詩歌，如：〈次韻子瞻和子由觀韓幹馬因論伯時畫天馬〉、〈次韻子瞻題郭熙畫秋山〉、〈觀伯時畫馬〉、〈和子瞻戲書伯時畫好頭赤〉，由於題材和內容較偏重於題畫詩作，筆者將其歸類為題畫詩。但是〈雙井茶送子瞻〉一詩，由於既符合詠物的內容，亦流露出詩人對於蘇軾的殷殷關切，蘇軾也有作詩和之，因此筆者於詠物詩和蘇黃唱和詩中皆有提及。

	〈黃魯直以詩饋雙井茶，次韻爲謝〉	〈子瞻以子夏丘明見戲聊復戲答〉
	〈次韻黃魯直赤目〉	〈次韻子瞻送顧子敦河北都運二首〉
	〈送顧子敦奉使河朔〉	〈次韻張昌言給事喜雨〉
	〈諸公餞子敦，軾以病不往，復次前韻〉	〈子瞻去歲春夏，侍立邇英，子由秋冬間相繼入侍，作詩各述所懷，予次韻四首〉
	〈和張昌言喜雨〉	
	〈軾以去歲春夏，侍立邇英，而秋冬之交，子由相繼入侍，次韻絕句四首，各述所懷〉	〈再次韻四首〉
		〈次韻子瞻題無咎所得與可竹二首粥字韻戲嘲無咎人字韻詠竹〉
	〈書晁補之所藏與可畫竹三首〉	
	〈次韻王定國倅揚州〉	〈次韻王定國揚州見寄〉
	〈昨見韓丞相，言王定國今日玉堂獨坐，有懷其人〉	〈奉同子瞻韻寄定國〉
	〈送張天覺得山字〉	〈送張天覺得登字〉
	〈和叔盎畫馬〉	〈同子瞻和趙伯充團練〉
元祐三年（1088）	〈送曹輔赴閩漕〉	〈次韻答曹子方雜言〉
	〈余與李薦方叔相知久矣，領貢舉事，而李不得第，愧甚，作詩送之〉	〈次韻子瞻送李薦〉
		〈次韻宋楙宗三月十四日到西池都人盛觀翰林公出〉
	〈和宋肇遊西池次韻〉	
	〈韓康公挽詞三首〉	〈韓獻蕭公挽詩三首〉
	〈慶源宣義王丈，以累舉得官，爲洪雅主簿，雅州戶掾。遇吏民如家人，人安樂之。既謝事，居眉之青神瑞草橋，放懷自得。有書來求紅帶，既以遺之，且作詩爲戲，請黃魯直、秦少游各爲賦一首，爲老人光華。〉	〈次韻子瞻以紅帶寄王宣義〉
		〈送高士敦赴成都鈴轄二首〉
		〈次韻子瞻送穆父二絕〉
	〈次韻許沖元送成都高士敦鈴轄〉	〈次韻子瞻書黃庭經尾付蹇道士〉
		〈和子瞻內翰題公擇舅中丞山房〉
	〈送錢穆父出守越州絕句二首〉	
	〈書黃庭內景經尾〉	〈次韻子瞻和王子立風雨敗書屋有感〉
	〈書李公擇白石山房〉	
	〈次韻王郎子立風雨有感〉	〈嘲小德〉
	〈次韻黃魯直嘲小德。小德，魯直子，其母微，故詩其云：解著潛夫論，不妨無外家〉	〈戲答王定國題門兩絕句〉
		〈清人怨戲笑徐庾慢體三首〉
		〈款塞來享〉
		〈題子瞻書詩後〉

〈次韻王定國會飲清虛堂〉 〈次韻黃魯直戲贈〉 〈和黃魯直效進士作二首〉之 　〈款塞來享〉	

附錄四　黃庭堅館閣期政治社會詩繫年

紀　年	詩　題
宋神宗 元豐八年 （1085）	〈次韻定國聞蘇子由臥病績溪〉 〈次韻子由績溪病起被召寄王定國〉 〈送舅氏野夫之宣城二首〉
宋哲宗 元祐元年 （1086）	〈戲答仇夢得承制〉 〈戲答仇夢得承制二首〉 〈次韻張詢齋中晚春〉 〈有懷山老人再次韻二首〉 〈奉和文潛贈無咎篇末多以見及以既見君子云胡不喜爲韻〉 （其一、其二） 〈和刑惇夫秋懷十首〉（其四、其五、其八） 〈謝公定和二范秋懷五首邀予同作〉（其一） 〈送謝公定作竟陵主簿〉 〈送顧子敦赴河東三首〉 〈司馬文正公挽詞四首〉 〈送鄭彥能宣德知福昌縣〉 〈古意贈鄭彥能八音歌〉
元祐二年 （1087）	〈常父惠示丁卯雪十四韻謹同韻賦之〉 〈慈孝寺餞子敦席上奉同孔經父八韻〉 〈送李德素歸舒城〉 〈次韻游景叔聞洮河捷報寄諸將四首〉 〈和游景叔月報三捷〉 〈次韻崔伯易席上所賦因以贈行二首〉 〈寄上叔父夷仲三首〉

元祐三年 （1088）	〈送徐景道尉武寧二首〉（其一） 〈送曹子方福建路運判兼簡運使張仲謀〉
元祐四年 （1089）	〈寺齋睡起二首〉 〈同元明過洪福寺戲題〉
元祐八年 （1093）	〈叔父給事挽詞十首〉（其三、其五）

附錄五 黃庭堅館閣期贈答詩繫年

紀　年	詩　題
宋神宗 元豐八年 （1085）	〈次韻清虛喜子瞻得住常州〉 〈次韻公秉子由十六夜憶清虛〉 〈次韻清虛同訪李園〉 〈次韻清虛〉 〈寄裴仲謀〉 〈和答外舅孫莘老〉 〈和答莘老見贈〉
宋哲宗 元祐元年 （1086）	〈送范德孺知慶州〉 〈題王黃州墨跡後〉 〈吏部蘇尚書右選胡侍郎皆和鄙句次韻道謝〉 〈次韻張詢齋中晚春〉 〈次韻張仲謀過酺池寺齋〉 〈次韻答晁無咎見贈〉 〈次韻答張文潛惠寄〉 〈送劉士彥赴福建轉運判官〉 〈奉和文潛贈無咎篇末多以見及以既見君子云胡不喜爲韻〉 （其三～其八） 〈送六十五弟貴南歸〉 〈贈吳道士〉 〈次韻答刑惇夫〉 〈和刑惇夫秋懷十首〉（其七、其九、其十）

	〈謝公定和二范秋懷五首邀予同作〉（其三） 〈楙宗奉議有佳句詠冷庭叟居庭堅於庭叟有十八年之舊故次韻贈之〉 〈贈送張叔和〉 〈古意贈鄭彥能八音歌〉 〈柳閎展如蘇子瞻甥也其才德甚美有意於學故以桃李不言下自成蹊八字作詩贈之〉
元祐二年 （1087）	〈次韻宋楙宗僦居甘泉坊雪後書懷〉 〈常父答詩有煎點徑須煩綠珠之句復次韻戲答〉 〈戲呈孔毅父〉 〈次韻秦觀過陳無己書院觀鄙之作〉 〈晁張和答秦觀五言予亦次韻〉 〈次韻文潛同遊王舍人園〉 〈臥陶軒〉 〈次韻寄晁以道〉 〈次以道韻寄范子夷子默〉 〈僧景宣相訪寄王航禪師〉 〈次韻奉酬劉景文河上見寄〉 〈次韻文潛休沐不出二首〉 〈次韻柳通叟寄王文通〉 〈次韻徐文將至國門見寄二首〉 〈再答冕仲〉 〈戲答陳元興〉 〈再答元興〉 〈贈陳元興祠部〉 〈戲答趙伯充勸莫學書及為席子澤解嘲〉 〈次韻幾復和答所寄〉 〈奉答謝公定與榮子邕論狄元規孫少述詩長韻〉
元祐三年 （1088）	〈戲贈高述六言〉 〈呈外舅孫莘老二首〉 〈次韻答曹子方雜言〉 〈戲答俞清老道人寒夜三首〉 〈秘書省冬夜宿直寄懷李德素〉 〈戲贈曹子方家鳳兒〉 〈憶刑惇夫〉

	〈次韻秦少章晁適道贈答詩〉
	〈次韻答秦少章乞酒〉
	〈次韻答少章聞雁聽雞二首〉
	〈伯父祖善耆老好學於所居紫陽溪後小馬鞍山爲放隱齋遠寄詩句意欲庭堅和之幸師友同賦率爾上呈〉
元祐四年 （1089）	〈頤軒詩六首〉
	〈出城送客過故人東平侯趙景珍墓〉
	〈次韻子實題少章寄寂齋〉
	〈次韻孫子實寄少游〉
	〈戲書秦少游壁〉
	〈贈秦少儀〉
	〈送少章從翰林蘇公餘杭〉